The Wild Places 荒野之境
Robert Macfarlane

〔英〕罗伯特·麦克法伦 —— 著

王如菲 —— 译

文匯出版社

新经典文化股份有限公司
www.readinglife.com
出　品

献给我的父母，

并纪念罗杰·迪金（1943—2006）

我只是出去散散步，最后却决定在外面待到太阳下山，因为我发现向外走，其实也是往内心去。

——约翰·缪尔

目 录

山毛榉林 / 1

我想到一个遥远的地方去,那里星光清亮,人迹罕至,风从四面八方吹来。我应该去遥远的北方或西方——我心中,那里大概会是仅存的荒野乐土。

岛屿 / 17

大海在脚下无尽展开,地平线上没有任何东西会阻滞视野,在这里,修士们曾自由地思考着无限,毫无挂碍。在这里,人们曾与荒野世界和谐共存,我选择此地作为旅程的起点,似乎最恰当不过。

峡谷 / 39

在科鲁什克谷地里,我开始以一种不同的方式想象时间,或者至少是以一种不同的方式体验时间。时间不再以小时和分钟衡量,而是以光影与质地呈现。

沼泽 / 59

那天早上，我们便开始熟悉大沼泽的习性和法则。沼泽拒斥直线行进。默里也曾说，在大沼泽里，行动会非常缓慢，路程只能以小时计，不能以英里计。

森林 / 79

在入睡前最后几分钟，我看到黑夜渐渐来临，感觉受到了森林的盛情款待：黑暗沉淀在一切物体的表面，如同给它们覆上一层毛皮，大雪纷纷，鸟儿在林间迅速而轻巧地跃动。

河口 / 107

在河口的浅水区，海水和淡水交汇，河流慢慢地消失在更大的海洋空间里。我稍游了一会儿泳。我能感觉到一切就在我身边发生：水流轻柔地彼此推挤，海浪和涟漪发生着无数次微小的冲撞。

海角 / 123

我沿着漫长的沙滩行走，在巨大的沙丘之间穿行。这些沙丘在此成形，又在每一次大风暴中壮大、变换或萎缩。从海上吹来的风如此强劲，不停地推着我的背部，使我在奔跑和跳跃时，仿佛在月球漫步一般。

山峰 / 141

这是我所到过的最不适合居住的地方之一。这里的海洋、石头、夜晚和天气，都依循着各自的进程，保持着各自的习惯，数千年来一直如此，数千年后还将如此。

坟墓 / 147

我走过的这些土地上到处都是看不见的人,无数生命在此活过又消失,无数死亡在此发生,有的快乐,有的不快乐。身处荒野,你会越来越难以忽视这些幽魂的存在。

山峦 / 175

看着星星如此清晰地从遥远的夜空滑落,我感到我们与暗夜的日渐疏离是一个巨大而严重的损失。作为一个物种,我们人类已越来越难以想象自己属于某种超越我们自身的东西。

沉陷之路 / 197

在深深的陷路中,明亮、炎热的地表世界便被遗忘。树枝和树叶的网格如此细密,两旁的墙壁又如此之高,所以能够刺进来的只有细细的阳光之矛。我想,一个人就算在这里躲藏几个星期甚至几个月,都不会被发现。

风暴海滩 / 223

我们沿着潮汐线走了半英里,路上一边捡碎木块,一边与燧石和其他收获做比较。浮木成了闲聊的话题,我们试着想象每根木棍、每片木块的故事:它们从哪里来,哪条河把它们冲到了哪片海。

盐沼 / 251

突然间,我对这片森林的感觉改变了。这是村里的孩子们来玩的地方:他们在轮胎上荡秋千,玩捉迷藏,探险。这是属于孩子们的荒野,它一定已经存在了几十年,甚至几百年的时间了。

突岩 / 279

海豹在入水去穿凿大海之前投出的一望，野兔的奔跑，老鹰的高空盘旋：这些都具有野性。看到它们，你会在一瞬间意识到，在我们周围、我们身边，还有另一个活生生的世界。

山毛榉树 / 289

荒野也存在于这里，在我居住的城镇以南不到一英里的地方。它被道路和建筑物包围，多处都面临严峻的威胁，有的已经濒临灭亡。但此时此刻，大地上似乎燃起了野性的光。

拓展阅读 / 299

致谢 / 307

地名翻译对照表 / 311

山毛榉林

风势渐盛，我向树林里走去。树林位于城市南部，离我家一英里远。这是一片狭长的山毛榉林，没有名字，长在一座小山上。我是步行前去的，先是沿城市边缘的街道而行，随后走上田边小径，穿过一片山楂树和榛子树的树篱。

树木上空，秃鼻乌鸦叽叽喳喳叫着。天空是一片明亮的冰蓝，而边缘处褪成乳白色。尽管离目的地还有四分之一英里的路程，我已经能听到风中有树林的声响，一种柔软的、仿佛来自海洋的躁动。那是无数叶片与叶片、树枝与树枝摩擦所组成的无尽和声。

我从南侧进入树林。小树枝和山毛榉果实不断从晃动的树冠中掉落，啪嗒啪嗒地砸在红棕色的落叶层上。明媚的阳光欢闹地洒在地面上。我穿过树林，又沿树林北缘行走，走到一半，我找到了我的树——一棵高大的、长着灰色树皮的山毛榉，树枝舒展，易于攀爬。

这棵树我从前爬过很多次，它的各处特征我都很熟悉。在树干基部，树皮下垂，皱纹累累，像是象腿上的皮肤。在大约十英尺高的地方，有一根树枝陡然回折，朝树身盘回。在那之上有一个几年前刻在树上的字母"H"，随着树的生长而膨胀了起来。再高一些的地方，还有曾因粗枝折断而留下的节疤。

到三十英尺高处，我便接近了这棵山毛榉树的树顶。这里树皮光滑，呈现银色，在弯曲的树干下方恰好长了一条分叉的侧枝——我把这里称作我的"瞭望台"。我发现，如果我背靠树干，两只脚各踩一边枝头，我就能踏踏实实待在这儿休憩。如果几分钟内我保持不动，从下面经过的人都不会注意到我。人们一般想不到树上会有人。如果我再待久一些，鸟儿也会飞回巢中。鸟儿们一般也想不到树上会有人。乌鸦在落叶堆里扑扇羽翅；鹪鹩在小树枝间迅速跳跃，快得像是瞬间传送；还有一次，一只灰色的鹧鸪从蔽身处露头，紧张地现身。

我在瞭望台里稳住自己。我的体重与行动令树有些摇摆，风一来，摇摆更剧烈了。很快，这棵山毛榉的树顶便在风的吹拂下吱呀作响，前后划出五到十度的弧线。那天，这里不是瞭望台了，更像是桅杆顶的一只乌鸦巢，漂在海浪里。

在那样的高度俯视，大地如一张地图在我脚下铺开。地图上散落着一片片林地，其中有一些我知道名字：麦格山林、九泉森林、苦艾森林。往西越过灯芯绒一般的田野，有一条主干道，交通繁忙。正北方是医院的所在，焚化炉的三座烟囱高高耸立，比我这棵位于山顶的树还要高得多。一架厚重敦实的"大力神"飞机正朝着城市郊区的机场降落。东边的一条路缘上，我看到一只红隼正御风飞翔，舒展的翅膀不住抖动，尾羽展开，像是握着一手纸牌。

大约三年前，我开始爬树。或者更确切地说，是重新开始爬树。在我曾经就读的学校，操场就是一片树林。我们这些孩子会爬上不同的树，给树命名（比如天蝎座、大橡树、飞马座等）。我们互相争夺领地，发展出一套复杂的规则和忠诚机制，试图赢得对树的控制权。在我们家的花园里，父亲又给我和弟弟建了一座树屋，多年来，我们屡次抵御"海盗袭击"，一直成功地守护着它。而将近而立之年，我又重新开始爬树。这样做纯粹是为了好玩，虽不做绳索保护，也不至于出现危险。

在爬树的过程中，我学会了如何辨别树种。我喜欢银桦、桤木和小樱桃树，因为它们柔软而有弹性。我会避开松树以及悬铃木——因为它们树枝脆弱，树皮粗糙。我还发现，七叶树那光秃的树干下部和多刺的果实给爬树者带来了困难，但它巨大的树冠又激励着人们去一试身手。

我查阅了关于爬树的文献资料，相关著述并不丰富，但是很令人兴奋。约翰·缪尔曾经在加利福尼亚的一场风暴中爬上一棵一百英尺高的道格拉斯云杉，远眺森林，不禁感叹："整座森林如被点燃，连成一片绵延不绝的白色天火！"在伊塔洛·卡尔维诺那本充满魔力的小说《树上的男爵》中，年轻的主人公柯西莫因为一时的少年气性爬上了父亲领地上的一棵树，发誓再也不回到地面了。尽管出言鲁莽，他最终还是说到做到，在树上生活，甚至在树上结婚，整日穿行于橄榄树、樱桃树、榆树和圣栎之间，度过了一生。在 B. B.*的《小鬼丛林历险记》(Brendon Chase)里，几个男孩不愿意再回寄宿学校，跑到英格兰的一片森林里过起了野外生活。为了去够一只覆盖着山毛榉树叶的蜂鹰鹰巢，他们竟然爬上了一棵欧洲赤松。当然，不可不提的还有经典组合小熊维尼和克里斯托弗·罗宾：维尼乘天蓝色气球飞到橡树顶的蜂巢去偷蜂蜜，克里斯托弗手持气枪，准备等维尼偷到蜂蜜，就把气球射下来。

我也开始由衷钦佩当代那些"严肃"的攀树人，尤其是研究加利福尼亚和俄勒冈红杉的科学家们。北美红杉是一种巨大的红杉，高度可达三百多英尺。一棵成年红杉的主干几乎没有分枝，顶部则生出巨大而复杂的树冠。红杉的研究者们发展出了一种特殊的攀树技术。他们先用弓箭向上发射一条牵引绳，固定在树冠中比较坚固的树枝上，之后，他们再借助这条绳子升起并固定好一根攀登绳。一旦攀至树冠，他们便可运用精熟的攀绳技巧安全移动，无拘无束，仿佛当代蜘蛛侠。在那高处，在那天空之城里，他们发现了一个失落的王国：一个人们以往从未研究过的、令人惊叹的生态系统。

我这棵山毛榉树并没有什么特别之处，攀登起来并不困难，树顶也不存在什么生物学大发现，更没有蜂蜜。但它成了我的一

---

* B. B. 是英国童书作家、插画家、自然主义者德尼斯·沃特金斯－皮奇福德（Denys Watkins-Pitchford，1905—1990）的笔名。——本书脚注均为编译者注

个思考之所，栖息之地。我很喜欢它，而它呢——好吧，它对我一点概念都没有。这棵树我爬过很多次，有时在黎明，有时在黄昏，有时在艳阳高照的正午。我曾在寒冬爬过，手指扫掉树枝上的雪，树干摸上去像石头一样冰冷，附近的树枝上架着黑色的乌鸦巢。我也曾在初夏爬过，眺望闷热的村庄，空气因炎热而凝滞，附近拖拉机慵懒的嗡嗡声隐约可闻。我还曾在季风时节的雨中爬过，大雨如注，雨线密集，清晰可见。爬上这棵树，我就获得了一种独特的视角。我可以在这里俯瞰一个通常我只能平视的城市。尽管视角的变化可能微不足道，这对于我可谓极大的安慰。尤其是，这能多少抵消城市对我的控制。

任何一个在城市生活的人都会因久居其中而产生厌倦。街道如深谷，将我们的目光幽禁，人陷入阻滞，渴望开阔的视野，而不是仅仅看到玻璃、砖块、水泥和柏油路。我住在剑桥，这座城市位于世界上人口最密集、开发程度最高的地区之一。对于一个热爱高山和荒野的人来说，定居在此有些奇怪。剑桥跟欧洲其他任何一个地方一样，离传统意义上的"荒野"非常遥远。我能深切地感受到那种距离。但是有些美好的东西让我留在了这里：我的家庭，我的工作，我对这个城市本身的感情，我爱那些古老建筑的砖石，阳光在上面凝结如水。我断断续续在剑桥生活了十年，我想未来数年，我还会继续在这里生活。同时我也知道，只要我还留在这里，就免不了产生到荒野去的念头。

我说不出自己究竟是何时爱上了荒野，只能说我的确爱上了它，而且深深需要它，这种需求始终如此强烈。小时候，每当我读到这个词，它都会在我脑海中勾勒出一个广袤的空间，遥远而无形。有时是大西洋海岸之外与世隔绝的岛屿，有时是无边无际的森林，雪堆上印着狼爪，泛出冰蓝色的光。有时又是冰霜封冻的山峰和幽谷，以及其中深不可测的湖泊。我头脑中有一个萦绕不去的荒野景象：北方某地，寒冷、广袤、隔绝、原始，以其荒凉严峻考验着每一位旅行者。对于我来说，进入荒野就意味着跨出人类历史。

这片山毛榉林并不能满足我对荒野的需求。附近道路的轰响、西行列车的鸣笛声和触轨声，都清晰可闻。周围的田地都施了肥料和除草剂，以最大限度地提高生产力。灌木树篱则是人气最高的垃圾场。有时候，一夜之间就会冒出一个垃圾堆：砖块瓦片、被水泡涨的胶合板、破破烂烂的报纸碎片。我还曾看到一个胸罩和一条蕾丝内裤挂在荆条上，像一只特大号的伯劳鸟捕猎器。我猜，这应该是随手一丢的垃圾，而不是路畔激情的遗物——毕竟，谁会在山楂树篱里行欢呢？

在暴风雨来临前的几个星期里，我又感到那种熟悉的渴望：我渴望走出医院焚化炉投下的阴影，走出环城公路的"视界"*。那天，我站在高高的"鸦巢"里，俯视着道路、医院、田野以及夹在缝隙中的树林时，忽然产生了一种离开剑桥的迫切冲动。我想到一个遥远的地方去，那里星光清亮，人迹罕至，风从四面八方吹来。我应该去遥远的北方或西方——在我心中，那里大概会

---

* 黑洞的边界称为视界。

是仅存的荒野乐土。

***

在英国和爱尔兰，荒野一次又一次被宣告死亡。一九六四年，E. M. 福斯特写道："两次世界大战要求对一切事物严格管控，这种管控在战后延续，再加上科学的助力，这些岛屿上原本就算不上广阔的荒野很快就被人类的脚步踏遍，到处有人巡逻检视，建造房屋。如今已没有可以隐遁的森林或山丘，没有可以藏身的洞穴，也没有荒凉的山谷了。"对于乔纳森·拉班*来说，荒野绝迹于更早时：至十九世纪六十年代，英国已经是"人口稠密，耕地密集，高度工业化和城市化。除非乘船出海，再也没有任何地方可以独处，也没有任何所在可供探险"。一九八五年，约翰·福尔斯（John Fowles）用冷峻的笔调写道："事实就摆在眼前，我们正处在一个苍凉的时刻，即将失去大量古老的风景。我们对乡野风景的破坏难以想象。只有在某些沿海和高山区域，古老而丰富的生态才暂时得以保全。"五年后，美国作家威廉·利斯特·希特－穆恩（William Least Heat-Moon）这样描写英国："（这是）一个玩具王国的花园，一切齐齐整整，真正的荒野已不复存在，关于荒野的记忆更是杳不可闻。森林不过是变相的种植园。英国人，欧洲人，都早已远离荒野。这是他们和我们之间的区别。"

---

* 乔纳森·拉班（Jonathan Raban，1942—2023），英国旅行文学作家。

同样的悲叹，同样的蔑视，一次次重复。

荒野的灭绝有大量证据可以佐证。尤其是在二十世纪，灾难已降临在英国和爱尔兰的陆地和海洋。关于环境破坏的各项统计数据屡被提及，人们再熟悉不过。这些数据如今看来，与其说是控诉，不如说是挽歌。一九三〇年至一九九〇年间，英格兰超过一半的原始森林或被砍伐殆尽，或被人工针叶林取而代之。半数灌木篱墙被连根拔起。几乎所有低地牧场都被犁作农田、铺为马路或盖起房屋。曾经欧石南丛生的荒野，也有四分之三经历了垦殖或开发。纵观英国与爱尔兰，稀有的石灰岩路面被大量开掘，当作假山石出售。历经千年才形成的泥炭沼泽*有的被排干，有的被开掘。消失的物种已多达数十种，另有数百物种濒于毁灭。

在英国，九万三千平方英里的土地上生活着超过六千一百万人。人与人之间几乎完全丧失了距离感，这种状况，很大程度上是繁多的车辆和纵横的公路造成的。如今，距离公路超过五英里的地区已少之又少，并且仍在日益缩减。现在英国有将近三千万台车辆处于使用中，仅在大不列颠岛就有二十一万英里的道路。如果把这些道路前后相接，延展成一条连续不断的车道，它几乎可以送你去往月球。道路本身已经成为新的"移动文明"：据估计，在交通高峰期，英国全境汽车中的人口数量甚至可能超过伦敦市中心的常住人口数。

英国最常见的地图就是公路地图集。随便拿起一份地图，你

---

* 在潮湿或地表积水环境中，死亡的动植物体往往分解缓慢，形成有机物的积累现象，积累物统称为泥炭。泥炭沼泽，即土壤剖面发育有泥炭层的沼泽。

就能看到覆盖全国的高速公路和城市道路网络。从这样的地图上可以看出，英国的地面景观已经被密布的公路之网笼罩，沥青和汽油则成为新景观的主要元素。

但是，此类地图集也呈现出一种缺失。图上不再有荒野地带的标记，丘陵、洞穴、突岩、森林、荒沼、河谷和湿地几乎不见踪迹。即便图上偶有标示，也只不过以背景阴影或通用符号表现。更常见的情况是，它们像旧墨迹一样褪了色，成为古老群岛被压抑的记忆。

当然，大地并不在乎自己如何被绘制，对图画和绘图者都漠不关心。然而，不同地图以不同方式组织信息，其影响是深远的。地图将景观的不同要素分门别类，并根据重要性进行选择和排序，受其影响，人们感知和对待景观的方式也会染上强烈的偏见。

一幅实用有效的地图难免引起使用者的偏见，要想摆脱，无疑将耗时耗力。而最易扭曲使用者认知的地图，莫过于公路地图。一六七五年，约翰·奥格尔比（John Ogilby）绘制了英国第一本公路地图集。这套地图集共有六卷，号称是当时唯一的"英格兰和威尔士主要道路平面图及历史记录图"。奥格尔比的地图一丝不苟地描绘了地面景观的种种细节，不仅包括道路，还包括这些道路所缠绕、穿梭、跨越的景观——山丘、河流和森林。

自奥氏地图出现以来，几百年里，公路地图集日益普及，影响越来越大。在英国和爱尔兰，这类地图册每年的销售量超过一百万份，流通量则估计在两千万份左右。现代公路地图的信息重点非常明确，往往是在卫星照片的基础上，由计算机绘制而成，主要呈现交通运输及位移信息。这类地图鼓励我们把脚下的土地仅仅想象成一个行车环境，将使用者从自然世界抽离。

当我想起这样的地图——或者说当我在这样的地图中想象时——眼前似乎出现了模糊的监控视频画面，显示着方向、目的地与路线计划。暮色中的刹车灯，热烘烘的尾气。公路地图很容易让人忘记大地的实体，忘记在我们称作英格兰、爱尔兰、苏格兰和威尔士的土地上，分布着五千多个岛屿、五百多座山丘和三百多条河流。公路地图不愿承认：远在被加上政治、文化和经济的属性之前，构成这些国土的无非是岩石、树木和流水。

***

暴雨过后，我突然产生了一个念头：何不收拾行装，去探寻英国和爱尔兰尚存的荒野？我并不相信，或者说不愿意相信荒野已死。现在就做那样的断言似乎为时尚早，而且有些危险。就像哀悼一个尚未去世之人，这种想法带有欲求一了百了的意味，实属自暴自弃。英国和爱尔兰的荒野的确已遭受不可忽视的损失，环境污染、气候变化等诸多威胁也在规模与程度上比以往任何时候都更为严峻。然而我知道，荒野并没有完全消失。

我开始做旅行计划。我写信问朋友们，打听何时何地最适合探寻荒野。"伯明翰市中心，周五晚上，商店打烊后。"其中一个人回复。另一个人则告诉我，在设得兰群岛的内维尔海角，春季涨潮时，高达一百英尺的巨浪会将大石抛到距海边四分之一英里的内陆,由此在望不到海之处形成一片风暴海滩。后来,我的朋友罗杰·迪金来电,向我推荐了位于朱拉岛西北部偏僻海岸上的布雷切岩洞,以及位于南方高地奥湖上的一方半岛。据他所言,那里有一座荒废的城堡,常年被乌鸦包围,有异常诱人的魅力。他还曾在岛上遇到一位脾气糟糕的房地产经理,那段邂逅倒不失有趣。讲到这里,他建议说:"不如你过来一趟,咱们坐下好好聊聊?"

罗杰是共同探讨荒野的不二人选。作为"地球之友"协会的创始人之一,他一生都对大自然及其景观十分着迷。九十年代末是他的迷恋之情最为高涨之时,于是他开始了游泳穿越英国之旅。一连数月,罗杰游遍了英格兰、威尔士和苏格兰大大小小的河流、湖泊、池沼、峡湾、溪流和海洋。他让自己沉浸在不熟悉的环境中,立志以前人未有的视角重新观看这片国土,即建立一种"蛙眼视角"。他将这段经历写成了书,题为《野泳去》(*Waterlog*),如今已成经典之作。这本书写得诙谐又优美,既是对残存荒野水域的捍卫,又是对消失之境的挽歌。书如其人:活力充沛,散漫自由,热情奔放。有一次,我和罗杰的一个共同朋友对我说:"他已经六十多岁了,还像只小狐狸一样精力旺盛!"

罗杰和我几年前见过面,对大自然的热爱让我们有了交集。我写了一本关于山岳的书,他写了一本关于河流和湖泊的书。尽管他的年纪比我的两倍还大,我们还是很快就成了挚友。我女儿莉莉出生时,他主动当起了我女儿的叔祖父。莉莉一岁生日那天,他送给她一架木制蒸汽机作为礼物,用西克莫槭树叶包装、草丝捆扎。在莉莉第一次去他家做客之前，罗杰告诉我他又给莉莉做了一件礼物：一个树叶迷宫——他收集了千万枚黄澄澄的桑叶，给莉莉搭了一个符合她身高体型的小迷宫。

在我们通话后一周左右，我挑了一个阳光明媚的日子，开车穿过萨福克郡的梅里斯公共自然保护区去见罗杰。经过一个自然截顶的硕大柳树墩后，我便转了个弯，这是通往他农场的小路的起点。

罗杰的家是我所见过的最不寻常的家。一九六九年，他二十六岁，买下了这座伊丽莎白时代遗留下来的破败农场，以及周围十二英亩的草场。当时，这座原建于十六世纪的建筑几乎已成废墟，仅留下灌满泉水的壕沟和一座大壁炉。于是他就在那壁炉旁边放了个睡袋，就此住下，并围着自己的落脚点慢慢盖起了一座房子。

罗杰将自己的家命名为"胡桃木农场"，大部分以原木建造，恰如其名。主结构由橡木、栗木和白蜡木构成，三百多根大梁支撑在房子的屋顶和地板之间，确保其不会倒塌。每当劲风东来，房屋的木头便吱吱嘎嘎响声不绝，用罗杰的话说，听上去像"一只风暴中的船"，或是"一头正在游动的鲸鱼"。这房子虽是建筑，却似有生命。他把门和窗户都开着，便于空气流通，也方便动物出入。大风将树叶从一扇门送入，又从另一扇门送出，蝙蝠扑扇翅膀，在窗间穿进穿出，整座房子如同在呼吸。蜘蛛在屋子每一个角落拉丝结网，燕子在主烟囱里筑巢，椋鸟在茅草屋顶中栖息。常春藤和玫瑰爬满了外墙，从木板的节孔和缝隙中悄悄伸出刺探的卷须。房子前面种着胡桃树，农场的名称便由此而来。每到初秋时节，胡桃树结出坚硬的绿色果实，哗啦啦落在谷仓的房顶上和访客的头上。此前所提的壕沟就位于屋后，夏季数月，大部分日子他都会下水小游。那里被几千只淡水螺清理得很干净——毕竟，它们是天然的湿地保洁员。

我经常去看望罗杰，对他的家和农场很了解。他的土地虽然没有耕种，却受到了精心的照料，显得生机勃勃。雀鹰在头顶的天空巡游，刺猬在波纹钢板下安眠，西灰林鸮在他手植的鹅耳枥和橡树林间啼鸣不绝。几十年来，他在自己的草场上建了不少设施，包括一间牧羊人小屋，里面置了一张床、一台带烟囱管的炉子、一辆窗户破损的老式木质大篷车，以及一节漆成普尔曼紫色的火车车厢。每逢狂风暴雨之夜，他总喜欢睡在这车厢里。一次夏季暴风雨过后，他写信说道："昨夜我在这儿卧听雷雨，实在不可思议，如身在铜鼓中，周围奏起交响乐，雷鸣如四声道环绕立体声在耳边播放。"又一天早上，他在牧羊人小屋里醒来，发觉整座房子不住地摇晃。是地震吗？不，原来竟是一只狍子，正在挨着墙角一下一下地蹭痒，对房主人的存在浑然不觉。

我去拜访他的那天，我们一边用黏土烧制的大杯子喝茶，一边坐谈荒野，聊了好几小时。我们不时从他书架上抽出一本书或者一张地图，交换各自的想法和经验。罗杰给我推荐了几个地方：东安格利亚*的布雷克兰、莱姆里吉斯断崖、埃塞克斯的坎维岛。

---

* 东安格利亚（East Anglia），又译为东盎格利亚、东英吉利，源起古代的东盎格利亚王国，现为英格兰行政地区统称，指诺福克、萨福克和剑桥等郡在内的东部地区。

在他看来，这些都是英格兰最古怪荒凉之地。我则跟他讲起费希河谷深处的一个瀑布潭，潭水呈马背棕色，上空常年有游隼盘旋。此外，在凯恩戈姆山脉中心有一块松动的巨石，叫"庇护石"，石下空间温暖宽阔，即便冬天也可以过夜。

我问罗杰是否愿意陪我完成部分旅行，他欣然同意，并表示对英格兰和爱尔兰的荒野之行尤其感兴趣，而且格外盼望我们能一起私闯某些区域。他坦言想去麦当娜的威尔特郡庄园走一遭，自认有权在那片美丽的林地中漫游。我略有迟疑，咕哝着发表异议，说担心私人领地上有陷阱和猎场看守什么的。不过，我早已对于双人探险期待不已。当时，我还并不知道罗杰将在这趟旅程中成为多么重要的存在，也不知道在他的影响之下，我对荒野的理解将产生多么大的改变。

***

告别罗杰后的几个星期，我继续完善我的计划。我找了一些专业地图（包括地质图、气象图和自然历史地图），有些是买的，有些是找人借的。我一边看地图，一边任思绪游荡，寻找可能的旅行地，并试图想象地图上简单的标记将展开怎样的风景。我沿河一路追踪，直至断崖落水处，不禁猜测飞瀑将把岩石雕刻成什么形状。我圈出苏格兰和爱尔兰湖区那些草木繁盛的无名小岛，想象自己向岛游去，爬上那些树，在树上入眠。我标出那些不通道路、地势开阔的地区：兰诺克沼泽和费希菲尔德荒野。我还辨认出不同类型的岩石——辉长岩、角闪石、蛇纹石、鲕粒岩、泥砾土等——这些岩石带有时沉入地下，穿过大地，又在另一处重回地表。我把登山探险家 W. H. 默里[*]的一段话钉在了书桌上。默里曾仅凭老式"一英寸"地图前往本奥尔德山考察，考察途中，他如此写道："即便仅凭彩色地图，也可以看出这片国土不可磨灭的荒野印记。荒野隐藏于巨壑深谷中，而谷壑背后仍有更神秘的要塞，无穷的秘密等待人们探寻。你可能想问，究竟是什么秘密？当然，我自己也尚未知晓。"

我列出了威尔士边境和西南各郡的高山堡垒、古冢和墓穴，并标出它们之间的路线。我还标记下一些悬崖：位于北哈里斯的传奇绝壁乌拉戴尔峭壁，马尔岛西南部砾石海滩上近千英尺高的落崖，拉斯角附近的克洛莫悬崖，以及凯恩戈姆山脉的布雷里厄赫山北坡的雪墙——那里终年积雪，慢慢融结成了冰墙。另外，我也记录了某些飞禽走兽以及它们的栖息地：金雕、小嘴鸻、青足鹬、水獭、雪兔、雷鸟，甚至还有鬼魅般的雪鸮，它们偶尔会飞出北极圈猎食。

我选定的地方几乎全部位于极北或极西之地，即苏格兰和威尔士高耸的山峦和边远的海岸。但这种地域上的偏异似乎也为我的旅行勾勒出了一个大致的轮廓。我会从自己所熟悉的、钟爱的地方开始，再慢慢登高涉远，走向被福尔斯称为"古自然"最后飞地的群山和海岸，去往我心目中的荒野圣地。北上至某处，我

---

[*] W. H. 默里（William Hutchinson Murray，1913—1996），苏格兰作家、登山爱好者。

会转而南下,穿过爱尔兰,最终回到英格兰城市——在这里,荒野是最濒危、最隐秘,对我来说也最陌生的土地。

同时,我还决心一边旅行,一边绘制出一张文学地图,以与公路地图抗衡。它将重现英伦群岛残存的荒野,或至少留存它们消失之前的痕迹。这张地图,我希望它连接的不再是城市、村镇、旅馆和机场,而是岬角、悬崖、海滩、山峰、突岩、森林、河口和瀑布。

这本书就是那张地图。作为开篇,我沿着北威尔士的利恩半岛西行,来到一个偏远的小岛。在这里,我发现了荒野之心的第一缕微光。

岛屿

向晚，船头推开波浪，水面闪烁着微光。风很大，船身倾斜超过了二十度。船帆绷紧，海面灰暗，波涛汹涌。船上，我们三个人抓紧钢缆和船板，才能让双脚在倾斜的甲板上站稳。我掌舵，努力把稳航向，朝目标小岛驶去。我能感觉到侧面有一股激流，推着我们向北滑去，滑向远方的大陆的岩石；海浪撞击在那些岩石上，形成一条壮观的白色浪纹。大陆上方悬着两层薄云，乌云覆盖在白云上；这是大气扰动的迹象。

初夏，傍晚，利恩半岛最西端外海。我们离开港口时天色已晚，风很大，距离天黑最多不过三小时。

我们的船以接近八节的速度前进，以稳定的节奏在海浪上跳跃颠簸。突然一声巨响，一道白浪骤然翻起，仿佛天鹅振翅欲飞。我们的船急转入背风向，速度一下慢下来，好像海水突然变稠了。

我们都控制不住向前冲出几步。冰凉的海水从船的右舷溅过来，打在我脸上，那一刻我听到了不规则的鼓点般凌乱的声响。

靠近船头处，支索帆脱出了甲板。用来固定支索帆的粗钉也已不堪大风之力折断，导致船帆几乎完全脱开，只剩桅杆顶部还固定着。原来固定在船帆底端的沉重的金属线轴也因松脱甩来甩去，重重撞击着玻璃纤维板。

船长约翰下达了简短而明确的命令，他接过舵盘，把船转回风中，然后让我接手把稳。海浪浸湿了甲板。颠簸之中，约翰的妻子简从船的侧面探身出去，抓住线轴，把它绑在栏杆上。我们与风角力，费了好大力气才把船帆拉回。之后，我们又把船帆卷起，才得以将它平放在甲板上固定好。

危机过后，最后的航程在平静中度过。收了帆后，我们的航行便慢下来，速度最多也不超过四节。

在我们的西南方，夕阳中映出小岛的剪影：一片巨大的峭壁和突岩，从海面之下向上升到约五百英尺的高度，慢慢延展成狭长的浅滩。滩头耸立着一座高高的灯塔，它那蛋白石般的反光镜间隔几秒便闪烁一次。

我们终于驶入了小岛悬崖的背风处，风一停，主桅杆上的单帆便垂了下来。接着，仿佛是为了迎接我们，或奇迹显现（当然两者都不可能），低垂的太阳刺破云层，将海水染成了一片银色，而我们就轧着那明亮的水面，驶入避风处的小海湾。

逐渐靠近海岸时，我们听到空中有一种高亢的声音，离陆地越近，那声音就越大。起初，我以为是风声——急风扫过船绷紧的线缆，发出吟唱。我转头看同伴们，不确定是不是只有我一个人听得到。随后声音越来越大，我才发现这不是单音，而是由几十个声音彼此交织而成，每个声音的音高都略有不同。接着我便明白了。是海豹！成百上千只海豹正在出动，在每一块岩石上，每一块挂着海藻的岛礁上，整条蜿蜒的海岸线上，都有海豹在高歌。它们明明不断发出声音，却又给人一种安静的印象，如同蜂群或者流水。它们的颜色各不相同：灰色、黑色、白色、浅黄褐色、狐红色和皮棕色。我们与三只体型较小的雌性海豹擦肩而过时，我看到它们的皮毛上有一圈圈优雅的漩涡形纹路。

约翰划着小船送我上岸，在暮光中，船停泊在满是鹅卵石的海滩。我独自下船，前往小岛，穿过海豹的素歌[*]，向着西南部的狭长陆地走去，期待能找到一处夜宿之地。

***

这个岛叫作"恩利岛"（Ynys Enlli），意思是"洋流之岛"。这个名字可谓名副其实，因为几股强劲的急流就在恩利岛附近交汇。每逢涨潮或落潮，海水会迅速涌入海峡，急流由此产生。一旦急流出现，尤其是两股以上急流汇合时，海水会变得极不稳定。潮起潮落之间，海面会有一阵子平滑而宁静，但当潮水开始奔腾，海水便沸腾起来，洋流在海面下彼此冲撞纠缠。急流交汇处，海

---
* 素歌是一种源自中世纪的教堂音乐，没有伴奏。

浪会像鲨鱼鳍一样直立，气泡大量上浮，仿佛搅扰自海床而起。

急潮也可能到达开阔的水域。当急潮撞上海岬，比如利恩半岛的岬角，这股急潮便会向外偏转。偏转的距离取决于急潮的流速，如果流速快，一波急流所引发的回流可以长达好几英里，威力骇人。由此，为何早期的航海家遭遇这种洋流时，往往认为某些海角和半岛具有超自然的邪恶力量，也就不难理解了。

公元五〇〇年到一〇〇〇年间，在大不列颠和爱尔兰两岛西部与西北部的偏远海岸陆续出现了一些定居者，恩利岛就是定居地之一。在那几百年里，发生了一场非同寻常的大迁徙。成千上万的僧侣、修道士、隐士以及虔诚的传教士陆续前往海湾、森林、海角、山巅和大西洋沿岸的岛屿。他们几乎没有航海经验，所乘的小船也十分脆弱，却凭此驶入危险的海域，只为寻找我们现在所说的"荒野"。在他们停船落脚之处，修道院、隐修间和祈祷室纷纷筑起，他们为死者挖掘墓地，为上帝竖起十字架。这些旅行者被称作"异乡人"（peregrini），这个词来自拉丁语 peregrinus，有远行他乡之意，并在后来演化为英文单词"pilgrim"（朝圣者）。在来恩利岛之前，我在地图上标出了有关上述迁徙的已知路线和登陆点。最后，我手里的图被画得像一扇花窗，大不列颠和爱尔兰最为荒蛮的乐土映入眼帘。

凯尔特基督教的隐修文化起源于五至六世纪的爱尔兰。隐修始于五世纪三十年代，由圣帕特里克开启，加之此前几世纪沙漠圣徒事迹的影响，渐渐扩展到现在的苏格兰西部和威尔士沿海地区。这种避世之旅引导人们来到欧洲的边缘，乃至于更远的地方。

很明显，这些边陲之地与那些"异乡人"追求的平静与苦修形成了呼应。荒野迁徙折射出他们的渴望，他们渴求信仰与环境、内心世界与外部世界彼此印证。我们可以猜测，这些修行者之所以移居外乡，是因为他们想离开已被人占据的土地，那里的一切事物都已经被命名。几乎所有凯尔特地名都具有纪念意义，直到十七世纪，吟游诗人学派还会借助地名来讲授地方历史，于是，风景就变成一座座回忆剧场，持续维系着人们对居住地的依恋和归属之感。由此看来，从已经命名的地区（有连续记忆和族群的地方）迁移到海岸地带（未被绘入地图的岛屿、尚未得名的森林）便是前往无主之地的旅程，一场从历史走向永恒的迁徙。

从凯尔特基督教诞生之初，恩利岛就已经是远近闻名的"异乡人"定居地。人们一般认为，岛上第一座修道院建于公元六世纪。尽管旅程艰难，不易到达，但这座岛在修行者所有目的地中，已经算是最接近俗世的了。像加尔韦洛奇群岛才更令人惊叹。你简直无法想象修行者是如何到达那里，又如何竟能定居。加尔韦洛奇群岛位于阿盖尔郡附近，一千多年前，那里的人住在蜂巢般集群而建的干砌棚屋里。再比如斯凯利格·迈克尔岛，在凯里郡海岸以西九英里处，高七百英尺，如尖牙出水。该岛的高坡上坐落着许多石屋，是由六世纪登岛的僧侣们修筑的。这些石屋面向大西洋，用于忏悔和冥想。石屋之下，石壁猛然下落，异常陡峭，甚至会令你怀疑自己已不在地面，而是在空气与海洋之上漂浮。大海在脚下无尽展开，地平线上没有任何东西会阻滞视野，在这里，修士们曾自由地思考着无限，毫无挂碍。

一九一〇年九月，萧伯纳曾乘坐一艘鱼鳞式木壳船来到斯凯利格群岛。那天，去程风平浪静，花了两个半小时，回程却耗时甚久，令人忐忑。萧伯纳的船在浓雾和黑暗中划行，没有指南针，也没有月亮，海面下急流涌动，萧伯纳的向导们所能借助的，唯有本能和经验。第二天晚上，在斯尼姆的帕克纳西拉旅馆，萧伯纳坐在壁炉旁，给朋友巴里·杰克逊[*]写信讲述自己在斯凯利格·迈克尔群岛的经历："告诉你，这里不属于任何你我生活过、工作过的世界，它属于我们的梦中世界，我到现在还没有重回现实呢！"无论萧伯纳，还是隐居于此的修士，都在斯凯利格群岛获得了一种独特的思维方式，这在其他任何地方都不可能发生。这是一个让人沉入梦境的地方。

那些"异乡人"当年的海上旅行，想来真是非同寻常。如今我们驾着一艘三十三英尺长的远洋游艇去往恩利岛，尚且觉得十分困难。萧伯纳当时乘坐精良的划艇，更有向导为他掌舵，从斯凯利格返程时还担心性命不保。那些修士所乘坐的小船在遮蔽性和稳定性上都要差上许多，然而他们不仅到达了斯凯利格群岛，还完成了更长也更危险的旅行——他们穿过北大西洋不平静的海面，向冰岛和格陵兰岛远航。

修士们搭乘的船只在不同文化中有不同的名字：威尔士语叫克拉克（coracle）或克里克（curricle），盖尔语叫卡罗（carraugh），挪威语叫纳尔（knarr）。它们的形状也各有不同：爱尔兰的卡罗一般长而窄，船头短平方正；威尔士的克拉克则两侧凸起，整体

---

[*] 巴里·杰克逊（Barry Jackson，1879—1961），著名戏剧导演，曾多次将萧伯纳的戏剧搬上舞台。

如一枚透镜。它们的共同点在于建造方法。船体的主材料是牛皮，经过栎皮鞣制，然后浸湿，展开罩在由曲木和柳条制成的框架外。牛皮干燥后会收缩，框架也随之牢固成型。成型之后，人们再在接缝处涂上油脂，便大功告成。这些小船的另一个共同点是其动力原理。它们被设计得很轻盈，吃水浅，可以穿行于激流急潮，翻越浪峰浪尖。这些小船的高妙就在于此：它们在海上十分"狡猾"，像鼋鼍一般凌波而行，船过时，水面几乎不受扰动。

***

最后一缕阳光洒在恩利岛南端，我穿过一片铺满了海石竹的空地，尽管海岸上是一片盐碱地，海石竹依然生机勃勃，长得密密实实。它们的花朵脆嫩，花茎坚韧，微风来时，群花摇动，在暮光之中看去，仿佛整个大地都在轻轻颤抖。南边的水面上，一只鸬鹚振翅起飞，被我听在耳中。我看到船舱微弱的灯光在海湾中摇曳。那一刻，我希望自己也在船中，和约翰与简一起，那里有热腾腾的食物，有威士忌，还有朋友的陪伴。

我回头看了一眼远方的大陆，在黄昏中，只看到一条铁丝般细细的线。修道士们应当就是从彼岸利恩半岛的海湾驾船出海的。即便像现在这样时值夏季，天气不好的时候，也得花两三天才可能到达这座岛。若在冬季，风暴来临时，恩利岛可能会一连封锁几个星期。

因此，修道士们一定会谨慎地选择时机。他们耐心等待平和的天气，观察潮水涨落。他们推船下水，脚踩着卵石，发出嘎吱嘎吱的声响，踏入海中，水花飞溅。小船会在海湾中一阵颠簸，继而驶入海峡中洋流涌动的开阔水域。

我想，他们一定有种无所依凭的感觉。但或许他们根本不这样觉得，或许他们的信仰如此纯粹，近似某种宿命论，于是他们无所畏惧。当然，他们当中有许多人葬身海峡，被海浪和洋流淹没，既没有留下名字，也没有留下生平。"有一座小岛，别无通途／唯有驾一叶小舟可以抵达"，牧师兼诗人 R. S. 托马斯*这样写道。托马斯所在的阿伯达龙教区，恰恰与恩利岛隔海相望。

> 圣徒之路，
> 沿途映出
> 一张张受惊的脸
> 属于许久之前的溺亡者，用力咀嚼
> 沙滩上的碎石……

关于那些"异乡人"，我们几乎没有任何确定的信息，也不知道他们的名字。不过，通过阅读他们的旅行笔记和在恩利等地的生活记述，我渐渐了解了他们高尚的初衷和可敬的态度。他们寻求的不是物质利益，而是一片圣土，他们希望在此磨炼信仰，抵达至高境界。用神学术语讲，他们是为了"圣徒的应许之地"

---

* R. S. 托马斯（Ronald Stuart Thomas，1913—2000），二十世纪威尔士重要诗人，也是英国圣公会牧师。

(*Terra Repromissionis Sanctorum*)而流亡。

基督教有一个历史悠久的传统,即认为所有人都是"异乡人",而人类生活本身就是一场放逐。这一思想在《圣母经》中得到了延续,《圣母经》通常是晚间祷告的最后一首圣歌。祈祷词宣告:*Post hoc exilium*,即"放逐之后,可受恩许"。这首圣歌听起来非常古老,令人不安。毫无疑问,它是一曲荒野之歌。它昭示了古人的荒野观念,至今仍令我们动容。

我们之所以能对修道士在恩利岛等地的生活有所了解,主要是因为他们所留下的丰富文献。他们的诗歌充分描绘出了他们与自然之间热烈而独特的关系,同时也展现出,他们对自然既有亲近,也有疏离。有些诗句读来像草草写下的清单或田野笔记:"蜂群,甲虫,这世界轻柔的音乐,温和的嗡鸣;黑雁,白颊黑雁,万圣节将至时,狂野暗流的乐声。"另一些诗则记录了某些迷人的瞬间:贝尔法斯特湖畔,乌鸦在金雀花枝头鸣唱,狐狸在林间空地嬉戏。公元九世纪,在罗拉科山脊附近,隐居者马尔班(Marban)住在一间位于冷杉林中的小屋里。他曾写道:"在灰云悬空的日子里,有风吹过树枝的声音。"同样在九世纪,一位负责修筑北罗纳岛石墙工程的无名修道士曾停下手里的工作,写诗以传达心中喜悦:他站在"开阔的海角上",越过"柔滑的海滨"望向"平静的海面",聆听"奇妙的鸟鸣"。还有一位十世纪的抄写员,在某座岛上的修道院工作时,他的笔尖在拉丁文段旁边停留了很久,随后用盖尔语潦草地写下了一条笔记:"今日,页边跳跃的阳光令我欣喜。"

这些散落的词句让我们得以一窥这些"异乡人"信仰的本质。这些被记录下来的短暂瞬间穿透了漫长的历史，就像是声音穿越了漫漫水域或者冰冻的土地，又异常清晰地传入耳中。对于这些书写者来说，关注大自然也是一种献身之举，是崇拜的延续。他们所留下的艺术是人类热爱荒野的最早证词。

***

人的思想如同海浪，也有其"风区"[*]。它们跨越了无尽的距离，才到达我们身边，其过往杳不可见，也无法想象。荒野所代表的"野性"就是这样一种思想，它穿过了漫长的时间。在这漫长的时间里，围绕它诞生了两种彼此冲突却同样宏大的解说。第一种说法称，野性终将被征服；第二种则表示，野性应当受到珍重。

英文中，"wild"（野性的）这个词的词源隐晦不明，引得人们争论不休。其中最有说服力的解释称，该词跟以下三个词相关：古高地德语中的 *wildi*，古挪威语中的 *villr*，以及古日耳曼语中的 *ghweltijos*。这三个词都有"混乱无序"的含义。据罗德里克·纳什[†]的研究，这些词给英语留下了词根"will"，并赋予其"任性且不受控制"的意义。"wildness"（野性）这个词，从词源上讲，便象征着独立于人类控制之外的存在。"荒野"也可以被称为"自

---

[*] 风区，指受状态相同的风持续作用的海域范围。波浪即由此产生。
[†] 罗德里克·纳什（Roderick Nash，1939— ），美国历史学教授，也是美国环境教育和环境史学科的开创者和推动者之一。

主之地"——它只遵循自己的律法和原则，树木生长、生灵活动、壑间溪流，一切皆由它自行设计和执行。当代的定义依然认为，荒野"没有限制，不受约束，一切自由"。

自有记录以来，"野性"的基本含义一直未变，但是对于"野性"的价值判定却大相径庭。

一方面，在人类追求秩序构建的文明与农业发展中，野性被视为一种危险的破坏性力量。依照这种观点，"野性"和"浪费"具有相似性。荒野拒绝为人所用，因此必须被摧毁或征服。无论古代还是现代，东方还是西方，多个文明都充斥着对于野性的敌意。美国传教士、作家詹姆斯·斯托克（James Stalker）曾在一八八一年写下这样的赞颂："如果没有那些真正的文明建造者，我们所居住的地方将仍然是一片不为人知的荒地。其他人只能看到蓁莽荒秽、盐碱遍地，而他们却看到了熙熙攘攘的城市和兴起于沙漠之上的工厂……这些先驱者开掘了通山隧道，架起了跨江大桥，打开了财富宝矿。"古英语史诗《贝奥武甫》中，诗人多次写到一种"魔怪"，或称"蛮兽"。在这首诗中，这些状如恶龙的怪物栖息在狼群出没的森林、深不见底的渊池、狂风拂扫的峭壁和危机四伏的沼泽。正是为了对抗这样的荒野与"蛮兽"，贝奥武甫以及他的高特部落，才筑起了温暖而明亮的长屋，建立了等级分明的武士文化。

然而，与上述仇视荒野的视角相对，还有另一线平行历史：野性被视为一种非凡而精妙的力量，荒野则是丰繁富饶的奇迹之境。彼处，《贝奥武甫》的诗人正在书写征服荒野的寓言，与此同时，恩利岛、罗纳岛、斯凯利格群岛等地的修道士却在赞美自然的美丽与丰饶。

事实上，在这些"异乡人"之前，人们对荒野自然的挚爱已经有迹可循。比如，中国人有一种艺术传统，谓之"山水"。山水传统起源于公元前五世纪初，此后延绵传续了两千余年。陶渊明、李白、杜甫、陆羽，皆是此一传统的实践者，他们放逐自我，遨游四方，寄居山林，所思所写都是周遭的自然世界。与那些早期基督教修士相似，这些中国文人也试图以艺术描摹世界奇妙的生成过程，万物生发，延续不绝。山水艺术家赋予了这种盎然生机"自然"之称，有"自明如此，一任天然"的意思，对应到英语，就是"wildness"（野性）。

无论是骄阳灼人的酷夏、长风凛冽的严冬或是花雨缤纷的暮春，总有隐修者与行旅人遨游于山岭之间。在他们笔下，晓雾沉入寒谷，碧光杂落竹林，千鸥扑翅，湖面如风雪骤起。他们观察到，日光落于雪堆，寒枝斜挂疏影，这一切景象令他们感到一种"清明之乐"。对他们而言，夜晚尤其非凡，因为皓月当空，银光铺地，往往把世界映得有如异境。然而，美也并不总是带来好的结果：据说，李白正是因为痴爱明月，想拥抱河中月影，竟因此溺水而亡。不过，无论如何，读山水诗，赏山水画，你便会邂逅一种天人合一的艺术。这种艺术作品的"形"与"神"密切相合，以至于它们已不再是世间奇观的表现媒介，而成了其中的一部分。

***

我来到距离黑岩岬角一百码处，准备找一个可以过夜的地方。夜晚很吵闹，蛎鹬声如鸣哨，海鸥啼叫不绝。在这黑暗中，群鸟环绕，海浪汹涌，涛声隆隆，我置身其中，兴奋不已。

地面崎岖不平，倾斜下行，形成一排峭壁，而峭壁被大浪切断，形成海峡。最后，我终于在一道幽深的峡湾上方找到了可以睡觉的地方：那里的阶地*上有一片尺寸恰如身长的草地。这块阶地微微向陆地倾斜，即便在酣睡之中也没有落海之虞。向下望去，海豹在水中游动的身影清晰可辨。灯塔的黄色光束从我头顶扫过，规律性地缓缓旋转，细长的光线拨开了黑暗。天气很暖和，我带来的露营包派不上用场，于是我只把垫子和睡袋铺在草地上，便躺下身去。

午夜时分，一阵窸窣声响起。又或许声音一直有，我只是恰好在那时醒来。群鸟自我头顶的天空降落，尖锐的啼鸣留下一道道长长的弧形音轨。它们降落在我周围，我听到了啪啪的轻柔落地声。

每隔几秒钟，便能看到俯冲的鸟闯入灯塔的光柱，一瞬间纵横交会。我时不时看到它们被灯光短暂地勾勒出一个轮廓，箭一般的翅膀收在娇小的、炸弹一般的身躯两侧。即便它们很快消失不见，我的眼中依然保留了疾飞的身影。

---

* 又称"河阶"，指由于地壳上升、河流下切形成的阶梯状地貌。

剪水鹱。当然了，它们一定是剪水鹱。这是一种长途迁徙的候鸟，寿命较长。它们一般在洞穴中筑巢，等夜幕降临之后才会离巢觅食。这种鸟常常低飞掠过水面，翅尖在浪峰上滑移，击出串串水珠，因此得名"剪水鹱"。据记录，马恩岛的鹱鸟的水上滑行距离最长可以达到一点五英里。此外，它们的"朝圣之旅"也非同寻常。这些鹱鸟一天之内可以飞行二百英里。繁殖季结束后，出于某种我们无法理解的自然冲动，恩利岛的鹱鸟会飞越数千英里，去往南大西洋，在那里度过这一年剩余的日子。

和大不列颠岛东西海岸的众多岛屿与沼泽一样，恩利岛也是候鸟的天堂。数百种鸟儿在寻找理想觅食地的途中，都会停在这里。群鸟如潮水，如洋流，南北迁徙，分散又复归，将一个个遥远的地方彼此相连。

夜里两点左右，鹱鸟的飞行之声停息了。我躺在寂静与黑暗中，看着上方的灯塔光束静静旋转，如此慢慢滑入了睡眠。

我醒来时，是一个平静的黎明。大海在我的南方安静地呼吸，轻雾低垂，珠光粼粼。天空是灰白中裁出的一缕缕蓝。五十码外，一只黑背鸥俯冲入海，发出石头落水般的声音。我坐起身，看到几十只暗褐色的小鸟正栖在我周围的岩石上，啼声高亢嘹亮。是鹬鸰。我一动，它们便扑棱棱飞走了。

我从峡湾最浅的一侧下去，来到海边的一块尖石上，在一湾净水里洗脸。我在岩石上捡到了一枚心脏大小的蓝色玄武岩，里面嵌着白色的化石，非常漂亮。化石中的那只鞭毛虫不过指甲大小，身体的扇形结构清晰可见。我用一片薄薄的贝壳载了一撮干石竹花瓣，放在水面上。一松手，它便被一股看不见的涡流卷住，随着波浪轻轻摆荡而去。

峡湾远处，两只海豹正拖着自己巨大的身躯爬上岩石。它们观察着我，我一走近，它们便努力地从栖身的岩石上下来，接着滑入海里，仰身划过峡湾口，在那里注视着我。随后，两只海豹都潜下水，一只消失不见了，另一只则又浮出水面，离我近了一些，敦实的脑袋探出来，像是一架潜望镜。它那双水汪汪的大眼睛锁定了我的目光，向我投来冷静而淡然的凝望。我们就这样对视了十秒，之后它一头扎入水中，仿佛要以飞溅的浪花洗一洗自己的头。随后，它消失了。

在大西洋海岸地带的民间传说中，海豹一直被认为具有神秘的双重属性，介于人类和海洋生物之间。二十世纪四十年代，作家大卫·汤姆森*游历于爱尔兰和苏格兰的西海岸村落，沿途收集关于海豹的故事传说。他发现各地的故事都大体相同，说海豹的注视有摄人心魄的力量，又说海豹出海时化为人形，回到大海又变为兽态。汤姆森写道，海豹的存在生动地提醒了我们，人类起源于海洋，与其他动物如此相近。在游记中，汤姆森总结道："民间传说中有不少陆地动物的身影，但没有任何一种动物（即便是野兔）能够像海豹这样，对人类心灵产生如此梦幻的影响。"

在那个宁静的早晨，我经过剪水鹱的巢穴，踏过柔软的苔藓草地，穿过那片海石竹田，回到了一开始的砾石海滩。我试着想

---

* 大卫·汤姆森（David Thomson，1914—1988），英国作家、电台节目制作人。

象那些修道士彼此之间或直白或含蓄的交谈，关于这片居所，关于他们与此地的亲近关系。令我钦佩的一点是，他们的精神追求，在现实世界中找到了印证与表达：海角边，雾纱低垂的海面；书页边、海湾里落下的日光；寂静空气中，如羽毛般飘摇落下的雪花。当然，他们在这些地方生活，也会感到身体上的不适；当然，他们之间也会有分歧，有争执，有不良情绪。但是这些苦修者所渴求与赞颂的，是一种超越物质性的富足，它存在于海上清新的空气中，存在于结群翱翔的海鸟身上。亨利·戴维·梭罗也曾论述过这种价值观，他说，一湖、一山、一崖、一石，"一片森林或一株古木"，这些事物都美妙极了，它们的用处，金钱无可比拟。

如今的情况，已经跟"异乡人"的时代相去甚远了。恩利岛的海湾和峡谷中满是被冲刷上岸的塑料垃圾。在靠近大陆的水域，常有汽艇突突地驶过。从威尔士沿海市镇排入爱尔兰海的污水带来了很大问题，有些时候，受到化学污染的海水会在岩石上形成层层泡沫，就像被冲下的洗发水一样。换作是我，在这修道士曾居住的小岛上根本无法生存，很可能连一个月都过不下去。城市的诱惑，我自己的日常习惯，对图书馆、奢侈品、社会关系和丰富生活的需求——样样考验我都经受不住。然而，那些在几世纪前吸引"异乡者"来到这里的种种特性，依然存在于这片土地上。在这里，人们曾与荒野世界和谐共存，我选择此地作为旅程的起点，似乎最恰当不过。

晚些时候，涨潮了，我们穿过海峡，回到大陆。海涛荡漾，波光粼粼，海面仿佛铺了一张银亮的薄膜，而海面之下，涌动的暗流似乎陷入了短暂的停顿,微微颤抖着。

***

约翰把船停在距离岸边约百码的地方,西指恩利岛,对面则是一个小海湾。海湾两侧,峭壁耸立,参差不齐,岩壁上多有洞窟,形状复杂,洞中不时传来鸟叫声。小船在碧波上颠簸,锚绳随着起伏一次次拉紧,溅起阵阵水花。自船尾看,桅杆左右摆动不止,宛若一个节拍器。

我潜入水中。一片蔚蓝冲击而来。寒冷浸染了我的身体。我浮上水面,大口喘气,开始游向海湾东侧的峭壁。途中,我持续感觉到一股巨大的水流,似要把我推回西边的恩利岛。于是我只能沿斜线游向海岸,努力保持方向。

靠近悬崖时,我穿过了几个不同的温度带,一时是暖的,一时突然又凉了。一道闪光的大浪把我送到了两块巨石间,我立刻伸手让自己停下,免得撞在上面,手指却被附着其上的藤壶*划出了口子。

我游到最大的那个岩洞旁,手扶住岩石的边缘,任由海浪托着我轻轻起落。我朝洞穴内看去,尽管不能望穿洞底,但依稀能看出它深约三十到四十英尺,从洞口到岩壁深处渐渐缩窄,形成一个锥形。我松开手,便慢慢地漂进岩洞口,跨过洞顶投下的阴

---

* 藤壶,是密集附着于海边岩石上、有着石灰质外壳的节肢动物。

影边界时，水变冷了。洞内传来一种巨大而空洞的水流抽吸和拍打之声。我大喊一声，四面八方传来回响。

越进入深处，积水越浅。我采用蛙泳姿势前进，尽可能把身体放平。一路经过的岩石呈现深红色和紫色——那是粗粒玄武岩的诡异色彩。洞穴下方布满了卷曲的绿色海藻，在流水中显得柔滑顺泽，如同湿漉漉的秀发。

再到洞穴更深处，日光晦散，空气如尘。那些不见日光的石头聚集的凉意渗入了空气和水，四下越来越冷了。

我回头看了一眼，那巨大的半圆形洞口此时已经收缩成一小团光晕，海平线也只能隐约看到。恐惧突然袭来，我不由自主地打了个寒战。我继续游，游得很慢，试图避开身体之下尖锐的岩石。

接着，我便来到了洞穴的尽头。一块巨大的白色岩石耸立于水中央，石身几乎完全外露，奶油般光洁柔和，形状如王座，估计应该有五六吨重。我笨拙地爬出水面，脚踩水草，不住打滑。我终于在石头上坐下来，汩汩流水环绕石基，我顺着洞道望向洞口弯弯的光边，那是世界仅存的残影。

此刻，我回想那座白色的大石，感到它仿佛一个幻梦。我无法描绘它究竟是什么样子的，更无法解释它何以出现在那里，被其他红色和紫色的玄武岩所包围。我同样无法想象，在漫长的岁月当中，巨浪如何将这块大石送到洞口，又一点一点把它往里推去，直到它落在山洞最深处的正中央，从此完美就位。

***

那天下午，云开日现，空气中满是微弱而温暖的光。我们爬上海湾附近的峭壁，采了一些在此垂直生长的海蓬子草。峭壁下方是深深的海水，如果我们不慎落崖，海水将立即把我们吞没。小憩时，我们坐进小小的岩洞，面对落日，一边隔着悬崖聊天，一边咀嚼海蓬子翠绿的叶子，咸咸的味道令人回味。

夜幕终于降临，我们回到小船停靠的海湾。它位于一个小河谷的入海口，一水中分，岩壁侧立，十分陡峭。河谷两岸小树茂密丛生，有白蜡树、接骨木、花楸树，还有金银花和旋花夹杂其间，那些喇叭状的白色花朵，在逐渐暗淡的光线中兀自闪耀；杏仁般的香味随风飘浮，如汩汩流水穿过黄昏。

海滩上散布着成千上万的卵石，有些如同鸡蛋一般光滑。海滩两边靠近峭壁处，停了几辆锈迹斑斑的拖拉机。拖拉机已经十分老旧，座椅是那种黑色的塑料斗式座椅。人们常用它们来拖引渔船上岸。在离水更近的地方，沙多石少，三只涉水鸟排成一行向前移动，它们的喙左右摇摆，仿佛是一组金属探测器。我们搬动几块大石搭成座位，就这么坐了一会儿，此时西海上方，落日即将燃尽。

天色完全暗了下来，我们围坐在海湾最西边峭壁下的一个砾石坑里，用桦木点起篝火，喝酒，吃饭，聊天。橙色的火光刺透黑暗，如日光般耀眼。树脂咝咝作响，木柴沿着纹理炸裂，团团火星冲入黑暗，而后消失。海水静静地冲刷着卵石滩。火光的起落，成了我们计量时间的办法。晚些时候，我涉水横穿海湾，回头望去，透过重重黑暗，仍能看到摇曳的火光和移动的人影。

凌晨两点左右，火焰越来越低，渐渐只剩一堆余烬，微风过去，橙光与黑暗交替闪烁。空中无月，夜色平静。就在这时，水中出现了一抹微光，眨眼般闪烁，为长长的海岸线镶上了一道紫银色的弧形光带。我走到水边，蹲下身来，伸手拨弄，霎时间，紫、橙、黄、银纷纷燃起——这是磷光！

我将衣服留在岸边，走进温暖的浅滩。在不受搅扰时，水静止而黑暗，然而一旦有点动静，海水就像瞬间燃起火光。我的一举一动，都会激起一圈耀眼的涟漪。涟漪击中水面上的漂浮物，幻化出新的颜色。于是，停泊在海湾里的几艘船都被璀璨的冷光勾勒出了轮廓，潮湿的船身映出粼粼微光。回头一瞥，海湾、峭壁与洞穴全部镶上了彩光。我感觉自己像巫师一样，可以用指尖划出长长的火焰，我欣喜不已，站在浅滩里玩了一会儿，假装自己是巫师梅林*，左右施法。

接着，我朝更深处走去，脚下一滑，便顺势在橘红色的光中游起泳来。我沿着海岸线仰泳前进，一边回望陆地，一边蹬腿击水，缤纷的色彩自脚边荡漾开去。类似的经历，梭罗在瓦尔登湖也曾有过，他是怎么写的？"那湖中灌满了彩虹的光芒，一时间，我仿佛成了一只海豚。"我还记得罗杰曾说过，有天晚上，他在萨福克郡的沃尔伯斯威克海滩边看到过数十人在荧光海中游泳，他

---

* 英格兰及威尔士神话中的传奇巫师。

们"穿梭在霓虹海浪中,仿佛一条条游龙"。

海湾里漆黑一片,天空几乎黯淡无光,我发觉我其实看不到自己,只能看到环绕身边的磷光,仿佛我已不在水中:整个躯体灰暗不明,只有旋转流动的光线,赋予了我一个漆黑的形状。

***

人们已经发现,海洋磷光更确切地说是一种生物光现象,因鞭毛海藻和浮游生物等微生物在水中累积而发生。根据我们有限的了解,这些生物彼此挤压、碰撞时,会将动能转化为辐射能,从而产生荧光。然而,至少要几十亿这样的单细胞生物聚集起来,所发的光才能为人眼所察觉。

水手们,尤其是在温暖海域航行的水手们,早已注意到这些浮游生物的存在。它们引发了不少令人惊异的现象。一九八〇年十一月八日,戈达海底盆地的地震袭击了美国加利福尼亚州,沿岸地区,有目击者发现大片海域磷光闪烁。二十世纪七十年代,几名在印度洋和波斯湾航行的船长称,他们看见平静的海面上出现了巨大的荧光轮,直径达二百码,轮上还有发光的辐条,转动不止。当他们的船驶过,光轮随之颤动。这些光轮时而像是沉在水下,时而又像是盘旋于海上。

一九七八年一个繁星满天的夜晚,流星拖着长长的绿色尾巴从天空坠落。荷兰轮船"迪翁"号(*Dione*)的船长正驾船穿越波斯湾,目睹了多个类似的光轮。二十世纪之前并没有关于这种现象的记录，人们一般认为，造成它的原因是船只引擎所激起的紊流。另外还有一种猜测认为，平静的海面起到了透镜的作用，磷光经过透镜，投射到了水面上方的一层薄雾上，因此出现了如此魔幻的光轮现象。

二〇〇四年，一对父子在墨西哥湾航行，在离海岸六十英里的地方，他们的游艇被一阵突如其来的大风掀翻了。他们紧紧抓着艇身，在墨西哥湾强大的洋流中随波漂荡。夜幕降临后，海水燃起缤纷的磷光，空气中充斥着高亢的嘈杂哨音，那是海豚魅惑的多重唱。这对在海上漂浮的父子也看到他们身处两个光圈的中心，两个光圈一内一外，各自转动不止。接着他们发现，内圈是一群海豚，它们绕着倾翻的小艇游成了一个圆圈，外面则是一群鲨鱼，它们绕着海豚，形成了又一个圆圈。原来，海豚是在保护着这对父子，使他们免遭鲨鱼的袭击。

***

后来，我离开大海，回到了沙滩上。光芒闪烁的海水从我身上滚落，滴在石头上，倏尔消失不见。我慢慢向内陆走去，海水渐渐从身上流失，我也重新融入了黑暗。我躺下来，在篝火的余烬旁沉沉睡去。

峡谷

修士们曾于荒野中穿行、迁徙，寻找一个个不知名的目的地。他们的行迹，为我那份"荒野地图"的绘制提供了先例。从恩利岛回来之后，我又为后续旅行找到了另一条线索—— 一部写于十四世纪的爱尔兰传奇长诗，题为 *Buile Suibhne*，多译作《迷途的斯威尼》或《斯威尼，异乡人》。故事是这样的：阿尔斯特王斯威尼冒犯了一位基督教教士，因此被施以诅咒。斯威尼被变为一只"只属于天空的生物"，在爱尔兰和苏格兰西部的荒野中生存。他活得像一只游荡的鸟—— 一只游隼，远离人境，寻访一切他能找到的偏远之地。

诗中写道，当教士的诅咒降于斯威尼时，他突然对所有"已知之地"生出一股厌倦，他开始做梦，梦到向陌生地方的迁徙。就这样，他开始了漫长的浪游。他走过高山与荒原，穿过峡谷与密林，常春藤和杜松的枝叶扫过他的肩膀，山坡的鹅卵石在他脚下吱嘎作响。冷霜如星，风雪漫天，他涉水渡过河口，翻越没有遮蔽的小山，直到全身被发黑的冰霜包裹。顺流，溯游，从一个池塘游到另一个池塘，在狼群中度过寒冬的时节。他还给自己准备了藏身的巢穴，有的在松软的沼泽地，有的在大树树根的一角，还有的在瀑布旁。尽管环境恶劣，斯威尼却在苦难中寻得了美，对于荒野中天时与气候的韵律，他已懂得如何去欣赏。

我找到两张大比例地图，尽可能在图上标出斯威尼的行迹，并仔细研究诗中出现的地名，试图确定它们如今的位置或对应的地点。达－艾里、阿尔金峡谷、克隆基尔、艾尔萨岩岛、鸟游滩、密斯山、艾高峰、艾莱岛……这些名字共同构成了一首野性之诗。但如今，斯威尼足迹所至之处已有许多湮没于历史，不复存在；另一些也不再是曾经的荒野——那些土地上，有道路穿过，有城市建起。

尽管已沧海桑田，斯威尼的旅途以及这首长诗的世界观依然令人震撼。我在斯威尼的所有落脚点上都钉了图钉，再用白线把各个图钉相连。很快，一幅参差纵横的棉线图出现了，这图标记出了他的旅程。斯威尼在荒野中旅行，在野外过冬，幕天席地，这一切都吸引着我，启发着我。还有一点让我对他产生了亲近感：他在野外，也曾渴望一张床、一顿热腾腾的饭和一个柔软的枕头。说来羞愧，我对这些渴望深感共鸣。

斯威尼游历过许多地方，其中最神奇也最怪异的，是博尔凯恩山谷。我遍寻当代文献记录，都找不到这个山谷的踪迹，但它的特征却在诗里描述得清清楚楚：那是一座失落的山谷，两侧山壁非常陡峭，"谷间多风，回音不绝"。清溪中生长着一丛丛水田芥，坚实的河岸上覆盖着茂盛的苔藓。河岸宽阔，足以躺人。我正遐想着博尔凯恩山谷的样貌，突然回忆起自己去过的最奇特的山谷——位于斯凯岛大西洋沿岸的科鲁什克山谷。于是我想，不如就将它作为下次旅行的目的地吧。我将从一个火成岩岛*的西海岸出发，去往另一个火成岩岛——从恩利，到斯凯。

***

冰川和高山总是能震慑人心、激发想象，这一点已经深入人心。但是，峡谷、沟壑和深涧也同样撼动心灵、重塑思想，世间对此却鲜有记载。峡谷有多种类型，其中最吸引人的是"隐谷"（sanctuary）。这种峡谷通常位置隐蔽，四面有高地或水体环绕，独具魅力，仿佛一个失落的世界，或一座秘密花园。越山口，登山脊，前方的地面突然在脚下沉落，出现了一个禁忌和封闭的世界，这一切往往令踏入其中的旅行者兴奋难抑。位于喜马拉雅山的安纳普尔纳峰峡谷和楠达德维峰峡谷，以及坦桑尼亚的恩戈罗恩戈罗火山口峡谷，都堪称世界最著名的隐谷。西方探险笔记对这些地方多有记述，字里行间流露出探险者初入此地的震撼与恐惧。

---

* 火成岩岛，即由岩浆或熔岩冷凝后形成的岩浆岩构成的岛屿。

大不列颠和爱尔兰也有这样的峡谷,尽管它们在规模上与前述的亚洲和非洲峡谷无法相提并论,但我认为它们的魅力并不逊色。在埃克斯穆尔谷区、门迪普丘陵、约克郡谷地和莫法特附近的鬼怨谷一带,都有这样的隐谷。一位表亲曾经告诉我,在苏格兰西北部的阿辛特地区,有一个位置偏僻的无名小隐谷。他说,有一天晚上,他独自在一块悬石下方露宿,看到一群赤鹿在成年牡鹿的带领下进入了峡谷。看到人类出现,这群鹿似乎有些惊讶,但并没有受到干扰。

科河谷西河口附近有一片广阔且地势复杂的山脉,即比安山脉。在比安山脉第一和第二山嘴之间有一个山谷,人称"失落之谷"。这个山谷三面由比安山的黑色岩壁环绕,第四面则具备双重屏障,一重是在谷口形成封锁的岩滑堆*,另一重是每逢涨水期便无法跨越的科河。一九三九年冬末,W. H. 默里为了尝试新的比安山攀登路线,无意间进入了失落之谷。在他面前,地面上积了一英尺厚的雪,洁白无瑕的积雪令山谷更加凄清、更加幽静。默里写道,在这里,"人很容易静下来",人的心也"自然而然地往上升"。进入这个山谷,"就如同抵达北极,人类文明的一切景象、一切声音,都不复存在了"。

在所有峡谷之中,最为壮观的隐谷还数科鲁什克。它位于斯凯岛西南岸,谷内抱拥湖泊。科鲁什克来自盖尔语 *Coir'uisge*,意思是"盛水的巨锅"。科鲁什克山谷是一个有传奇色彩的与世

---

* 岩滑堆,指山体滑坡而形成的岩石堆。

隔绝之地，此处三面环山，唯一的开口是面向大西洋的斯卡瓦伊格湖。其周围的山名为黑库林，在不列颠所有山脉中，它们最冷峻，最具哥特风格。库林山有五千五百万年历史，曾是古火山的源头，经过岁月侵蚀，如今已成为一片绵延六英里的矮山，遍地是玄武岩和辉长岩的碎片。

要想徒步进入科鲁什克峡谷，只有两条路可走，要么翻过库林山险峻的山口，要么沿漫长的斯卡瓦伊格湖岸而行，后者需要穿越斯特里峰险要的阶梯，那是一块倾斜的平台，山岩表面覆盖着冰雪，十分光滑，延伸出岸二十英尺，下方就是斯卡瓦伊格翠绿的湖水。科鲁什克峡谷并非无法接近，但它的确有重重防守，因而能遗世独立，独具风貌。科鲁什克有自己的天气，有独属于它的天空和云朵。峡谷里的光也变幻莫测，天光流转，峡谷两侧的岩石便随之频频变色。阴天时是暗灰色，正午时是太妃糖色，傍晚时是肝红色，雨天和晴天时则显出金属色泽。

科鲁什克峡谷的中心是科鲁什克湖，清凉的河水从山脊汩汩流下，灌注其中。湖水的颜色也是变幻不定的，人从不同的视角望去，湖面便映出不同的颜色：自湖侧看去，水色漆黑；自山峦望去，水色碧蓝；自湖中看去，水色焦棕。在与库林山脊隔湖相望的克雷克凹地也有不少深潭，水面下隐没着一座座石拱。到了夏天，人们可以潜入水里，在这些石拱间游泳，将整个人浸没在碧蓝的水光中。

长久以来，科鲁什克的某些形态和特性一直是荒野故事的魅力所在。一九三六年，默里第一次到达科鲁什克谷地时，发现"自己的荒野之梦竟在荒野的现实面前相形见绌"。沃尔特·司各特，这位加里东地区*荒野世界的代言人，在一八一四年探访了科鲁什克，他是这样描述的：这是一片"黑暗，阴郁，蛮荒，诡异，冷峻"的土地。这样一句总结，从司各特口中说出来，便激发了十九世纪的浪漫主义和感伤主义运动。再之后，一批又一批维多利亚时代的艺术家、作家和探险家历经辛苦，相继来到此地。他们的队伍往往多达数百人，一行人或是徒步，或是乘船，路上常常遭遇暴风骤雨、蚊虫叮咬。休息时，他们就住在帐篷里、山洞里，或是斯卡瓦伊格湖上停泊的船里。这些唯美主义者忍受种种艰辛，就是为了欣赏这里的风貌，多么奇怪的一群人！他们之中就包括一头红发的维多利亚诗人阿尔杰农·斯温伯恩[†]和 J. M. W. 透纳[‡]。透纳在一八三一年曾到此探访司各特所描述的荒野，还在创作一幅画时差点失足丧命。在那幅画里，库林山的山峰呈细长的纺锤形，山体不像岩石构成的，倒像是经过打发的蛋清。

***

八月的一天，天气酷热，我和我的老朋友理查德沿着斯卡瓦伊格湖的湖岸一路北上，来到了科鲁什克。理查德是我交往时间

---

[*] 指苏格兰。
[†] 阿尔杰农·斯温伯恩（Algernon Swinburne，1837—1909），英国诗人、剧作家和评论家，代表作为诗集《日出前的歌》。
[‡] J. M. W. 透纳（Joseph Mallord William Turner，1775—1851），英国著名画家，善于描绘光与空气的微妙关系，他的创作将风景画与历史画、肖像画摆到了同等地位。

最长的朋友,这些年来,我们一起爬了几百座山。我们沿着一条狭窄的小路走了好几个小时,这条路紧贴着湖岸向远处延伸,仿佛一条剪裁整齐的裙边。大西洋一直在我们左侧,随着时间推移,日头渐沉,海水慢慢地变成了黄铜色。鸬鹚在各处岩石上栖息,凝望着大海。有些鸬鹚站立不动,双翅张开,在阳光和海风中晾干自己的身体,仿佛一副副铁质十字架。泡沫是书写纸一般的乳白色,一团团的,在石头间聚集。

沿小径走了四英里后,我们穿过一片二百码长的小森林,林子里的树没有一棵超过十英尺高。在自西侧海域而来的向陆风持续不断的吹拂下,这些树全部向东弯曲,和它们脚下的陆地以同样的角度倾斜。我们只好弯腰侧身,从树枝和山坡之间的狭小缝隙中穿过。

斯凯岛上的树越来越稀少了,人也如此。十九世纪斯凯岛上土地所有者对其他居民的驱逐导致人口骤减,几世纪前的焚烧和砍伐则毁掉了大部分林地。现存最早的关于斯凯岛的文献可追溯到一五四九年,其中有一段描述说,这个岛上有"许多树木,许多森林,许多野鹿"。而如今,过去那个草木繁茂的岛已不复存在,仅剩下那些地处偏远的古老小径还留有淡淡的痕迹,其中一些小径最初是由林木工人踩出来的。斯凯岛以荒凉闻名其实是近来才有的事,它的荒凉诉说了一段悲伤的过往。正如苏格兰地区的很多荒野一样,与其说这是一片空旷的土地,不如说是一片被清空的土地。身处斯凯岛,人们会想起"荒凉"(bleak)这个词,它来自古挪威语 *bleikr*,意思是"白色"或"闪耀"。白骨显露,也以这个词来表达。

穿过那片小森林后,前方的路突然陡峭下行,通向海湾。我和理查德在那里停了下来,细细审视砾石海滩。乱七八糟的垃圾到处都是,远比恩利岛海滩上的多。有用来打包牛奶瓶的蓝色塑料筐,有表面坑坑洼洼、用来包装家具的方块塑料泡沫,还有烟头、瓶盖、喷雾罐,以及标着多种语言、字母已经褪色的利乐包装盒。即便在这里——一个面向大西洋的偏僻海湾,竟也无法逃过人类的污染,环境破坏的证据如此确凿,这片土地自成一体的状态难以再保全。

每年都有成千上万吨垃圾被冲刷到大不列颠和爱尔兰的海岸,数量还在逐年增加。它们不仅仅造成视觉的冲击,更带来极为严峻的后果。因吞食塑料导致的消化道阻塞,正是鲸鱼、海豚和鼠海豚等生灵大批死亡的原因。二〇〇二年,一条小须鲸被冲上诺曼底海岸,人们在它的胃里发现了近一吨的塑料包装和购物袋。还有越来越多的海豹和海鸟由于撞入漂浮在海洋中的废弃渔网而动弹不得。另外,海上交通或近海钻井难免引发石油泄漏,这些石油常包覆在海藻表面,也会对海鸟和海豹造成毒害。

我仔细查看这些塑料垃圾,并在其中发现了一块碎片。它在岩石的擦磨之下变得坚硬、轻盈,如同一片贝壳。我用指腹摩挲它的表面,那粗糙的触感如同猫的舌头。我又捡起一条蓝黑相间的绳结,它由几股线编织而成,表面是交错的菱形,如同蝰蛇背上的图案。一群群蛎鹬立在岸边,仿佛身着无领燕尾服。三只绒鸭在距离岸边二十码左右的地方悠闲地游着。风和流水将石南茎与其他杂草编成了花环，沿着潮汐线绵延了好几英里。岸边那排倾斜的岩脊上，大海已将石头按规格和尺寸分类摆放，较轻的石头被抬到岩脊高处，较重的石头则一字排在离水更近的地方。

在一条小沟里有一只刚刚死去的海鸥，湿漉漉的翅膀晾在外面。尽管它看上去并不是死于石油污染，但翅膀的羽毛上也有油污的痕迹，呈平行的波浪纹。它的眼睛蒙上了一层水雾，仿佛一块打磨过的海玻璃*。我俯下身，把它的翅膀收回到它的胸前。之后，我们继续朝由黑色巨石守护着的峡谷入口走去。

***

黄昏时分，我们来到了科鲁什克峡谷的入口。一边是悬崖峭壁，另一边是飞瀑石墙。天空一片漆黑，直入大海，在地平线边缘某处，一场暴风雨正在酝酿。步入峡谷的时候，我有种强烈的感觉，仿佛跨过了一道门。我回忆起祖父给我讲过的一段经历：他在瑞士长大，曾经有一次进入了群山深处神秘的苏桑福峡谷。要想进入峡谷，需要先爬上一块位于瀑布上方的石台。那石台的尽头看似在半空便消失了，实则通往另一块更宽的石台，继而通向山谷。他说，这条秘密通道是进入奇境的大门，而境中遍地是丰美茂盛的紫菀和雪绒花。

在科鲁什克湖汇入斯卡瓦伊格湖之处，淡水与海水相遇，就

---

* 海玻璃，指经水流和砂石打磨过的碎玻璃。

在两股水流的交汇点上方,我们找到了一间小屋。是理查德先看见它的,他惊喜地大喊一声。小屋被藏得严严实实,隐蔽在一面高三十英尺的玄武岩峭壁背后。它面朝大西洋,在暮光中几乎看不见。在峭壁背风处,空气宁静,摇蚊集聚成群,如云团般飞舞,不时落在我们脸上、手上,令人发狂。

进入屋内,壁炉上方钉着一块松木板,根据木板上的记录,这间小屋建于一九五二年,由一对老夫妇出资——某年冬天,他们的两个儿子在攀登本内维斯山塔岭时不幸遇难。木板上还写着,他们之所以建造这座小屋,是为了纪念自己的孩子,也为了"向那些将冒险精神、勇气与友谊寄托于高山的人们施以援手"。

九点左右,冰蓝的暮色消失了,取而代之的是猛烈的风暴。一阵阵骤雨击打着窗户,像是有人冲玻璃一把把地扔石子。我走到小屋西边的窗户前,双手护在眼睛旁边,向外面看去,却只见玻璃上的雨滴仿佛小小的银色坟冢,构成一片微缩的风景。玻璃窗外,是完完全全、无法辨物的黑暗。除却嘈杂的风声和雨声,我们的小屋仿佛在宇宙深处飞驰。

我在窗台上发现了一本留言簿,它记录着几十年来被科鲁什克吸引前来的人们留下的评论。形形色色的人们——渔夫、徒步旅行者、荒野朝圣者、画家和隐修士——从世界各地而来,留下这些纷繁的文字。门萨登山俱乐部的人称,他们起初无法弄清楚小屋的门要怎么开。二〇〇一年四月二十一日,有一条留言这样写道:"利克少校在水管里,差点烫伤。"上面没解释"利克少校"是怎么掉进去的,也没解释如何把他弄了出来,但很显然,供水问题已经得到了令人满意的解决。*

一队来自康沃尔郡的人则在留言簿中描述了他们遇到磷光的经历。某个晴朗之夜，他们看到海湾里闪耀着绿色荧光。他们都走到岸边，朝海湾投掷石块，眼见漆黑的水里涌起一注注翠绿的喷泉。读到这些描述，我心里十分羡慕，想起了在恩利岛上见过的磷光，同时默默许愿，希望能再次目睹那转瞬即逝的光之奇迹。

***

次晨，我们醒来时，风暴已经消歇。地板上铺着一道道淡淡的阳光。屋外，云团如白壁高耸，悬于海上，蓝天则夹在白云中间。海鸥灵巧地盘旋，每每穿过光柱，闪闪发光。斯卡瓦伊格湖一片安静，风暴已被遗忘。仅有的声音，是海浪随风浮动的低语，以及桅杆绳索懒散的叮当声。那绳索撞击声来自停在海湾里的一艘游艇。它一定是为了躲避风暴，在夜里从开放水域开进来的。海豹趴在岩石上晒着太阳，对周围的一切毫不关心。

我们离开小屋，继续朝峡谷深处走去。我们计划穿过崖底和湖水之间的陆地，去探索科鲁什克湖北部那长长的海岸线。之后，我们将从湖水尽头出发，翻山越岭，攀登红峰的峰顶，那里号称"无法抵达的峰尖"。峰尖耸立在科鲁什克山脊之上，高数百英尺，由黑色的岩石构成，状如鲨鳍。在我看来，这应该是全世界最具

---

* 作者在此处暗示本条留言有拼写错误，本应是 Major Leak（严重泄漏），即"水管严重泄露"，但写成了 Major Leek（利克少校）。

荒野气质的地方之一。

沿着北岸，我们穿过一片湿润的沼泽，那里的地面布满了深深的落水洞*。在我们左边，地势陡峭，花棕色的岩石如马赛克画，岩缝间杂草丛生，前一晚的暴风雨留下了一条条纵向的水痕。山壁是倾斜的，光线也是倾斜的，二者巧妙的角度恰好令每一块湿润的岩面都闪闪发光——一时间，万千处岩面同时亮起，如光之阵列。

沼泽里的落水洞中都积满了雨水。由于岩石含有微量的铁，洞沿处的水被染成了红色，远看仿佛一池池发光的鲜血。只有野鹿踏出的隐约足迹，为我们指明了一条安全的道路。

空气潮湿，有沼泽与软泥的气息。地上植被茂盛，有现存最古老的植物之一——杉叶藻，还有另一种我叫不出名字的、长着深绿色叶子的植物。我伸手捧起一片叶子，感觉它沉甸甸的，很柔软，仿佛一张古老的羊皮纸地图，从我的手掌上松松地垂落下去。

天气变幻无常，将我们裹挟其中。先是骄阳当头，继而大雨倾盆，复而冰雹骤降。在沼泽地里跋涉了三英里后，我们来到了湖水尽头，进入一片由硬石构成的风景。脚下是一块块平坦的辉长岩，每一块约有四分之一英亩，表面布满了孔洞。数万年前，冰川平整了这里的地面，磨去了岩石的棱角。我发现，在每个孔洞底部都有一块石头，完美地嵌在里面，像是沉头螺丝般契合。

---

* 落水洞，是自地表通向地下暗河或溶洞的垂直通道，表面形态与漏斗相似。

我们在湖泊尽头处开始登山。在我们四周,渡鸦振翅盘旋,似乎在利用库林山变幻莫测的风来磨炼自己的飞行技巧——失速飞行、侧翻、后翻、殷麦曼翻转*。它们尖锐的鸣叫声响彻峭壁上下,仿佛钢珠撞击锡罐。山石之间,处处长着健壮的花楸树,它们盘结的根系将潮湿的碎石坡捆绑为一体。

攀登的过程十分艰难,中途,我和理查德在一块平坦的岩石旁停下来休息。岩石边挂着三团厚厚的青苔,形状仿佛织布鸟的巢穴。清泉自石面流过,流水如此平滑,简直像塑料制成,平整无瑕,如人造之物。我把手伸到水面之下,看流水穿指而过,包覆成型,变成了我半透明的第二层皮肤。抬头望去,红峰的峰尖映入眼帘。高山风劲,白云被撕成碎片,挂在漆黑的山石上方。我突然感到一阵恐惧,想起早先的一位登山者对红峰峰尖的描绘:"山脊如刀锋,一边的峭壁悬在空中,望之不尽,另一边同是峭壁,甚至更陡峭,更漫长。"

我们继续攀升,渐渐进入云层,气温骤降。岩石上落了一层水雾,显得十分光滑。我们来到一处隘口,即两座山峰之间山脊上的狭窄凹口,由此爬上红峰较低的副峰,再沿着陡峭的山阶下行,一路经过重叠嶙峋的玄武岩堆,终于来到了主峰脚下。

此处有一片小小的环形石堆,如简陋的羊圈,可以容我们暂避寒冷。我和理查德蜷缩在里面休息了几分钟,分吃了一条巧克

---

* 殷麦曼翻转又称"半筋斗滚转",以一战时期的德国王牌飞行员马克斯·殷麦曼命名,此动作将保持水平飞行的战机拉起,直至倒立飞行爬高,再将机身翻转恢复为水平飞行姿势。

力，两人都一言不发。仰头望去，山峰高几百英尺，漆黑的峰尖斜耸入流动的白云。

我站起身，走到斜峰之始，伸手触摸岩石。它如此冰冷，瞬间吸走了我皮肤上的温度。但我转而想到，这块硬石曾经竟可以流动。亿万年前，它曾是流淌、滴落、飞溅的岩浆。峰尖两侧，均是万丈深渊。我沿着峰脊向上走了几步，突然感到一阵恐惧袭来，仿佛自己正站在时间和空间的边缘，努力保持着平衡。那一刻，我脑中唯一的念头就是尽快从那山脊上下来，回到谷地。我们已经为攀登峰尖做了许多计划，还为此准备了绳索。但此时此刻，我突然觉得这样做既没有意义，也没有成功的可能。这一去略显鲁莽不敬，而且必定险象环生。

我们于是沿山脊退回，再次经过如龙鳞般粗糙的玄武岩石面，回到先前的隘口。我们在山脊背风处稍作休息，我静静坐着，想弄明白刚才究竟发生了什么。那种突如其来的恐惧从何而来？不仅仅是肉身的脆弱感，也不仅仅是一瞬间恐高的眩晕——尽管那也是其中的一部分。可以确定，我感到了一种野性，但不同于恩利岛那种近乎美丽的野性，这里的野性是猛烈、混乱而又冷峻的。

隘口西边的云快速游移，变幻莫测，像滑动的窗格一般，时而分开，露出大西洋上空的景色，时而又关上。透过云层的一道缝隙向外望去，我看到了拉姆岛，以及更远处的外赫布里底群岛那漫长而低平的海岸线，从巴拉岛一直延伸到北部的刘易斯岛。云层张开另一道缝隙，我又瞥见了山下峡谷中的风景。我想，斯凯岛最早的冰川大概就是在这样的隘口上形成的——到了二百五十万年前的更新世时期，岛上的冰川开始融化，一点点凿开大地，形成这片巨大的谷地。直到约一万四千七百年前，最后的一片冰川才终于从斯凯岛上消失，留下壮观的科鲁什克峡谷。

正如河流始于滴在山坡上的一颗水珠，冰川也是从落在浅坑中的一片雪花开始的。雪花变成雪堆，雪堆在自重作用下凝结成冰，冰越积越厚，溢出了浅坑，有了动势，随后沿着山脊和碎石坡滑动，追寻着地表径流河道，将原本的河道拓宽。在末次冰期*的高峰之时，整个谷地被冰充满，只有几座最高峰能够露出地表，"无法抵达的峰尖"就在其中。它们就像是冰原岛峰（nunataks），那些在格陵兰岛和两极之地的冰雪中突起的尖顶岩石。

此时此刻我想到，福尔斯认为在科鲁什克和库林这类地方才能找到"古老的自然"，果然所言不虚。如果荒野濒临灭绝，那么它最后的堡垒就将是重重山峰，以及它们所庇护的山谷。这些地方仍大体保留着自己的模式和节奏，创造着自己的天色与天光。但是，如此纯净而顽强的梦境中也出现了危险的预兆——海滩上醒目的塑料垃圾、水草和海鸟身上覆盖的油污，都是入侵和改变的明证。另一些警示则更难以察觉，以缺失的方式呈现：山谷中一片空旷，山坡上林木不生。

那日稍晚，我们回到山谷，并停下来在沿途靛蓝色的宽阔河

---

* 地球表面覆盖有大规模冰川的地质时期叫作冰期。末次冰期是距今最近的一次冰期，发生于第四纪的更新世晚期，始于十一万年前，终于一万两千年前。随着末次冰期结束，人类历史进入新石器时代。

流中游泳。这条河汇聚了山间流下的溪水,最终注入科鲁什克湖。理查德找到了一个好地方:一条长约十码、光滑而狭长的石沟,河水会先流到这里,随后再倾入下方一个清澈的深潭。这实在是个完美的泳池!我想,罗杰一定会喜欢这里的。我父亲应该也会喜欢,他总是在野外游泳,无论是瀑底积潭,石桥下的急流,还是各处海湾,都是他的戏水之地。童年时,我差不多每个夏天都会和父亲一起,从位于英格兰中部的家驱车前往苏格兰高地。不论天气如何,途中他总是会在洛蒙德湖西岸某处把车停下来,跳进湖水里游一会儿。等他上来时,便浑身滴水,脸上含笑,精力充沛。他再钻回车里,继续北行。

理查德和我高举双臂,轮流跳入石沟,任由水流把我们冲落潭中。水花飞溅,打破了潭面的平静,摇蚊绕着我们周身翻飞,但凡有几秒钟不动,它们就会落下来叮咬。河边生着一层密密实实的青苔,让我回想起斯威尼所钟爱的博尔凯恩山谷。但我又不无怨恨地想,斯威尼,你可从没提过这里的摇蚊啊……

我们沿着湖边走完了最后几英里,皮肤上残留着水珠,微弱的阳光在其中翻腾跳跃,身边的河水也迸发出闪耀的波光。俯视下方山谷,一座虹桥在其中架起,连接了山谷两端。我们朝彩虹走去,我们进一步,彩虹便退一步,保持着不变的距离。我想起笔记本上不知从哪里抄来的一句话:"风景先于我们的梦而存在,它早已在此,目睹我们的到来。"

***

旅行结束的那天清晨，天空是一片纯净无瑕的蓝。离开之前，我们在科鲁什克湖里最后游了一次泳。我们脱下衣物，铺在石头上晾晒，便踩上岸边一块晒得发热的倾斜岩石，滑入湖中。湖水还保持着夜晚的凉意，平静如石，呈现出泥炭般的颜色，也给我的皮肤镀上了一层金黄的光泽，仿佛古老的钱币。

湖对面大约一百码远处，有一个小岛。其实，那只是一座微微隆起的黑色裸岩，被曾流经此处的冰川打磨得平整柔滑，小岛最高处仅仅高出水面不到一英尺。它状如鲸背，让我不禁想起故乡的山毛榉林与之相似的轮廓。

我游了过去，爬上小岛，浑身湿漉漉地站在那里。脚下的岩石很粗糙，带着阳光的暖意。我仰面躺下，双手枕在脑后，望向天空。

三四分钟后，一阵强烈的眩晕席卷了我，我仿佛倒挂过来，正在向上空"坠落"。天空中一片空旷，既没有关于时空的提示，也没有关于深度的标尺。湖水轻轻拍打着岩身，除此之外，再没有其他声音。我躺在那里，除了自己的眼眶，看不到其他任何人类的痕迹。我感到一种可以追溯到冰河时代的寂静。

在科鲁什克谷地里，我开始以一种不同的方式想象时间，或者至少是以一种不同的方式体验时间。时间不再以小时和分钟衡量，而是以光影与质地呈现。虽然仅仅过去了几天，我却发现自己已经很难想象科鲁什克峡谷之外的生活——那个遍布着商店、大学、汽车的不断变化的世界。我难以想象那种忙碌和急迫，甚至难以想象我的家人、家乡和花园，此时，园子里的那棵苹果树上，应该已有果子坠满枝头了。

科鲁什克盆地拥有许多种不同的时间，并非所有时间都是缓慢的。我也见识过那里的迅疾：飞行的渡鸦猛然俯冲，河水绕石而转瞬分流，豆娘如飞镖般掠过，摇蚊在一天之内出生、飞舞、死亡。然而，真正令我震撼的仍是冰川形成的伟大过程——那些冰毫无目的地向着大海行进，缓缓走下时间的斜坡。

在科鲁什克盆地中，即便只是短暂驻足，也能令人意识到人类的知觉何其狭隘，而人类对于世界的设想又何其短视。在这样的地方，惯常的时间单位——百年、一生、十年、年、日、心跳，变得几乎无法辨识。同时，你的一举一动，一欲一念——一次抬手或划水、一丝怒气、一个转念——却变得电光石火般迅捷。战争、文明、时代，这些人类世界的紧要大事显得遥不可及。科鲁什克谷地的时间令人无法理解，它太迅速，也太缓慢，它对人类的时间体系毫不关心。科鲁什克谷地维持着荒野的时间。

在这样古老的峡谷里，你不得不放弃习以为常的计时方式，放弃那些用以维护正常生活的标记和尺度。时间不再记于钟表或日记，而是由矿石和空气赋形。人类的物件显得脆弱不堪、无足轻重，你会想要暂时弃之不用——把日记摆在峡谷的入口，把手表转向手臂内侧。以后总有机会重新启用这些计时方法的，你如此安慰自己。

飞鸟从我头顶空旷的天空掠过。一开始，它们看起来只是一些黑点，渐渐地，我的双眼能够辨认出它们的种类。海鸥于低空盘旋，翼尖舒展；它们之上，三只乌鸦大声鸣叫；最高处，是一只鸳鸟，展翅飞翔。突然间，天空变得层次分明，不再深不可测。科鲁什克本身也改变了意义：这片对我来说如此陌生的土地，一直是这些鸟儿的家园，它们在此觅食，游戏，生活。

我游回岸边。湖口附近，水深只有八九英尺，我便下潜到湖底，抓住一块黑色的鳍状巨岩，让身体和双脚垂直上浮，随着水流轻轻摇摆，如同一株水草。氧气渐渐耗尽，于是我又松开手，浮上水面，回到了明亮的空气中。

我们沿着一条林间古径离开科鲁什克，这条小径沿溪而上，越过最低的山口，到达谷地南端。在距离山口约一百英尺的地方，有一座很大的石堆地标，在那里，我发现了一片小小的石滩。流水冲刷之下，石滩洁白光亮，仿佛变成了塑造它们的冰川一般。我拾起一块石头放入石堆之中，又拾起一块，放进嘴里，借以止渴。石头在口中翻动，碰撞着我的牙齿，均匀地发出咔嗒、咔嗒的声音。

石堆标志着奇境的出口。我在石堆旁停下脚步，环顾四周。向东北望去，是如今光秃秃一片的斯利格亨山谷，弯曲的河道里散落的断壁残垣早已被杂草和青苔覆满。向西望去，可以看见红峰峰尖傲然耸立，投下锐利而浓重的阴影。山峰之下，则是波光粼粼的科鲁什克湖，湖身微斜，光洁如镜。我们起程下行，进入斯利格亨山谷，身后的整片天地，目送我们离开。

沼泽

多年以前，在一个温暖的秋夜，我登上了牧人山。那座山位于科河谷的东谷口，外形像一枚箭头。我登上山顶时，太阳正低悬于我身后的海面上空，于是牧人山此时成了日暮的指针，在金色圆盘般的兰诺克沼泽上自东向西投下一个三角形的影子。我在山顶停留了一小时，看山影渐渐变窄，拉长，穿过沼泽。起初它的轮廓像一座金字塔，而后变成木屋的屋顶，最后又幻化成了一座方尖碑。那时我便打定主意，以后一定要找机会回到这里，徒步穿越沼泽，到沼泽深处的某个地方露营一晚。

在知道兰诺克沼泽的人之中，很多是因为曾从周边的山上看到过它，或曾驾车途经那条穿过沼泽西部的公路，就此与之相识。而更多人从未见过这片沼泽，却也对它有所耳闻，因为兰诺克沼泽正是罗伯特·路易斯·史蒂文森的小说《绑架》（*Kidnapped*）

中艾伦·布雷克和戴维·巴尔弗逃亡途中所穿越的荒原。书中，两位逃亡者翻过"不见人烟的荒山"，经过"荒野之河的源头"，闯入一片"平坦、破碎、荒凉的大地，如茫茫静海，唯有雷鸟和山鹬啼鸣不绝"；"在他们的东边，远远有一群鹿经过，但只看得到一个个移动的小点"。这就是兰诺克大沼泽。故事中，戴维差点在穿越大沼泽的途中丢掉性命。事实上，也的确有人在寒冬季节的沼泽中丧生。地冻天寒，大片水域封冻硬化，稀稀落落的几棵树都锁在了冰里，人们迷失在广袤的荒野中，被寒冷夺去了生命。

尽管很多人知道大沼泽的存在，曾亲身走进其中的人却甚是寥寥，毕竟这里广阔无垠，地阻路绝，并且一年四季常有凶险。风暴自海面而来，贯穿科河谷，横扫整片沼泽。这里海拔高，一片荒土之色，地表至今仍崎岖粗糙，保留着冰川侵蚀的痕迹。天鹅成群落在这里的两个主要湖泊之上——一个是地貌复杂的巴湖，另一个是鹿角形的莱登湖。在晴朗的夜晚，站在周围的山巅上，你能看到不计其数的湖泊、溪水和河流在月光下熠熠生辉。只有这样的时刻能让你意识到，这片沼泽所含的水是多么丰富。

那年的另一个温暖秋夜，我驾车穿越大沼泽。车程长得不可思议，一英里接着一英里。我仿佛驶入了一个无穷无尽的黑暗空间，穿越着一片异世之境。下坡途中，一群野鹿突然出现在我面前，我一脚急刹，车子几乎顿住。这群鹿正在横穿马路，去往它们在黑山洼的栖息地。在车灯明亮的光束中，我看到群鹿挤在一起，每一只都紧张地把头靠着前面那只的身侧或身后。空气很冷，它们的鼻孔喷出一团团白雾,眼睛经灯光一晃,在黑暗中闪闪发亮。我驶下缓坡,往奥奇大桥的方向继续行驶,途中又与两三群野鹿狭路相逢,它们也是奔着黑山的山洼而去的。

***

遇到鹿群的四年之后,我终于回到了兰诺克大沼泽,实现了当年在牧人山顶对自己许下的诺言,也为我的荒野地图增加了一个新的板块。我再次来到大沼泽,也有一部分要归因于 W. H. 默里的指引。在从科鲁什克回来之后的那几周,我一直在阅读他的文章。这位作家和古时那些隐修士以及国王斯威尼一样,都是探寻荒野的人,是我旅行路上的启明星。

默里在格拉斯哥长大,小时候却从未想过要去苏格兰高地探险。直到一九三三年,他十九岁的时候,有人向他讲起冬季穿越韦斯特罗斯一带安提列西山的所见所闻:"团团白云从高大险峻的山岭升起,缕缕阳光照亮了深谷。"那一瞬间,默里被一种强烈的渴望击中,他从此着了迷,"仿佛突然皈依了某种信仰"。从那时开始,一直到第二次世界大战爆发之前,不论春夏秋冬,白天黑夜,默里一有机会就到苏格兰的岛屿、沼泽和山区探险,足迹踏遍他口中那片"天空的荒野"。慢慢地,他对那里的山峰和峡谷变得了如指掌。从气候的特点和成因,到岩石草木、飞禽走兽的特性,他都一清二楚。荒野于他而言十分重要,甚至对他产生了近乎神秘的影响:尽管当时他无从察觉,多年以后,荒野将把默里从疯狂中拯救出来。

成年后的默里长着挺拔的鹰钩鼻，行事精准，善于观察。他一般很沉得住气，行动起来则迅速果断。见过他的人都说他如一只猛禽——用哈米什·麦金尼斯*的话讲，"（默里）是一只朴素而善思的老鹰"。在默里的诸多"巢穴"之中，最重要的莫过于地处兰诺克沼泽边缘的牧人山，他爱那里呈浅灰色和淡粉色的山岩，爱那里极佳的视野。

一九三九年九月三日，默里穿越大沼泽，前往科河谷。他在沼泽西部边缘的"国王之家"旅舍停留，并得知战争已经正式爆发。默里知道，战争动员一旦开始，他将被迫离开他所热爱的苏格兰风景，也许永远都回不来了。他后来回忆道：

> 当时，我本能的反应是向山求教。于是我登上了那座给予我最多馈赠的山——牧人山。蒙蒙雾雨中，我步行穿过沼泽，从岩高兰山脊登上山顶。我想起在这座山上度过的许多日夜，月光皎洁，冰霜闪烁，登山之路总是艰辛。万籁俱寂，静默如歌，寂静与大山似乎融为一体……这样的日子要结束了吗？那些关于内心与世界的探索要结束了吗？……我在山顶上整整待了一个小时，然后才用最慢最慢的速度下山。一石一木，在我看来都如此熟悉。

---

* 哈米什·麦金尼斯（Hamish MacInnes，1930—2020），英国登山家、作家，也曾参演多部电影。

默里于一九四〇年四月参军。训练结束后，他被派往高地轻步兵团，他所在的精锐营第二营奉命前往东北非的沙漠，与隆美尔[*]新组建的德国非洲军团作战。

一九四一年六月十九日，默里和战友们向西行进到利比亚边境，进入了一片辽阔的沙石荒漠，其面积比德法两国加起来还要大。默里后来写道，那里地表空旷，没有明显特征，地图看上去"如同海图，海岸线之外就是一片空白"。尽管战场上处境危险，物资匮乏，他还是在那险象环生的荒沙世界中找到了美。他渐渐爱上了沙漠那简洁的线条，炽热的日出——"一轮巨大的红日从地平线升起，四周却一片清凉沉寂，天空湛蓝，无边无垠"。他也爱那璀璨的阳光，光芒最亮的时候，沙子仿佛都被漂白，整个沙漠如同下了一场大雪。

一九四二年，大战在即，默里利用最后一次休假，登上了吉萨大金字塔的塔尖，接着又尝试攀登狮身人面像。不过，理智最终战胜了勇气，他后来说："最主要的障碍在下巴部分，我觉得……在友国的古石像上使用攀山岩钉似乎也很不妥当。"

默里的好日子终结于那年的八月[†]。他所在的步兵营作为先遣部队之一，被派往利比亚沙漠中一片名为"大锅炉"的地区，对隆美尔的装甲师发起进攻。这种战术是第一次世界大战的遗存，已严重落后于时代，注定成为一场悲剧。默里和战友们奉命在骄

---

[*] 埃尔温·隆美尔（Erwin Rommel，1891—1944），纳粹德国陆军元帅，绰号"沙漠之狐""帝国之鹰"。
[†] 时间疑似有误，据相关资料推测应为四月或五月。

阳之下、平沙之中徒步行进半英里，与坦克大军对抗。

默里后来回忆起那次进攻，记得起初有一阵掩护弹幕，支援炮火停后，便是一阵震耳欲聋的静寂。接着，敌人的火力向步兵们袭来，子弹横飞，呼啸阵阵，炮弹坠落，轰鸣不止。一辆载有母鸡的卡车被迫击炮击中，鸡毛飞了满天。默里转头去跟通信兵说话，结果只看到一双冒着烟的腿，躯体已不知所踪。

那天，默里活了下来，但六百人死在了战场上。他们的营队未得喘息，在补充了一批来自苏格兰的新兵源之后，又很快于六月二十八日被派到福卡附近挖掘战壕。福卡是位于阿拉曼以西四十英里处的海岸阵地，他们的任务是守在这里，准备伏击隆美尔的第十五装甲师。默里和战友挖好数条窄而浅的战壕，架好轻型两磅反坦克炮，这是他们唯一能用来对抗德军马克四型坦克的武器。黄昏来临，星光开始点亮沙漠柔和的夜空，前方传来消息：隆美尔的军队正在逼近，半小时内就将到达。在昏暗的光线中，默里的营队准将凑过来告诉他："今天晚上，你要么变成死人，要么变成俘虏。"

在幽暗的战壕中，默里开始整理自己的口袋，销毁了一切可能对敌人有用的东西：棱镜罗盘、身份证件、地图笔记。他找出通讯录，翻看了一阵，里面大部分名字都是相熟的登山客。默里后来回忆道，在那一瞬间，他脑中突然灌满了过去的回忆，他想起自己曾经走过的山川、沼泽，想起同行的伙伴。所有的记忆一下闪过他的脑海，那一座座山峦，仿佛流溢出超越它们本身的神圣之美。

一小时后，德军坦克发起了第一波进攻。山坡顶部出现一片黑压压的影子，二十辆左右的坦克列成一排，履带扬起阵阵风沙，远看如褐红色的云团。暮色中，反坦克炮的炮弹在空中画出一条条红色的短弧线；德军坦克的机关枪则更猛烈地扫射，流弹的白光照亮了盟军的卡车、战壕与炮台。这是一场德军对盟军迅速而彻底的屠杀。默里又一次死里逃生，但沦为战俘，被送到六百英里外位于意大利北部基耶蒂省的二十一号战俘营关押。

基耶蒂战俘营的生活条件虽很艰苦，但不至于可怖。战俘营有书、有食物，只不过这两样东西都比较稀缺。至于暴力，有时候犯人言行不当，会被狱卒用枪托顶两下，也仅此而已，并不会无缘无故地挨揍。最重要的是，风景就在眼前：透过营地围栏的铁丝网，抬望眼，向西远眺，可以看见阿布鲁奇山脉。在默里身陷囹圄的几个月中，那些山峦成了他的希望之源。冬天来临，初雪落在那片山脉的最高峰大萨索峰，在默里看来，那座山就像是一个飘荡在空中的蓝白色幻影，象征着不为围栏、牢房和哨兵所困的精神自由。

在抵达基耶蒂十周后，默里拿起笔，开始书写他入狱之前所熟知的荒野，那些他热爱并探索过的苏格兰山脉、沼泽和峰峦。

战俘营纸张稀缺。起初，他在厕纸上写作。不过，以营中的伙食条件，厕纸也难有富余。后来，默里的母亲通过红十字会给他寄了一套《莎士比亚全集》，是"用最好的印度纸*印刷的"。

---

* 印度纸，原指产于印度的高级纸，后指轻薄、坚实且不透的纸张，常用于《圣经》等重要作品。

他从书里撕下一些纸页，跟人换空白厕纸来写作。书页的韧性和质地的确好很多，在狱友间很受欢迎。

默里在那里的写作如同做梦：他身处牢狱之中，思绪却飘回苏格兰那开阔的天地，所见是岩石、冰雪、耸立的高原、漫长的山脊和广阔的沼泽。他的体力日渐衰弱，想象力却只增不减。他不断忆起开阔的天地、自由的生活，并渐入佳境。默里在基耶蒂开始启笔写作的这本书题为《苏格兰山行》（*Mountaineering in Scotland*），用他自己的话说，"这是一本诞生于战祸中心的书"。这本书也无疑是最好的荒野作品之一，展现出荒野何以穿过记忆、跨过遥远的距离，无声无息地触动我们的心灵。

这年十月，默里被转移到巴伐利亚的莫斯堡战俘营。那里铁网环绕，战俘们挤在狭小的营房中，"就像贫民窟里的老鼠"。跳蚤和虱子到处都是，到晚上，臭虫成群涌出床垫。然而，默里依然笔耕不辍。

不久之后，他再次被转移，这一次到了捷克斯洛伐克最西边波希米亚地区的一个战俘营。囚犯一入营，立刻要被搜身。默里写在厕纸上的手稿在搜查中被发现，盖世太保认为这是一份关于盟军战略的加密文件，于是对他进行了审讯。最终，他们夺走并销毁了手稿。尽管默里为人一向随遇而安，这件事于他却是极为沉重的一击。

多年的监禁生活令默里的健康状况每况愈下。二战末期，红十字会的救援包裹受阻，无法送到战俘营。默里所在营里的囚犯只得以黑面包和极少量的土豆、大头菜勉强果腹。他们偶尔也会捕杀猫狗，吃它们的肉。营里的囚犯普遍患有肺结核。默里在一封致友人的信中悲哀地写道："此时我真是一具枯骨。"因为缺乏维生素，他的指甲变得凹凸不平，头发也掉了许多。他走起路来不出十码就要停下来休息一阵，而且时时刻刻伴随着眩晕。他那时想，就算他能挺到战争结束，恐怕也无法再去爬山了。

尽管如此，他那书写荒野的梦还在继续。在波希米亚，默里开始秘密重写来时被夺去的手稿。由于食物匮乏，他的身体日益孱弱，但头脑愈发自由。他回忆道："我尽全力去表达对美的体悟，毫无保留。"每当他闭上眼，山峰和峡谷便映入眼帘，每一个细节都栩栩如生。他梦到沼泽上空紫罗兰色的薄暮，梦到他曾经畅游的碧绿的海湾，梦到在牧人山顶望到的金色天空。然后，他把这一切都写了下来。在被监禁的最后一年，他回忆道："我从没把自己当成囚犯。我认为自己住在山中，享受着那里的自由。"

一九四五年五月一日，默里所在的战俘营被美军解放。获释一个月后，默里回到了兰诺克沼泽。他的身体依然十分虚弱，精神却振奋不已。他再一次登上牧人山，站在山顶眺望沼泽，天空是那么开阔。

***

我启程穿越大沼泽时是十一月份，此时，科鲁什克充沛的夏日阳光已经消退，代之以一片棕黄的秋色。空气变得凉爽，七八月间的漫长夜晚也替换成了短暂的黄昏。

我本来希望冬季早点来临,因为我想穿上雪板甚至冰鞋,沿着封冻的水道完成一场沼地冰上穿越。据我所知,二十世纪五十年代就曾有人这样做过。我非常喜欢这个想法:仅仅利用水,便能穿越如此广大的一片区域。不过,答应陪我一起穿越沼泽的父亲却向我指出了两个小小的问题:第一,我们两人都不会滑冰;第二,天气太潮湿了,我们会沉入水中的。不得不承认,他的逻辑站得住脚,我们只好改为徒步穿越了。

我们父子二人从伦敦出发,搭乘卧铺火车北上。火车自有一种浪漫情致,它是爱德华时代*的奇迹,能在你酣睡之时把你带到另一个地方。这种浪漫我们仍然感觉得到。我们自尤斯顿车站启程——站内的快餐店、广播里的砰砰声、角落里被压扁的啤酒罐、熙熙攘攘的人群,都离我们远去。再醒来时,空气清凉,白雾蒙蒙,我还看到一只牡鹿消失在细雨中。浓雾在低地聚积。火车停在兰诺克车站,我们下了车,往大沼泽而去。

那天早上,我们便开始熟悉大沼泽的习性和法则。沼泽拒斥直线行进。默里也曾说,在大沼泽里,行动会非常缓慢,路程只能以小时计,不能以英里计。这片沼泽大部分是湖泊和泥炭地,在它们之间则是蜿蜒蠕动的溪流,溪水呈黑色,石油般亮滑。

我们在由裂缝隔开的泥炭地之间跳跃着,在溪流和草丛构成的迷宫中摸索着前进。后来,在跨越一条无名小河的时候,我看到一条大鳟鱼如箭一般穿过池塘,在水面上留下一圈圈呈 V 字

---

* 指一九〇一至一九一〇年爱德华七世统治英国的时代,有时也以一九一四年第一次世界大战爆发作为结束,被认为属于大英帝国的黄金时代。

形荡开的涟漪。古松树突出的树根在泥炭地里随处可见，这些松树都有几千年树龄了。我真想爬上其中一棵啊。泥炭沼泽能保存大量的树木，第二次世界大战期间，美国海军曾从新泽西的泥炭藓沼泽中掘出了大量有三千年树龄的白色雪松木，用这些木材来制造鱼雷艇的船体。我从一个树桩上取下了一块本已松动的木块，它的形状像一只海豚，颜色是泥炭染就的深棕色。在另一片漆黑的水岸上，我又发现了一块白色的石头，嵌在那里像一只眼睛。我把它刷洗干净，一路走，一路拿在手里把玩。

大沼泽如此辽阔无垠，而处处风景又都类似，模糊了我们的距离感。一切都分布得如此松散，以至于每一处景物、每一个动作倒是都看得更清楚了。我们所置身的空间实在太广阔，以至于当我抬头望向大沼泽以西的群山，想看看我们已经走了多远，却感觉我们似乎一步都没有动过。我们就如同那些在浮冰上行走的探险家，浮冰不停旋转，抬起脚再落下，却恰恰落回了原地。

几小时后，我们来到一间地图上标为"炉堆小屋"的破败窝棚，打算在这里稍事休息。角落里放着一个生了锈的铁火盆，除此之外，屋里空无一物，空气中的味道则令人联想起盎然的绿意。我们在石头上坐下，从空空的门框望出去，只见莱登湖中央散布着一些小岛，岛上林木丰茂，在这些小岛的更远处，则是雾雪聚集、鹿群出没之地——黑山洼。那里的空气呈浓浓的冷蓝色调。我不无嫉妒地想起默里的旅行。战后，默里回国，在八月份一个大热天穿越大沼泽。他独自一人，只带了他的狗做伴。走到一半，他把衣服全部脱掉，放在背包里，接下来一整天光着身子，遇到各处的水池、湖湾，就跳进去洗澡、游玩。我开始痴梦：没准哪天天气好，大太阳，没有风，可以试试把他的做法结合进我的计划，光着身子，从大沼泽这边滑冰到那边……

稍晚，我们来到一个五十英尺高的小山顶上，坐下来吃了些配奶酪的黑麦面包，眼看着雨云在数英里外的科河谷谷口聚集，向我们滚滚涌来。鼓丘*的岩石上挂满天鹅绒般的青苔，风一吹过便缓缓摆动。父亲指了指西边：一只红隼正在地面上空敏捷地搜寻猎物。突然它停了下来，悬空一瞬，紧接着收翅下沉，重重落进了石南丛中。

此时我们已完全置身大沼泽深处，广阔天地分解成为培根般的条带：一条天空，一条白云，一条黑色的大地，再之下则是黄褐色的大沼泽。在这个季节，大沼泽的色彩是微妙而丰富的。远看一片斑驳，近看则拆解成不同颜色：橙、赭、红、芥黄，还有泥炭那光滑的黑色，点缀着一切。

我们花了一整天时间才终于来到大沼泽的中心——巴溪，巴河就在这里流入莱登湖。暮色已笼罩整片沼泽，于是我们支起一个小帐篷，在这里落脚。我们在黑暗中躺着聊天，聊我们已经走过的地方、即将要去的地方，还谈到大沼泽带给我们的那种恐惧与震撼交织的奇特感受。我们睡觉的地方位于河湾内侧一片小小的冲积平原上，冬季的洪流雕凿出这片地方，又把它抹平，茫茫大沼泽上便有了这一处可供栖身之所。

---

* 鼓丘是由冰川沉积物堆积而成的丘陵，常呈圆形或椭圆形，有时会聚集成群，即"鼓丘地"。

***

在不列颠这片人口密集的大地上,开阔的空间是罕见的。要想找到一片地方,放眼望去能看到连绵不断的地平线或远处的蓝天,何其困难。开阔性越是难得,就越突显它的珍贵。整日生活在街道楼宇之间,人会产生一种封闭感和短视感。沼泽、海洋、山脉则可以抵消这样的感觉。每当我从沼泽区回来,我都感觉到眼底轻盈起来,仿佛两边的视角各打开了二十度。一片宏阔无阻的空间,不仅仅是自由和豁达最贴切的比喻,有时还能直接带来那种强烈的感受。

体验过这种开阔,你就能理解美国小说家薇拉·卡瑟[*]那句话——"延伸,延伸到高原,是一切平坦大地无尽的向往。"卡瑟本人正是在北美大平原地区长大的。空阔的大地在历史上颇受冷落,倘若要去爱它,你必须像卡瑟那样相信,美有时是连续空间的一种功能。你必须相信,这样的疆域自有其延展性。在晴朗的日子里,身处空旷的海面上,放眼不见陆地,映入眼帘的竟是弯曲的球面。但凡有过这种经历的人,都会知道那是多么令人惊奇:大海的边缘向下滑去,如微蹙的眉。

开阔空间会赋予我们的头脑一些很难表达但明确可感的东西,而兰诺克沼泽正是最雄伟的开阔空间之一。如果把湖区[†]从

---

[*] 薇拉·卡瑟(Willa Cather,1873—1947),美国女作家,出生在弗吉尼亚州,幼时随父母迁居到中西部的内布拉斯加州,著有《亚历山大的桥》《啊,拓荒者!》等。
[†] 湖区,英国著名自然景区,英格兰最深的湖及最大的天然湖均位于此地。

坎布里亚郡挪出来，丢进兰诺克大沼泽，它将完全被沼泽所吸纳。大沼泽这样的地方，其影响难以计量，但我们也不能因此避而不谈。托马斯·哈代在《还乡》一书中写道："在午后和夜晚之间，斜倚在荆棘树桩上，满眼所见，皆是荒野，山峰和山肩之外的世界，一概看不到。这时你知道，周围的、脚下的一切都是自史前而来，一如头顶的星空，从未改变。此情此景，对于动荡不安的、被无法遏制的'新事物'所搅扰的心灵来说，有如一方压舱石。"

对于默里来说，在他身陷囚笼的时候，给予他慰藉的甚至不是直接走进荒沼和高山，而是对于那些经历的回忆。他知道这些地方还一直存在着，由此便获得了精神支柱。

一九七七年，十九岁的格拉斯哥人罗伯特·布朗（Robert Brown）因为谋杀罪被捕，但他其实是被冤枉的。接下来的数天，他在一名警察殴打之下被迫招供（这名警察后来因腐败罪名被起诉）。布朗服刑二十五年，其间两次上诉都失败了。直到二〇〇二年，他的判决终于被推翻。重获自由之后，他所做的第一件事就是来到洛蒙德湖边，在岸边一块大石上坐下，在阳光中，如他本人所说，"感受风吹过我的脸，静看波浪和山峦"。被捕前一天，布朗也曾来到过湖边。在随后的二十五年里，他没机会再见到这些景色，但对于此情此景的回忆却在他身处牢狱时滋养了他。他后来说，他把有关这里的回忆保存在了脑海中"一个秘密的房间"里。

我们常常对平原地带抱有想象性的偏见，对象包括沼泽、苔原、荒地、草原、泥沼和干草原。一七二五年，丹尼尔·笛福旅行经过查茨沃思庄园的沼泽区，对那里非常厌恶，说那是"一片咆哮的野地"。笛福之所以有这样的反应，部分原因就是对一望无际的平地难以记认。目光所及，全无回应，或可说所有解读的努力都被一口吞没。它们给我们带来寻求意义的难题：如何在这样巨大的空间中锚定自己的感知？如何为这样的地方赋予意义？对于这类地方，我们有一些半是敬畏、半是不屑的词来描述：荒凉，空旷，无垠。但是，当一片地域的景色处处色调相近，而同时具有宏阔的广度、长度和透明度，我们便很难用语言去捕捉。

开阔地域令人难以亲近的疏离性带来了不可估量的影响。一直以来，人们都无法充分证明开阔地域的价值。两个多世纪以来，英格兰低地石南荒原的面积缩小了四分之三，比如多塞特林地、坎诺克猎场和新森林都沦为了耕地、种植园或其他开发用地。至于那些幸存的荒地，大部分是因为被定为"公地"，对所有人开放，才能抵御为追逐私利而强制进行的改造。很多如今已消失不见的荒地，是在第二次世界大战的"胜利花园"运动[*]中才第一次被翻耕的。再如索尔兹伯里平原、东安格利亚的布雷克兰等其他开阔地域，则被封锁成了军事基地。那些土地面积广阔，是理想的射击场、坦克演习场和飞机跑道。在气质奇异的博德明高沼地上，长满荆豆的山地在一八〇〇年到一九四六年间缩小了将近一半。还有一些地方，比方说什罗普郡南部的蒂特斯通克里山，那里的采石矿也张开工业之口，侵食了开阔荒野的领地。北约克郡沼泽

---

[*] 指战争期间在私人住宅院子和公园开辟蔬菜种植地的全民运动，美国、英国和德国等国在一战和二战期间都推行过。

和诺森布里亚沼泽近六分之一的土地被种上了商用针叶林。在英格兰各地，开阔之地已被全面封锁。

英格兰北部的奔宁荒原，已成为人们数百年来的逃亡之地，上亿人从诺丁汉、德比、谢菲尔德、曼彻斯特和利物浦等城市来到这里的山地和高原。十九世纪到二十世纪早期，这里变成了几片私人松鸡猎场。在一九三二年本尼·罗斯曼（Benny Rothman）发起"金德斯考特峰开拓运动"（Mass Trespass on Kinder Scout）*之前，这片荒原是仅限富人踏足的运动场，猎场看守人日夜巡逻，以"非法闯入"之由处理擅自进入者。这些猎场看守人还负责捕杀"闯入"的食肉动物。成千上万猛禽、鼬类和其他肉食动物遭到屠杀，它们的死亡成了狩猎手册中一行行无情的记录。

这片荒原作为猎场的历史，在很大程度上决定了它如今的地貌和特点。其中一些痕迹较为细微：在斯坦纳治沼泽，其维多利亚时期的主人——谢菲尔德的威尔逊家族，曾经雇用石匠在岩石上开凿水道和孔洞，以便收集雨水，并在松鸡的繁殖季节供雏鸡饮用。这些岩石上的斧凿痕迹至今仍可看见。另一些痕迹更加显著：每年都有大片沼地遭到焚烧，以促进欧石南幼苗生长，这是松鸡的主要食物。

尽管受到人类行为的影响，大不列颠和爱尔兰的沼泽还是成了无数人的荒野奇境。人们把城市的樊笼抛在脑后，踏入了另一

---

* 英国政治活动家本尼·罗斯曼组织的运动，通过大规模闯入该区域的领地来反抗富人对荒原的私有，争取无产者散步的权利。该运动给英国带来了多项进步，其中之一就是国家公园的出现。

个空间：这是由沟渠和沼地构成的迷宫，麦穗在石缝间轻拂，云母砂令河床在阳光下闪烁银光。

***

大约午夜时分，我被大沼泽上的一阵轰隆声吵醒了——这是石头在水中滚动的声音。原来，在离我们几码远的地方，有一群鹿正循着自己的路径穿越石南地，它们踏水过河，纤长的腿翻动了石头。

凌晨时候，天空放晴，气温下降。我们睁眼，迎来靛青与古铜色的黎明。我们在那样的光线中行走了几个小时，不断出入巴湖北岸的大小湖湾。薄薄的阳光透过云层的缝隙探了出来，既像是在空旷沼泽中搜寻逃亡者的探照灯，又像是在测量沼地之广阔的扫描激光。

在那几个小时里，大沼泽露出了奇特的面貌，所见之处，全是扭曲的轮廓和抽象的形状。弧线便以多种形态现身：小小的金色沙滩环绕湖湾；黛青色山腰的曲线后面衬出雪山的背景；从奥奇桥附近一座废弃农舍的窗户望出去，桦树弯曲的枝干隐约可见；半圆的桥拱；一条蜿蜒远去的老路，因为湿润而闪着光。三角形也总是反复出现：鹿角，包裹在树上和石头上的淡绿色苔藓，莱登湖的轮廓，泥炭地的裂口和缝隙，还有几株形如鹿头的苏格兰古松。

行走途中，我一直惦记着我的地图，它已经开始自己成形，一个地点接一个地点，渐渐清晰。我试着想象那些我还没有抵达的荒野，每一处都有其独特的空间和物种，而岩石和光线的角度也各自不同。我所制作的这幅地图永远也无法完成，但我却喜欢它的不完整性。它无法囊括所有的荒野，我也并不希望如此，因为如果一张地图要追求和实地等同，就会变成博尔赫斯那篇具有警示性的小说《论科学的精确性》中的情节。故事发生在一个制图技术已臻完美的帝国，"一个省的地图，可以占到一个城市的面积"。博尔赫斯接着写道，又过了一些时间，即便是这些"省地图"的精确度也不能让人满意了，于是制图师协会制作出了一张帝国全图，"地图的大小与帝国相当，而且每一处都与实地重合"。当然，这张地图既无处可用，又令人压抑，于是人们便把它丢给骄阳与寒冬处置了。"直到今天，在西部的沙漠里，那张地图破烂不堪的遗迹仍然存在，并已成为走兽和乞丐的居所。"

我想知道，一个世纪以后，如果有人看到我的地图，会作何感想，也就是说，在这一百年里，人类和荒野的关系会发生什么变化。也许到那时候，福斯特给荒野写的讣告已经成真；可能野性真的会在这些岛屿，甚至在整个世界完全绝迹。如果是那样，我的地图对彼时的读者来说或许会显得古怪和过时：它会成为一种遗迹，一串无谓的希望和恐惧，只属于过去的世界和过去的头脑。如果这本地图真有人看，或许读它的人也会满怀温情，就像我们现在会认为早期航海者的地图呈现着他们的梦想和忧虑——如图中那些位于大陆深处的金山，以及在已知之境边缘出没的海怪。

一九六〇年，历史学家和小说家华莱士·斯特格纳[*]写了一篇文章，后来被称为《荒野信》。这是一封呼吁信，写给某位参与美国"户外娱乐资源"联邦政策评估的官员，后来收入斯特格纳的论文集中。在这篇文章中，斯特格纳指出，一片荒野的价值，应远远超过对其进行娱乐经济或矿产资源的成本效益分析所得出的价值。他如此解释：我们需要荒野，是因为荒野会提醒我们，人类世界之外还存在一个世界。森林、平原、草原、沙漠、山脉，这些景观能给人一种超越自身的宏大感，这种感觉在当今社会已几乎丧失。

但这样的景观已经越来越少，斯特格纳写道。"残存的自然世界"仍在"逐渐被侵蚀"。侵蚀的代价则不可估量。如果所有的荒野都消失了，我们就再也没有机会"感受到自己在这个世界上是单一的、独立的、直立的、个体的存在，不再能感受到我们是由树木、石头和土壤所构成的环境的一部分，是飞禽走兽的兄弟，是自然世界的参与者并且完全融入其中"。我们将全心全意、一往无前地投入那种技术化的、白蚁般的生活，投入完全由人工所控制的"美丽新世界"。

在来兰诺克沼泽的前一周，我读了斯特格纳的文章。而当我真的身在大沼泽之中时，我愈发强烈地感受到他思想的回音。他总结道："我们仅仅需要乡野留存在那里，即便我们只是开车到荒野边缘，冲里面看一看，也足够了。因为荒野能给予我们安慰，

---

[*] 华莱士·斯特格纳（Wallace Stegner, 1909—1993），美国作家、环保主义者、历史学家，代表作包括《安息角》《安宁之路》《旁观鸟》等。

让我们知道自己仍保有作为生物的心智,这属于希望的地理学。"

将近正午,我们来到了沼地西侧的一条公路上。我站在柏油路的边缘,浑身是泥,疲惫不堪,两个拇指掖在背包的背带里,身旁,大型冷冻卡车隆隆驶过,把新鲜蔬菜向北运往大峡谷及更远的地方。我们如同"沼泽人"[*],从一个时代来到了另一个时代。车辆一闪而过,灯光画出弧线和夹角,在经过了漫长沼泽之行的我们看来,那些鲜艳的颜色显得很奇怪,像是来自太空船一般。

在公路更远处的临时停车带,几辆车停了下来,人们三两成群地站着,望向沼泽深处。他们不时地转过身,彼此安静地交谈。

---

[*] 沼泽人,又称"酸沼木乃伊",指在极度酸性的沼泽中得以保存内脏与皮肤的人类遗体。

森林

从兰诺克沼泽回到家之后,我把那块海豚形状的松木块放在我书桌上方的架子上,为我不断增加的收藏又添了一件自然艺术品。我的收藏大部分是石头,它们共同构成了一片微型的风暴海滩,除石头外,还有一片红隼的羽毛、几根金黄色的野草、一株柳花,柳花的侧边已经开裂,撒出了荧光黄的花粉。我把松木块放在这一排东西的边上,当我工作时,它便用眼睛一般的树结凝望着我。它的纹理呈流水状,表面有许多小孔:这些小小的入口通往难以捉摸的重重走廊和通道,令人不禁浮想联翩,想前往这小木块内部的迷宫一探究竟。

我喜欢收集石头和其他小物件,其实也是出于一种家族习惯。我父母都喜欢集物。我们家的架子上、窗台上,摆满了贝壳、鹅卵石,还有来自河流和海洋的弯弯曲曲的浮木。从我有记忆开始,我们家的人就总会边走边拾起东西。这种单调的拾荒，其实是成千上万人履行的日常。有时候，我们的收藏是有目的的：我父亲的专长是制作芦苇船，我童年时，他经常一连几个小时待在河岸和湖岸制作那些小船。制船工序十分繁复——用鹅卵石压舱，用榛树叶做帆，用山楂木或黑刺李木固定，一只小型双体船便成型了。做好后，再把它们送入水中起航，有时是一片孤帆，有时是一对小船，有时甚至能组成一支舰队。

现在，集物则变成了回忆和连接我所到荒野的一种方式。十五世纪的地图制作者提出了一个叫作"孤立图"的概念：这种地图会对特定地区进行详尽描绘，但不会对区域之间的关系做出清晰的阐述。在我旅行的早期阶段，我还不知道自己要去的这些地方之间将出现何种亲缘关系、会拼成怎样的图景、产生何种意想不到的回响。而这些收集起的物件，似乎已经将我的景观连成一体，但又并没有将它们捆绑得过紧。

所集之物还向我提供了线索和提示。松木块告诉了我下一步该去哪里。它来自一棵有着数千年树龄的古树的树根，那棵树原本属于苏格兰高地上一片广阔的北方松树林。大约在公元前三千年左右，这片壮丽的史前森林消失了，至今几乎已不留任何遗迹。它消失的主要原因是气候变化：在寒冷潮湿的大西洋期*，泥炭沼泽如地毯般覆盖了这片森林，树木纷纷窒息而死，仅有零零散散的少数区域遗留下来。其中最大的一片就是位于兰诺克沼泽东侧

---

* 大西洋期（Atlantic period）是北欧冰后期古气候分期的第三阶段，约为七千五百年前开始，五千年前结束。

的黑森林,在盖尔语中称为 *Coille Dubh*。

从沼泽移步至黑森林,这里存在一种对立的逻辑:从湿地到森林,从淤泥到松木,从开阔到封闭。同时,这也是一场逆时间之旅,因为如果回到几千年前,大沼泽应与黑森林非常相似。于是在十二月初,第一批红翼鸫到达东安格利亚三星期后,我家附近的山楂树挂满丰盈夺目的果实时,我再次动身北上了。

一天早晨,我跨过森林北边与湖毗邻的漫长边界,从外围树木房檐般的树冠下经过,进入了黑森林。冬天的寒风多了几分锐利,天空一片湛蓝。一枚素净的太阳洒下光芒,阳光之中,冷风斜斜地吹拂。我身上没有携带森林地图,因为在这里是不可能迷路的。几千英亩的森林铺在古老冰山的北坡上,即便在最恶劣的天气里,一个人也可以跟随重力的指引走出黑森林,因为所有的下坡路都指向湖边,也指向安全。

那一整天我都在森林里漫步,来来回回地走,穿过了其中数十个隐秘的世界:有茂密得几乎不透光的灌木丛,许多"走廊"和过道,还有突然出现的林中空地。我跃过小溪,经过海绵般的泥炭沼泽和软垫般的毛帽藓。这里有大片的杜松、桤木、花楸和奇形怪状的黑樱桃树。松树的树皮像是爬行动物的皮肤,散发出一种辛辣的树脂气味,树枝上则长着绿色和银色的苔藓,形状各异,像是鹿角、贝壳、海藻、骨头和破布。树与树之间,石南花和蕨类植物丛生。我爬上一棵柔韧的花楸树,树上橘色的浆果散落四周。我又爬上了一棵高大的老桦树,树顶因为我的重压而微微颤抖。

这森林实在太茂密，有时候我根本丧失了方向感，唯一感受到的只有坡面的坡度。然后，就像那时在科鲁什克的隘口一样，前方打开一片被树枝框出的视野，远方高处的地面，或者低处的水波，便显露出来。大部分时候，我唯一能听到的声音就是树枝在风中彼此摩擦发出的沙沙声，像是房间里的管道在加热，让我想起剑桥那棵属于我的山毛榉。

黄昏时分，风停了，赤铜色的云层在头顶缓缓移动，太阳低垂，但依然能照到高处冰凉的云顶。接着，下雪了——轻飘飘的雪花在空中簌簌作响，落在一切事物的上表面。其中一片掉在我黑色的外套上，随即融进面料，仿佛幽灵穿过墙壁。

雪呀！自我记事以来，我一直喜欢下着雪的老树林。于我而言，冬天的树林意味着肃穆之美，也意味着激动人心的冒险：约翰·梅斯菲尔德[*]的《趣味盒》（*The Box of Delights*）中在雪地奔逐的狼群，《纳尼亚传奇》（*The Chronicles of Narnia*）中白女巫的冰雪森林，还有高文爵士[†]寻找绿衣骑士的途中，在岩石上、瀑布下露宿，在圣诞夜穿过威勒尔的野森林。"那片茂密的森林，阴郁萧瑟/巨大的白桦树，不下百棵/榛树和山楂树交织缠绕/斑驳的野苔藓四处蔓延。"罗杰和我曾经试过找出高文爵士穿过威勒尔到达绿衣骑士的教堂所经过的路线。据我们的推测，如果是现在，他可以在一天之内经由主干公路完成全程，如果他想度

---

[*] 约翰·梅斯菲尔德（John Masefield，1878—1967），英国诗人、剧作家，于一九三〇年获得"桂冠诗人"的称号，主要作品包括诗歌《海恋》《永恒的宽恕》等。《趣味盒》是梅斯菲尔德发表于一九三五年的儿童幻想故事。

[†] 高文爵士是亚瑟王传说中的圆桌骑士。

周末的话，还可以找一家提供住宿加早餐的旅馆。

在一片空地上，我发现了一棵被风暴刮倒的大桦树，它已完全倒在地上，但依然活着。我猜它被刮倒已经是两三年前的事了，这可以从它的生长情况看出来：一排整齐向上的侧枝已经从主干生出，长势都很健康。树干朝南的一侧长着成片的蘑菇，棕色、扁碟形，像是嵌在树上的硬币。我绕到树根旁边，可见树倒时，根也随之拔起，连泥带土，拖出了一个圆圆的土盘。树根的上部已经干燥，硬得像石头，且整个翻折上去，形成了足有一英尺或更高的"屋顶"。此时雪下得更疾了。我于是在树根下清出一小块地方，捡了些掉落的松枝，一层一层铺成一个有弹性的床垫。我又拿了几根更粗壮的树枝斜靠在树根边上，建起了一个简陋的三角门廊。

我对这样一个小小的庇护所非常满意，当然，它又处在一个更大的庇护所中，就是这一整片森林。从我温暖的睡袋之巢望出去，只见"屋顶"之外，雪越来越大，却越来越轻柔，阵仗浩浩荡荡，却几乎没有什么声音，真是奇异。在入睡前最后几分钟，我看到黑夜渐渐来临，感觉受到了森林的盛情款待：黑暗沉淀在一切物体的表面，如同给它们覆上一层毛皮，大雪纷纷，鸟儿在林间迅速而轻巧地跃动。我想起苏格兰小说家和诗人娜恩·谢泼德（Nan Shepherd）对凯恩戈姆山脉的描写："没体验过夜宿山中的人，算不上真正理解大山。滑入梦乡的过程中，大脑会趋于平静，身体渐渐融化，只剩下知觉尚在运转。入睡前这些静默感知的瞬间，是一天中最有价值的时刻之一。卸下所有的执着，我和天地之间再无阻隔。"

＊＊＊

要理解荒野,你必须先理解森林。正如历史学家罗伯特·波格·哈里森(Robert Pogue Harrison)所说,文明"正是从森林中辟出的一片空地"。数千年来,"黑暗的森林边界定义了耕种的范围、城市的边缘、文明的界线,但也缔造了无尽的想象"。尽管真正的野生森林消失于新石器时代,远在人类开始记录自己的历史之前,但是几乎所有文明的创世神话都不可思议地将目光投向了丛林覆盖的大地。古苏美尔史诗《吉尔伽美什》可谓世界文学的开篇,它讲述了一个探索的故事。吉尔伽美什从乌鲁克出发,前往雪松山,他的任务是杀死森林守护者胡瓦瓦＊。罗马帝国也自认为是依托森林而诞生的,它的首都最初就建在森林中,国家的创建者是传说中由狼哺育的孪生兄弟,同样从森林中走出。日后,也正是罗马帝国一点点摧毁了古老世界的茂密森林。

从词源学上讲,荒野(wild)与树林(wood)的联系也非常深刻。这两个词都来自英语词根 wald 和古日耳曼语词根 walthus,意思均为"森林"。Walthus 进入古英语后,发展出几个变体:weald、wald 和 wold,用以指代"野地"和"林地",狼、狐狸、熊等野生动物在其中生存。在拉丁语中,"荒野"和"树林"则合并成

＊ 在美索不达米亚神话里,雪松林是众神的居所。胡瓦瓦是太阳神养育来守护雪松林的巨型树怪。

为 *silva* 一个词，意为"森林"，这个词又发展出"野蛮"（savage）的概念，其内涵包括野性、凶蛮等等。

森林和荒野还有一层联系，体现在随着森林的消失，世界上的荒野也渐渐衰减。早在八千年前的全新世，大不列颠还是一个树的王国，森林从一边的海岸延伸到另一边的海岸。不过森林也并不是连绵不断的，根据花粉和气候的记录，以及当代关于定植树木在有野生食草动物环境中生长状况的研究，早在人类到达之前，大不列颠的森林也不是连绵的整体，某些地方形同稀树草原，有大片空地和开阔的草地。但是，总体来讲森林的规模非常宏大。

在这些岛屿历史上的许多时期，森林就是一切，简直可以把它称为"深林"，我在黑森林里漫步时这样想道；也可以借用植物学家奥利弗·拉克姆（Oliver Rackham）的说法，叫它"野林"。森林王朝最近一次的统治时间是末次冰期的最后几个世纪，人类也是在那时出现的。当时，数千年来一直覆盖着除南部以外的所有地区的冰川已经开始渐渐消退。

要想理解这几千年的历史，你必须重新设定你想象中的计时器，用冰川时间和树木时间来思考。你要想象气温逐年上升，大量温暖的雨水落在冰川灰色的脊背上。蓝色的冰冠是冰川外部活动的标志，其中有些高达数百英尺，此时已开始向北退行。这千百年充斥着巨大的噪声，尤其在冰川活动前线，冰裂如尖叫，冰解如嘶吼，震耳欲聋。

冰川消退了，速度大概是一个世纪五十英里——平均一年半英里，留下的是一个已被彻底改造的地形：冰川削平了山丘，加深了山谷。冰雪融水形成蓝色的河流,在原始的土地中穿行,挖掘出一条条水道,注入湖泊,那些湖泊的面积堪比城镇。

在末次冰期的盛期,冰的密度和覆盖范围都非常之大,以至于冰川将下方的土地压入了地幔。设想一下:整个国家都被冰按到了地底。反过来也是一样,当冰融化后,大地的负重减轻,于是地球的骨骼便回升了——有些地方上升达几百英尺。地质学家称这种效应为"地壳均衡回弹"(isostatic rebound)。回弹效应最明显的地方是大不列颠北部,那里的冰层是最厚的。而在南部海岸,由于反作用力,海岸线则下降了。

随着冰川融化,陆地开始倾斜,海水也不断上升。冰川储存的水占世界总储水量相当大一部分。北半球的冰川融水流入海洋,令海平面上升了近四百英尺,世界版图也因此而改变了。这种改变之一便是水流侵蚀、冲刷和填充了如今英国和法国之间的这道海峡。这座由白垩、矿砂和黏土构成的古老陆桥,原本在河流的冲刷下形成,随着海平面不断上升,海水淹没了河谷,吞噬了山丘,最终完全淹没了陆桥。不列颠从此孤立,群岛由此诞生。

冰川从陆地上退去——留下如点点耳垂、根根手指、片片纸页般的遗迹——又不规则地翻转,北上而去。它身后的土地一片荒芜。裸露的冰碛堆,碎裂的岩石,一大片亮闪闪的巨砾、卵石、沙子和黏土,其中富含的金属已经由细筛一般的冰做了过滤和分拣。山谷中,银色的水面熠熠发光。池里的泥炭藓沼泽越来越厚,孕育出茂密的杂草。与此同时,在冰层遗留下的最为光秃的小山丘上,在被冰川打碎却尚未经过雨水淋洗的肥沃矿质土壤上,"深林"开始自行生发。低矮树林最先出现，有柳树、桦树和松树，这些相对耐寒的树木很容易扩散，它们能借助洼地和山洞来躲避冷风的侵袭。

森林越来越"深"，但和冰川保持着稳定的距离。河谷两边长起茂密的桤树，沼泽上生出柳树，还有橡树、酸橙树、榛树、白蜡树和鹅耳枥；灌木则填满了森林的缝隙和边缘。

就这样，从冰川之中诞生了一片青春洋溢、柔韧灵巧的森林。蓝冰让位于绿林。树木有时会起火、燃烧，那时，来自阳光的能量就再度回到了空中。

***

在度过了一个漫长而破碎的夜晚后，第二天一早，我在黑森林小巢中醒来。雪已经停了，到处都是蓬松的雪堆。雪是如此柔软和轻盈，没有任何东西能够不留痕迹地经过它。它保留了所有的印记。甚至散落的树叶掉在雪上，也压出了自己的印痕。我行走时，雪便被我踏平，在我脚下吱吱作响。森林仅有的声音也变得有些沉闷，仿佛锋利的边缘被磨圆了。融水成溪，在溪谷间流淌，雪在石头上、树枝上和溪流中的小岛上积成了一座座小山丘。那些溪中小岛分开水流，形成了错综复杂的三角洲。我之前走过的条条林间小径，此时都变得平整，成了雪白的大道。

在一棵倒下的松树树根下面，我发现了一块半露着的长方形扁石，石头上白色和烟蓝色相间层叠，图案非常漂亮。我把它从土里挖出来，把结霜的泥土擦干净。它刚好是我手掌这么大。我握住它，继续往前走，感受到手上多出的分量。天空清澈、苍白，阳光因积雪而添了一分冰冷的明亮。我穿过森林，向南边和高处走去，那边是一片峭壁，高出森林约两千英尺。

十点左右，我来到了森林的西南边缘，开始向峭壁的顶峰攀登。雪落在石南的茎秆上，上坡路又硬又滑。泥土表面形成了三角形的冰纹。大一些的水塘已经冻结，冰是一层层的，呈同心圆结构，看上去就像是水塘自身的等深线图。空气寒冷刺骨，我很庆幸自己穿了羊毛套头衫。

我登上山顶，在一块大石头上坐了下来，俯视下面白茫茫的风景。微风从下面的森林带来鸟鸣之声。下方的山坡上飘着阵阵小雪，我还能看到有些雪花向北方和西方飘去，已经飘出了几英里。飞雪停歇的时候，阳光充足而炽热，从云层蓝金色的缝隙中射出火光。雪白的山峰没入北边，南边的希哈利恩山也对我隐身了。这座山的形状酷似一座等腰金字塔，一七七四年，天文学家、制图师内维尔·马斯基林（Nevil Maskelyne）曾把它作为测定地球密度的实验对象。

唯一没有积雪的地方是那方狭长的湖泊，但它也由于反射而变成了银白色。在湖面上方的一座圆形小山上，有几片人工林已被人砍伐一空，于是这座小山看起来就像一颗剃光了头发的脑袋，正在等待手术。

***

大约从公元前四千年,也就是定居农业萌芽之时起,"深林"就开始因人类的行为而"变浅"了。在新石器时代,人类的干预取代气候的变化,成了改变森林自然生态的主要因素。通过工具、牲畜和火(火只能尽可能使用,因为大不列颠和爱尔兰地区只有少量植被易燃),第一批农民开始驱逐森林,腾出耕地,然后锄土、犁地,建立农场。到了青铜时代,人类的木工技术进一步提升,开始用木材铺设穿越沼泽的小路,建设人工岛和岛上的篱笆小屋,冶炼青铜器并建造宗教场所,包括著名的"巨木阵":把一些树干垂直立在土中,摆成特定的阵形。

从新石器时代之初开始,深林就一直在衰退。在公元前两千年前后的青铜时代,英格兰迎来了转折的关键时刻,变为半林地状态。随后根据《末日审判书》[*]的记载,十一世纪末英格兰的森林面积约占土地总面积的百分之十五。在接下来的两个半世纪里,不断增长的人口给森林施加了更大的压力。到了一四九七年,约翰·卡波特[†]从布里斯托航行到美国,看到"一片片密密层层、荫翳蔽日的森林静静地伫立在海岸上,连绵不断"——而大不列颠和爱尔兰的森林已大部分被田野、牧场、草场、沼泽和荒原取代。

人们需要树木做燃料或建材。建造船只和房屋需要用到木头,

---

[*]《末日审判书》是英格兰人口、土地和财产的调查报告,于一〇八六年完成。当时英国人认为这本财产清册将在最后审判日为上帝所用,故取此名。
[†] 约翰·卡波特(John Cabot,1450—1499),英格兰航海探险者。

炼铁也需要大量原木制作木炭。"在这个国家存在之前,这片土地上有许多栖居着各种飞禽走兽的大森林。"一五九二年,约翰·曼伍德——他的名字起得很好*——曾这样说。曼伍德是伊丽莎白时代的森林法专家,同时也是主管新森林地区的司法官员。他接着说:"人类定居进来之后,森林遭到了不同程度的破坏,尤其是在靠近房屋的地方,随着人口增加,林地和灌木每天都在遭受毁损。"苏格兰森林被毁坏的程度是如此彻底,以至于到十七世纪,苏格兰已经成为木材净进口地区。在爱尔兰,松鼠灭绝了。参天的榆树和白蜡木消失了,宏伟的松树也消失了。

深林迎来真正的末日是在二十世纪。在这个时期,整个西半球的森林以前所未有的速度消耗殆尽。在大不列颠和爱尔兰,两次大战导致皆伐行为几乎完全失去了监管。一九一四年至一九一八年间,为满足战争需要,五十万英亩阔叶林遭到砍伐。千百年来发展出的采伐技术和森林维护方法,如定期采伐、修剪、去顶等等,此时被抛诸脑后。在一九四五年以后的三十年间,即"蝗虫年代",剩余的半天然古森林又有将近一半被人工林、耕地和开发用地所取代。

这些岛屿上的深林消失了——当然,大部分在有史可考之前就已经消失了——但是,我们仍对它们念念不忘。在建筑、艺术,尤其是文学作品中,深林繁盛生长。无数探险和旅行在深林中发生,童话故事和梦幻剧目在林中空地和灌木丛中上演。

---

* 约翰·曼伍德(John Manwood,生卒年不详),其名 Manwood 直译为"人树"。

森林总有一种介乎两者之间的特性，人们似乎可以在这里从一个世界滑入另一个世界，或者从一个时代进入前一个时代。在吉卜林的小说《普克山的帕克》(*Puck of Pook's Hill*)中，孩子们是借由"橡树和白蜡树和荆棘"才获得了穿越进入英国历史的能力。

森林和其他世界的这种联系其实并无神秘之处。任何一个曾在森林里行走的人都知道，森林是沟通、呼唤和回答的地方。色彩、轮廓、质地，万物彼此呼应，令人目不暇接。一根落下的树枝呼应着它落脚之处的三角形河床。秋天榆树叶的金黄色和乌鸫的虹膜押着同样的韵脚。森林里，不同事物有着令人意想不到的联系，正因如此，在有关森林的故事中，不同的时代和世界才能彼此联通。

森林成为不列颠群岛以及全世界各国的想象力之源，已经有千百年了。正是由于这一点，当树木倒下，森林被柏油、混凝土和沥青的造物取代，消失的不仅仅是独特的物种及其栖息地，还有独特的记忆和思想。和其他荒野一样，森林可以激发人类新的存在方式和认知方式，启迪人们的思想。

在造访黑森林之前，我尽我所能，遍览了关于树林的文献。我读到许多关于林地遭到破坏的报道——德语称之为"*Waldsterben*"，即"森林之死"——除此之外，我还记下了不少关于森林和树木的奇闻。中国唐宋时期的樵夫尊崇道家万物归一的哲学思想，在伐木之后，会对倒下的树鞠躬致意，并承诺善用木材，将之建造成不负其牺牲的楼宇房屋。波斯王薛西斯挚爱西克莫槭树,在与希腊人交战时,他曾令千万人的大军暂停行进,只为让士兵们驻足凝视和欣赏其中一棵姿态出众的树。梭罗也曾讲过,他的家乡马萨诸塞州康科德镇附近有一片树林,他对那里的树满怀依恋,以至于要定期探望,"要在厚厚的雪地里走八到十英里,才能如约见到某棵山毛榉树、黄桦树,或者松林中的一棵老相识",他却总是满心欢喜。薇拉·卡瑟移居内布拉斯加州的大草原后,十分想念家乡弗吉尼亚那些树木繁茂的小山丘。由于对树木念念不忘,她有时会专程去往"南边的德国邻居那里,欣赏他们的梓树林,或去看看那棵从地面裂缝里长出来的大榆树。那片乡村的树木太少了,以至于我们常常为它们感到焦心,时不时去探望,仿佛它们不是树而是人"。

我最喜欢的故事是关于法国飞行员、作家安东尼·德·圣-埃克苏佩里的。一九三三年,他的飞机载着几位利比亚部落首领,从沙漠飞往湿热的塞内加尔[*]。当他们从机舱爬出来时,看到丛林从飞机跑道两侧向远处延伸,圣-埃克苏佩里写道,部落首领们"在看到树林的那一刻潸然泪下"——他们从未见过这样的存在。

一棵棵单独的树就已足够壮观,众木成林,就更加非凡。走在林间,不得不对苏格拉底那句话提出异议,他说:"树木和开阔的田野不能给我任何教益,但城里的人可以。"在森林里,时间以不同的方式被记录和管理,因此,当人身处其中,便也能以

---

[*] 塞内加尔位于非洲最西端,森林面积占全国土地总面积约百分之四十五。

不同的方式体验时间。树木的谨慎和耐性令人动容。美国的阔叶林等待了七千万年才迎来到这里居住的人，这样的时长超出了我们的理解能力，当然，试图去理解的行为本身也是值得的。一棵大橡树要用三百年生长，三百年生存，三百年死亡，这是非常宝贵而又令人不安的知识。如果我们认真思考这些知识，思维也会随之改变。

思想和记忆一样，既寄托在外部世界，也栖身于人脑的内部空间。当思想的物质对应物消失了，那么思想，或思想的可能性，也同样消失了。当森林和树木被摧毁——无论是意外使然还是有意为之——想象和记忆也随之消失。W. H. 奥登知晓这一点。在一九五三年，他发出了警示："一种文化，近乎等于它的森林。"

***

奥登的论断，仅在几年之后就得到了证实。二十世纪六十年代末，荷兰榆树病随着一批从美国运来的石榆原木传到英格兰南海岸。从南安普敦附近的滩头开始，疾病迅速向内陆和外海蔓延。短短两三个夏天之后，英国南部的大型榆树已经所剩无几。十年内，大约有三千万棵树死亡。一九七六年是大旱之年，那年榆树病病毒的传播达到了峰值，但高峰过去之后，又有数百万棵树死亡。榆树并未灭绝，但也基本被破坏殆尽，随之而去的，还有英国最具代表性的一部分风景。

约翰·康斯太布尔*是众多榆树爱好者中的一位，他爱树如爱人。他的朋友兼传记作者 C. R. 莱斯利写道，他经常看到康斯太布尔"在欣赏一棵漂亮的树时，每每喜不自胜，仿佛怀里抱着一个美丽的孩子"。在所有树之中，康斯太布尔最爱的就是榆树。

康斯太布尔住在埃塞克斯郡和萨福克郡交界处的戴德姆溪谷，这里的榆树，树龄通常是其高度英尺数的两倍，而它们的高度可达数百英尺。小一些的榆树则与灌木丛混杂生长，遍布斯陶尔河沿岸以及戴德姆各大教堂两侧。人们还种了一些记号树，用以标记旧道和赶牲口的小路，让人们在雾天出行也可以找到路：树木便成了雾中引路人、地图标记者。

康斯太布尔曾花费相当的心血描绘和研究榆树。他记录了榆树荫下的世界，记录了初生树枝下树叶绿金色的环形影子，还有那些巨大的树冠，最大的可以遮蔽四分之一英亩的天空。

一八二一年，他画了汉普斯特德荒原上的一棵榆树，在这张画上，树叶被遗忘了：笔力集中在树干上，特别是与大地相接的地方。这是一棵英国榆树，我们之所以知道这点，是因为它的树皮已经裂出多边形的图案。如果是无毛榆树或者亨廷顿榆树，树皮的裂纹会呈线形，如一条条长长的沟壑。而光叶榆的裂纹则是更规则的网格图案，细看如倾斜交织的山脊与峡谷。

树皮是一种柔软而微妙的物质，很容易被人忽视。它可以被看作树的皮肤——像皮肤一样，它的表面有褶皱和拉伸的痕迹，

---

* 约翰·康斯太布尔（John Constable，1776—1837），十九世纪英国风景画家，代表作包括《干草车》《白马》《斯特拉福特磨坊》等。

而牵拉可以令它开裂成片状、块状或颗粒状。如果你用慢镜头拍出榆树树皮一年的生长，你将会看到它的移动、运作和生活：树皮开裂，树结成形，裂隙不断张开又闭合。康斯太布尔知道，树皮能展现世间百态。靠近去看，你会发现一片景观，你似乎可以走进去，在那山峦幽谷中流连忘返。

康斯太布尔对汉普斯特德荒原榆树的描绘，是一次关于永恒与瞬间的研究。树根的活动是经年持久的，它潜入地下，已经在那里蛰居了几十年，未来还要再继续待上几十年。而阳光转瞬即逝，它慷慨而短暂地落在后面的草地上。对于这棵榆树的命运，我们现有的预知也是短暂的。

在荷兰榆树病流行的那段时间里，康斯太布尔的那棵无名榆树死了，同时死去的还有汉普斯特德荒野上的其他许多榆树，斯陶尔河岸的榆树，以及戴德姆溪谷天际线上那一棵棵孤耸的榆树。他的那棵榆树死时的状况和其他那些树一样：首先是叶子，那精致的锯齿状叶子本应有墨绿的叶面和银绿的叶背，却慢慢开始卷曲、发黄、变脆。接着，树枝会枯萎，下垂。之后，树皮开始变硬，剥落，露出光秃秃的树干。树干则会变得平滑、苍白而光洁，令人想到骨头。

荷兰榆树病的病原体是一种能够以惊人速度扩散的真菌。其孢子的传播者是一种土生榆树皮甲虫——欧洲大榆小蠹（*Scolytus scolytus*）。这种甲虫会把卵产在垂死的榆树树皮上，幼虫在枯树皮下挖出隧道网，称为"走廊"。真菌产生的黏性孢子附着在这些虫洞的洞壁上，所以当幼虫成长为成虫时，它们已经被孢子污染了。它们飞到健康的榆树上，以树皮为食，同时释放出真菌的孢子。真菌很快便渗透了树的根系，导致树木的毛细管收缩，树木的水分传导系统无法工作，最终树木因缺水而死。就这样，甲虫一棵接一棵地搜寻并摧毁榆树，在其左右的橡树和白蜡树则安然无事。

欧洲大榆小蠹在榆树皮中留下的图案有一种诡异的美。成虫挖出用以繁殖的"婚室"，幼虫则沿着这个中央通道，以辐射状进一步挖出数条进食通道。由此产生的图案像是一枚黑色太阳射出的光芒，也像是一只有翼或有触须的生物的印画。这种甲虫有"雕刻师"之称，它们在树皮内留下的独特线形图案，与一位技艺精湛的石工在墓碑上雕刻的文字有异曲同工之妙。

榆树的毁灭来临，在有些人看来意味着预言终于成真，因为榆树一直与死亡联系在一起。在民间传说中，榆树被称为不祥之树。人们认为它具有某种恶念，如果你在树下逗留，常常会有树枝从树冠落下，砸在你身上。榆树大多长有强健的侧枝，因为这一特性，它也常被用作绞刑架。长久以来，榆木还一直是制作棺材的主要木料。这些与死亡的联系终于被历史证实。如今，英格兰的榆树已经是死亡的同义词，以至于人们都把康斯太布尔的画看作榆树的挽歌，对一种"将来的过去完成时"的研究。

榆树死后，地表也因此发生了改变。熟悉的地平线变换了形状。人们发现，面对几十年来一直熟知的景观，他们竟然失去了方向感。然而榆树并没有灭绝，小树在灌木丛中存活着，发展出了自己的独特形态。它们低着头，侧向延伸——任何长到十二英尺以上的榆树都容易被病毒感染。虽然榆树与死亡的联系令人悚然，但它的生存能力又让人敬畏。

就在动身去黑森林之前，我去萨福克郡看望了罗杰，和他谈起了森林，还特别聊到了榆树。我出生于一九七六的大旱之年，当时，荷兰榆树病正在肆虐，乡村经历剧变，我想知道，人们是如何度过那段岁月的。

罗杰在树木和森林学方面造诣极深，不仅一生都在阅读关于森林的书籍，还从事过许多相关的工作：种植、编织、修剪、铺装和滚轮加工。他对树木的感觉就像他对生命的感觉一样，重视彼此之间的共同体属性。他并不赞同把某一棵树奉若神明——如松树之主、橡树之王之类。于他而言，树木是相互作用的有机体，最好的理解方式就是思考它们彼此之间的关系。换句话说，树木如人，人如树木，二者有千百种复杂而又令人体会至深的关联。自从完成《野泳去》之后，他就一直在写一本讲树木和森林的书，叫《野林》（*Wildwood*）。为了做研究，他去了吉尔吉斯斯坦、哈萨克斯坦、澳大利亚本土和塔斯马尼亚岛，以及欧洲一些国家和英国全境。几年过去，他的研究已扩展到别的领域，比如呼啦圈热潮、铅笔制造、绿人传说的历史、家族中无政府主义的祖先、本德小屋*的建造……

罗杰和我父母一样，也是个收集家。他收集知识，收集书籍，收集朋友，收集东西。他的头脑和他的房子都储备丰富。胡桃木

---

* 本德小屋（Bender shelter）是一种简易的庇护所，用柔韧的树枝弯曲、编织制成。

农场的每个架子、每个边柜都堆满了罗杰在旅途中发现的物品，或者他的朋友们从旅途中带回来的物品：鸟巢、蛇石*、秃鹰羽毛、绵羊毛团、燧石箭头，还有一枚早期飞机的木制推进器，上面的序列号已漫漶不可识。这些年来，我给过他几块石头，他也给过我一些。它们都是亲手递送的矿物明信片。

农场里几乎所有东西都是二手的、收集来的：房子的框架由一个从废弃谷仓抢救出来的橡木梁构成，回收来的石板铺成的地面上，摆着回收来的独立梳妆台、书架和抽屉柜。罗杰是个积习已深的"拾荒者"：他经常参加农场特卖，光顾拍卖棚，搜寻各种旧货商店、废料桶和垃圾场——当然还有森林和河岸——他常在这些地方寻找意想不到的实用物品和漂亮玩意儿。他的各项发现都散布在房子和草坪周围。房子后面放着他最中意的战利品之一：一个大的铸铁浴缸。每年夏天，他都喜欢在里面泡着。而他用的热水，来自一根接在红砖露台上的软管，水是在太阳下面晒热的。

我来看罗杰的那天，我们一起在他的厨房吃了午饭，喝了几杯苹果汁。他谈到榆树的消失，还说他认得的一些榆树也死了——其中一棵是诺福克郡秃鼻乌鸦农场的大英国榆树，一九七六年的时候，他曾在树下教十二年级学生读《霍华德庄园》（*Howards End*）。第二年，那棵树就染上了病，开始枯萎；两年后，它已经掉完了树叶，通身死灰，最终被砍倒。

---

* 原文为 hagstone，即一种有着天然孔洞的石头，通常表面较圆润。这种石头被认为有魔力，也称 witch stone（女巫石）、adderstone（蛇石）、serpent's egg（蛇蛋）。

我们吃完饭之后，罗杰说他得了一个新的战利品，非常为之自豪。他把我带到他的尖顶谷仓，在昏暗的冷光下，我看到工作台上摆放着一些不同长度的粗金属管。罗杰看起来满怀期待，我却满脸困惑。他解释说，这些是萨福克当地一个教堂的管风琴音管，本来是要作为废品卖掉的，后来他听说了，就从教堂手中买了下来。他兴奋地向我展示他是如何在中央 C 管底部安装了一根蒸汽软管，并在顶端加上了盖子，如此一来，他就能在这个腔室里用蒸汽软化木材，再加工成家具。

之后他带我去了另外一个工作台，他拿起一只榆木碗，这只碗是用一九八七年十月在暴风雨中倒下的一棵榆树的树干做的。他告诉我，榆木是一种上好的木材，它被做成桌子或地板之后，在相当长的一段时间里，还能继续生存和呼吸。他说，在各个树种中，榆树的生命力是极为出色的。他还让我不必担心，说榆树终有一天会回到英格兰的，到了适当的时候，或许是在人类消失或离开之后，榆树会再次生长起来。

***

我从峭壁之巅望向下方的黑森林，树木在风中摆动，姿态各异。大橡树的树形圆圆的，树枝围绕一个固定的轴心形成环形轨道，树叶也忙乱地画着圈。瘦弱些的小松树不断颤抖和摇摆，画出弧形的线条。我想，有没有可能像柯西莫那样穿越黑森林，不落地，只在树冠上行走？

我的西边是兰诺克沼泽的外缘，看上去一片银白，一望无际。北边，越过湖对面的公路，可以看到山坡上种着密密层层的针叶林。这些树聚成了棱角分明、形状规则的黑暗色块，看上去很不自然，仿佛它们的轮廓是用线锯锯出来的。即便隔着如此远的距离，我依旧能看到那整齐划一的区域中被翻开的土地，在积雪下面，那些污黑的水坑、树木的残根、机器的轨迹依然清晰可见，如同一片战场。我站起身，抖掉脚上的积雪，准备沿山坡进入森林。

***

诗人、音乐家艾弗·格尼（Ivor Gurney）生于十九世纪末，他在格洛斯特郡的农村出生、长大。他的家人和当时许多人一样，喜欢在乡间长时间地散步，这是一种习惯，也是一种乐趣。格尼崇拜的诗人爱德华·托马斯*同样如此，他从小就是一名自然历史学家，喜欢探索格洛斯特郡的河岸、树林和灌木丛。

格尼对于格洛斯特风景的深挚的爱，始终贯穿于他青年时期的诗歌、信件和日记中。他观察到，雨后的田野散发着"清澈的光辉"，宽阔的塞文河"归向大海"。在乡间各种景物之中，他最喜欢的是林地，那里有"金色和绿色相间的林荫道"。格尼是诗人，同时也是一位作曲家，对他来说，木头（timber）与音色（timbre）

---

* 爱德华·托马斯（Edward Thomas, 1878—1917），英国诗人、作家、评论家，以描写英格兰乡村及其异化、脱节和不安的诗作闻名。

是密切交织的。在众多诗歌当中,他为两首谱了曲,一首是他自己的《夏日森林之歌》("Song of the Summer Woods"),另一首是 A. E. 豪斯曼*的《最可爱的树》("Loveliest of Trees")。

一九一五年,格尼参加了第一次世界大战。他的第一个驻地是位于伊普尔突出部[†]的萨拉。当格尼来到伊普尔地区的时候,战事已经持续了两年,这里的风景如同他家乡的一版黑暗而扭曲的复制品。战争爆发前,萨拉有河流、果园、树林和草场,或许就如格尼的家乡格洛斯特郡一样。但两年的军事冲突彻底改变了它。介于固体和液体之间的泥浆,似乎能在将人溺死的同时又将其埋葬。在格尼使用的该地区军事地图上,还保留着一些古老的地名。但是许多新地名则诉说着对死亡的逃避,或死亡的来临:"流弹角""炸弹农场""地狱火角""中途小屋""死狗农场""战役森林""避难森林"。其实,这些森林已经不存在了,这些只是幽灵留下的名字。树木有的被砍倒,用来建造掩体,有的被炸弹炸毁了。这些森林存在的唯一证据只剩下立在地上的那些光秃秃的、死去的树干,枪火和炮弹完全削去了它们的树叶、树枝和树皮。在这些树干下面,人骨像树根一样从泥里支出来,鲜血已将土壤浸透。

阅读格尼的家信,我们可以看到他似乎在此遭遇了一种"反景观",它的特征全失对人们而言是一种攻击:"战场上尸横遍野,

---

* A. E. 豪斯曼(Alfred Edward Housman, 1859—1936),英国诗人、学者。他的诗风格独特,模仿英国民间歌谣,用最简单的常用词语写出诗歌的音乐之美。
[†] 伊普尔是比利时西部的一片地区,第一次世界大战的重要战场。突出部指战线或筑城地带在全线正面最显著的突出部分。

看不到整齐的堑壕，只见一个接一个的弹孔……任何地方都没有地标。"伊普尔突出部否定了永恒性的存在，否定了格尼视为珍宝的、丰富而复杂的森林历史——它们的恒久不变给人以安慰，它们深厚的根基给人以归属。

在战壕里，他的心常常被格洛斯特郡的风景所占据，用他的话说，那是一种"自心底生出的热望"。想到"科茨沃尔德的矮树林"，他便"陷入深切而悲痛的乡愁"。他在家信中写道："我们在这里忍受着痛苦，有时候我觉得或许死了也比这样的生活更好。"

但格尼在战争中幸存。他受了伤——胸部中弹，并且受了毒气攻击——随后被送回家乡。停战后不久，他便进入了一个疯狂的创作时期。一九一九年到一九二二年间，他写了大约九百首诗和二百五十首歌。对于格尼来说，行走和灵感是彼此交织的。他不分昼夜地在乡间散步，经常一走就是几小时。那些年他所写的信中总是特别提到，他是多么需要夜间散步。晚上，用他的话说，他能找到"大多数人从未去过的白色道路"，这是"一种地理发现"。他给朋友写信说："那个夜晚啊！流星划落天空，就像一首歌突然闪现的灵感。空气如此宁静，冷杉树和山毛榉树都悄无声息，但是——夜色是多么深沉！"他还谈到"风中美丽的荆棘"，"山毛榉映着月光，于黑暗中现出一抹碧绿"，一轮低垂的月亮雕刻出"山谷上空静谧的天际线"，以及"清冷的黎明时分，赤铜色的云层"。在那一时期的末尾，他写道："土地、空气和水，是歌唱和语言的真正源泉。"

到一九二二年，格尼一向不太稳定的精神状态此时已接近失衡。他开始暴饮暴食，之后又一连数天粒米不进。他的体重迅速下降，行为举止变得越来越难以捉摸。不得已，他的家人只好把他送到精神病院去。他先去了格洛斯特的一家机构，后来又去了肯特郡达特福德的病院。这两家精神病院都不允许他走去院子之外的地方。

二十世纪二十年代末，爱德华·托马斯的遗孀海伦·托马斯曾几次前往达特福德精神病院探望格尼。爱德华·托马斯是在阿拉斯战役中牺牲的。据海伦称，她第一次见到格尼时，他正处在极度的疯狂中，跟她的交流非常短暂，他对她的到来以及她和爱德华的关系都没有表现出什么兴趣。

海伦第二次去达特福德时，带上了陆地测量局制作的格洛斯特郡地形图，这地图是属于她丈夫的，托马斯和格尼都曾在图上的地方漫步。她后来回忆说，格尼一看到那张地图，便立刻从她手里接过来，平铺在床上。他的病房很小，砌着白瓷砖，阳光照进来，在地板上形成各种图案。他们俩跪在床边，用手描摹着他们和爱德华过去曾走过的路。

在那一个多小时里，格尼如同梦游一般，他看到的不是地图，而是透过那些标志看到了大地本身。海伦回忆道："在那一小时中，格尼回到了他心爱的家乡，这里是一条小路，那里是一座小山，或一片森林，这些都在他的脑海里。由于精神高度紧张，他内心的视域变得更加清晰，更加真实。以我们这些正常人无法模仿的方式——他行走在他熟悉并深爱的小路和田野上，他在图上沿着道路移动的手指就是他的向导。在这次奇异的巡游中，爱德华是他的旅伴。在那一刻，似乎是我让爱德华起死回生了，于是他们两人能彼此做伴，共同漫游乡间。"

这之后，海伦又去探望了格尼几次，每次都会带上这份她丈夫握软了、捏皱了的地图，她与格尼就跪在床边，再一次共同游览想象中的故乡风景。

***

在那个冬日的傍晚，我离开了黑森林，回到了森林北部的边界。走出树林的时候，我听到哗啦啦一阵响，像是石子被扔到木桌上的声音。原来是六只乌鸦正在嬉戏，其中还有两只幼鸟，它们从松树的低枝上跳下来，落到雪地里，然后又扑扇翅膀飞回去。它们彼此说着话，像是在唠家常。它们在地面走的时候，姿势很独特，不停点着头，双脚分得很开，就像是在努力保持平衡。它们歪着头，望着正在看它们的我。在雪光中，它们的羽毛微微发出靛蓝色的光辉，眼睛也多了一抹珍珠般的白色。

和渡鸦、寒鸦、秃鼻乌鸦、喜鹊等所有鸦科动物一样，乌鸦也是晚近才来到英国的鸟类。一般认为，在新石器时代，人类开始清退深林，乌鸦才到此定居。这是人类与荒野生物之间的一次古老互动。茂密的森林对乌鸦无益，它们是需要在隐蔽与开阔空间兼备之地生活的动物。

我站在原地，而两只小乌鸦走到了一片新鲜的雪地里，开始互相绕圈玩闹，彼此之间保持着固定的距离，像是一对互斥的磁铁，或是象棋棋盘上的两位国王。

河口

恩利岛、科鲁什克峡谷、兰诺克沼泽和黑森林。岛屿、山谷、沼泽和森林，每一处风景都令我讶异，它们的表现非我所料，有时也非我所愿。但是，每个地方也都让我有所受益，驱使我逐一思考它们令人意想不到的形态和重音。此外，大地本身也浮现出某些联系和模式。我开始发现，特定的景观中似乎会容纳特定的思想，就像它容纳特定的岩石或植物一样。

我还是想继续往北走，沿着如磁场般吸引我的方向，去往那些荒凉而空旷的北部领地——长久以来，它们一直有触动我的力量。于是，从黑森林返回的几星期后，我再次离开了剑桥，一路北上。路上我一直在读奥登的诗，这些关于北境的诗，描写了夜间的航行、暴风雪的侵袭、岬角下常年迎风的民居。

我希望沿着苏格兰最北部的边界，也就是北临彭特兰湾的地带，完成一次单人的冬季旅行。从纬度看，那里到北极圈的距离比到英格兰南部海岸更近。我想沿着坚硬的巉岩行走——莫伊内片岩、寒武纪石英岩、刘易斯片麻岩，因为岩石，这片饱受风暴冲击的海岸才没有被大海所吞并。也因为岩石，大不列颠岛本土最著名的荒凉之地连成了一体：陆地最西北端的拉斯角；山脉最北部的本霍普山；苏格兰最美丽、最忧郁的河谷，内瓦河谷。这一切结束后，我想，我一定会准备好再次南下……

我的旅程从内瓦河谷开始。内瓦河发源于本克利布雷克山，一路蜿蜒，至彭特兰湾入海。内瓦河谷便沿着河道，曲折绵延至约二十七英里之长。河谷底部宽阔而平坦，草甸丰饶，东西两侧都有山脊庇护。

在抵达河谷的前一晚，我在阿尔特纳哈拉附近偏僻小路上的一家旅馆逗留。我安静地用了餐，点了一杯饮料，后来和一个身穿迷彩裤和军绿色厚外套的大块头男人交谈起来。他叫安格斯，是一名林务员。过去的几年里，他的工作是砍伐萨瑟兰郡和凯斯内斯郡泥炭沼泽上的针叶林。这些树都是二十世纪八十年代乱植乱栽的，那时保守党政府曾给予这类林业项目税收优惠，许多土地所有者为了迅速获利，纷纷大种针叶林。

这些泥炭沼泽，也就是众所周知的大流地沼泽，覆盖了苏格兰北部数百平方英里的土地。和其他泥炭地一样，这里的风景也蔚为壮观，目前它的保护等级已与非洲的塞伦盖蒂平原不相上下。同时，和所有泥炭地一样，这里也很脆弱。大不列颠和爱尔兰两岛的许多泥炭地都已消失。用了数千年才形成的广袤的艾伦沼泽，自建起发电站后，在不到二十年内就被焚烧殆尽。兰开夏苔藓地被排干了水，变成农田。大流地被种上了需水量大、生长快速的针叶林，这些树很快便令沼泽干涸、窒息，苔藓渴死，原本生机勃勃的珍稀鸟类、植物和昆虫也遭受灭顶之灾。

大流地刚刚从灭绝的边缘得救。这片土地被高价买回，如今人们正通过一步步措施助其恢复到种植园之前的状态。第一步就是砍伐针叶林，用安格斯的话说，那些是"锡特卡垃圾"*。每砍一棵这样的树，他便可以得到二十五便士的报酬。他说他热爱这份工作，即便一到夏天就冒出几十亿只摇蚊，还有会引发莱姆病的鹿蜱虫，也不影响他的热忱。他出生在萨瑟兰郡，妻子是法国人，在法国的奥弗涅生活了十年后，他们搬回了苏格兰，因为他实在想念这里的风景。他说，在冬天，他有时会到深山老林里搭一个小棚子，猎一头鹿，待上几天或一周，这样便不用为了进出森林而来回跋涉。

那天晚上，我跟他聊了约莫一个小时，之后起身告辞，准备回去睡觉。在来这个旅馆之前，我本已想好了过夜的去处：在路边一个锡特卡云杉种植园里，那里密密层层的针叶可以替我遮雨。我没告诉安格斯我打算在种植园里睡觉，我想他可能会反对，因此有点不好意思。

我正要离开时，安格斯问我是否愿意第二天和他一起去内瓦河河口钓海鳟。我表示求之不得。他告诉了我去他家的路，并说

---

*锡特卡位于美国阿拉斯加，锡特卡云杉可以生产质量极好的木材，被大量种植。

他家的房子是他自己建的。不可能找不到地方，他解释说，因为那是内瓦湖沿岸的漫漫长路上唯一向水而建的房子。我最好一早就过去，然后和他一起沿着河谷开车到河口，那里有自由垂钓的地方。

他说，在河口附近的山脊上，有一座坟墓俯临水面。一九〇二年，一个名叫艾尔莎·丹克沃茨的孩子死于白血病，她的父母是荷兰移民，把她安葬在了这个远眺大海的地方。墓碑本身已是一道风景，更不必说从那里望出去的满目风光。他还说，在驾车前去的路上，他会告诉我发生于此的大清退运动的历史——内瓦河谷曾见证了苏格兰历史上最黑暗的时期之一。

***

一八一九年五月，一个温暖的周日上午，唐纳德·塞奇（Donald Sage）牧师在内瓦河谷的朗代尔小教堂做了最后一次布道。他后来回忆说，那是一个美丽的日子，树木、山脉、河流，"这一切和我们的'家园'、和我们的'故土'联系如此密切的景物，似乎都盛装打扮，一起向我们道别。"

塞奇牧师为许多个小教区提供服务——阿克内斯、基尔多南和赛尔，这些教区都位于凯斯内斯郡西南的彭特兰湾北部海岸和北海海岸之间的漫长河谷中。他知道，那个周日是他最后一次去朗代尔教堂了，因为他和教众已经收到警告，针对内瓦河谷诸镇的清退运动很快就将再次开始。河谷主人萨瑟兰伯爵夫人将派大批手下来到这里,将本地居民强制驱离家园,以将这片土地用于更有利可图的牧羊业。

关于接下来几周、几个月在内瓦河谷发生的事情,各方说法不一,彼此矛盾。众所周知的是,那年共有一千二百人在威逼利诱下被迫离开,这几乎是当地的全部人口。有说法称,大清退运动完全由土地所有者的贪欲所驱使。又有传言称,一八二〇年五月,已有乌鸦在废弃的朗代尔教堂里筑了巢。

这场运动的暴力程度如何,目前已不得而知。唐纳德·麦克劳德是内瓦河谷罗萨镇的居民,在大清退运动中的某一天,他曾写下记录。晚上十一点,他登上了河谷上方的一座小山。在黑暗中,麦克劳德从山顶回身张望,他仍能听到女人和孩子的哭喊、狗的狂吠、牛的低鸣。他还看到,那片地区的两百多栋建筑都在火海中,有的熊熊燃烧,有的已经倒塌,变成一片红彤彤的木炭。伯爵夫人的手下有的骑马,有的步行,手持火把、鹤嘴锄和大锤,将校舍、窑炉、磨坊、马厩、谷仓和牛棚以及几十座房子或是砸坏,或是烧毁。

内瓦河谷曾先后两次遭到清洗,分别是在一八一四年和一八一九年。流离失所的居民大多被驱赶到北部的海岸。他们不得不在彭特兰湾边开始新的生活,那里的表土很薄,基本上为沙质土,而且盐碱化很严重。那片海岸完全不适合居住,就连去往海岸的旅程也无比艰辛,他们一路上筋疲力尽,风餐露宿,不断有人死亡。有一个叫唐纳德·麦凯的男人,他的两个女儿都因为疾病和营养不良而虚弱不堪。他为了把她们送上去往凯斯内斯的小船,只能一次一个背到海岸去。他先把一个女儿送到海滩的空地上,再走回去接另一个。他就这样走了二十五英里。

那些经过艰难苦旅终于到达海岸的人,依然面临巨大的困难。由于没有掌握靠大海谋生的技能,许多人几乎饿死,只能在海边捡拾海扇,或者用荨麻和燕麦片煮汤,借此果腹。这样的生活对难民来说一定苦不堪言,他们的家乡本是苏格兰最具田园牧歌风情的幽谷。

五年之间,由于移民、征兵、死亡和迁居,内瓦河谷和苏格兰的许多峡谷一样,几乎清空了所有居民。亚历山大·麦肯齐* 在一八八一年写道,大清退期间,北方峡谷的民居被"彻底清除、烧毁",一个又一个教区"变成一片孤独的荒野"。

***

从路上看去,安格斯的房子显得低矮而紧凑。它是一座灰泥卵石小屋,只有一层,看上去像是伏在地面上。然而,它所处的位置却令人赞叹。紧邻其后的是一汪湖水,在清澈的晨光中流光莹莹。一排排银色的白桦在风中摇扬,树干如涂料般光亮。南边,本克利布雷克山傲然耸立,背光映出剪影,线条绵长而柔美。房子两边的车道上各有一块冰川巨石,蜗牛爬过的痕迹亮闪闪的,在巨石表面交织成一幅复杂的地图。

---

* 亚历山大·麦肯齐(Alexander Mackenzie,1838—1898),苏格兰作家、历史学家、政治家和杂志编辑。

我们驾驶安格斯的车沿河谷公路行驶，黑色的钓竿分别伸出两扇后车窗外，像一对天线。途中，安格斯不断给我指出沿途的地标：大清退运动时被废弃并一直空到现在的房屋、土豆栽培地、老鱼塘、青铜时代的圈状石屋。大约四十分钟后，河口到了，我们把车停在一座钢板梁桥附近，桥身刚刚被漆成闪亮的黑色。我下了车。冷冷的空气灌入鼻中，闻起来和湖附近的空气不大一样：更尖锐，也更咸涩。

陡峭的岩石地面上有一条小路，通向钢桥西侧。我们沿着这条路走，便来到河边宽阔的金色平滩上。沙子很蓬松，一踩下去便埋到了脚踝。

干燥的空气加上猛烈的大风，制造出一种奇异的光学效果。不计其数的松散沙粒在风中漫过平地，赋予了风种种表情，它们如此连贯而流畅，仿佛形成了一层涟漪般的皮肤，如丝一般顺滑而柔软。风中的沙如此迅捷，和地上的沉沙完全不同，令人难以想象它们是同一种物质，只是运动方式有所不同。

我们在风沙中艰难跋涉，往河流下游走去，河在我们右侧，奔流入海。途中，我们惊动了一只水獭，它在石头上跳了几下，投入棕色的水里，瞬间便看不见了。冬天的阳光十分明亮，在河床上如一方方金锭。

安格斯指了指岬角的最东面，那是河口的入海处。他说，那上面有一个十九世纪瞭望点的废墟。在每年产卵季，人们便会坐在这里观看鲑鱼群的到来。他说，那时候鲑鱼数量巨大，游进浅滩时会在水中形成大片黑影，远在瞭望点也可以看见。观鱼的人会大声呼叫，接着便有人开船布网，拦住整个河口进行捕捞。不过，那些日子已经一去不复返了：现在河里的鲑鱼已经寥寥无几。

他告诉我，内瓦河谷的第一批定居点是在六千多年前建立的，从那以后，这里便一直或多或少有着人类的身影。河谷中到处都有人类生活留下的痕迹。新石器时代的人把身份显赫的逝者埋在石堆里，如今仍然可以看到石堆的废墟。青铜时代建造的岩石圈和岩石阵同样在此屹立。安格斯指了指北边和西边的海湾角落处，那里曾是一片基督教居住点，是由圣科伦巴*的同事科马克（Cormaic）建立的。定居点位于一座岛上，其名为"尼夫岛"（Eilean Neave），意为"圣人之岛"。

接着他指向了一条与河流平行绵延的山脊，它由沙子和岩石构成，山上长满了青绿的滨草。他说，那上面有一座圆形石塔，是铁器时代的遗迹。石塔的墙壁足有十五英尺厚！安格斯缓缓绽开一个微笑，说道，那时候人们就知道怎么解决建筑物的防风问题。

那天上午阳光明媚，剩下的时间我们都用来在河的西岸钓鱼。那几个小时里，我们一举一动都保持安静，钓竿压低，伸向水面。两只秃鹰在我们头顶不住地盘旋。

***

---

* 圣科伦巴（St. Columba）是公元六世纪时的一位爱尔兰著名传教士，在今苏格兰艾奥纳岛建立了修道院并长居于此，使该地成为当时的宗教中心。

两个世纪以前,内瓦河谷的流亡者曾沿着河岸走过。到达河口时,他们大概已经精疲力竭,胆战心惊。河口两侧壮观的沙丘,对他们来说则是一道大门,通往一片崭新的、坚硬的海岸陆地。

即便现在,在穿过空旷的苏格兰谷地时,也很难忽略曾经的灾难留下的证据。在了解发生过的一切之后,你很难不被它们所困扰;很难不去重新审视自己跟土地的关系。这些地方的过去,令它们如今的荒芜变得更加复杂,更加黑暗,警世的意义远大于浪漫主义和田园牧歌。置身于这样的环境中,人们仿佛陷入双重困境:在知道了那些惨痛的过去之后,如何还能继续热爱现在的风景呢?

二十世纪盖尔语诗歌复兴的引领者索利·麦克莱恩(Sorley Maclean)深知这种困境。一九一一年,麦克莱恩出生在苏格兰西海岸的拉塞岛。在大清退期间,拉塞岛的人口几乎被清空。几十户人家主动迁离,另几十户被强制驱逐。留下来的少数人被赶到岩石嶙峋的岛屿北端,南部的沃土则留给了切维厄特绵羊。麦克莱恩的祖父母和外祖父母都被赶出了自己的农场。土地所有者派人用木板把那些废弃的民居和农庄封闭起来,或者干脆把它们留在地上风化,让苔藓和藤蔓去收集它的残渣。

麦克莱恩最好的几首诗都以拉塞岛为背景,对麦克莱恩来说,这个岛之所以成为荒野,某种程度上正是失落的结果:它的空旷意味着缺失,它的荒僻诉说着灾难。这一点,在《哈莱格》("Hallaig")一诗中体现得最明显,这首诗如梦境一般,以被清空的拉塞小镇哈莱格,以及小镇四周的森林作为背景。

在大清退之前，森林是拉塞岛文化的核心。岛上曾有令人惊讶的广阔森林，可供岛民砍伐。他们用橡木和松木制作船只，用白蜡木做船桨和船舵，用山楂木和冬青木做篱笆，用橡木做屋梁，用榛木支撑屋顶。篮子用柳条编织，碗用接骨木雕刻，然后抛光，露出环形的木纹。人们的生活需要源源不断的树木，于是森林得到了持续的培植和维护。但是，当居民被清退之后，取而代之的羊群阻碍了树木的再生，抑制了森林的发展。森林不复存在，正如已先一步离开的人们一样。

对麦克莱恩来说，岛上遗留的树林珍贵而美丽。他曾描写过自己在暴风雨中置身松林的经历，靠近那片"辽阔的绿色海洋"，树木"迎风而行"，令他"眼花缭乱"："巨树拂动／精神焕发"。但对麦克莱恩来说，森林也铿锵有力地诉说着岛上的悲剧。森林是不可思议的领地，在这里，时间前后跳跃，过去和现在混为一体。他写道，在拉塞的森林里，"有人见到死者复生"，消逝的事物"仍与我们同在"。所以，在《哈莱格》中，被驱逐的人们化为幽灵，变成一棵棵树归来了。诗中的时间是黄昏，麦克莱恩想象了一群拉塞少女从树木繁茂的山中走来，"步履轻盈，不曾伤心"——化作"一棵摇曳的白桦、一棵榛子、一棵花楸"。

***

我们钓到了海鳟，安格斯钓了四条，我钓了一条。银色的小鱼，每条不超过一磅，在阳光下闪闪发光。中午刚过，安格斯跟我道别，带着他捕到的鱼回家了。我对他表示了谢意，目送他走过柔软的沙滩，朝着大桥走去。

我转过身，向安格斯刚才指给我的山脊走去，古老的圆形石塔就在那顶峰上。我从山脊较为陡峭的一侧往上爬，脚下的沙子被我翻起来，不断外溢和后退，我抓着边缘锋利的小草支撑自己，终于登上了崖石。

在山脊尽头，我来到了石塔旁。石塔厚重的墙壁依然保存完好，又或许被人重修过。石墙大致围成一个圆圈，内直径大约三十英尺，西北方留有一个出入口。石塔旁边的土地仍有沟渠和壁垒的痕迹，西边的低地上也有一些印记，似乎曾是一些圆形棚屋。

我走进石塔，周遭突然平静，令我惊讶。圆形的黑色石头上间杂着石英条纹，炮弹般散落在长满苔藓的地面上。一个乌黑的炭灰圈表明这里曾经燃起火堆。我在一面墙边跪下，扒开墙底部的一片苔藓和沙子。无论我挖多深，可及之处都有石块支撑。我所站的地方是千百年风沙累积而成的。我知道在撒哈拉沙漠的一些地方，人们并不会费力把沙子拦在屋外，而是"邀请"它们进来。他们把沙厚厚地铺在地板上，再铺一层手工编织的毯子，在这样的床铺上，睡眠也变得柔软。

那天下午晚些时候，我离开石塔，四处漫步，想看看陆地上和河流里有些什么。河岸倾斜着没入河水，潮水则把这里的沙子砌成了一级一级的台阶。

在岸边，我发现了一段苍白而干燥的浮木，经过海水的打磨，露出了原本的纹路和线条。我还看到水獭的足迹，也许就是我们曾经见过的那只留下的。这些足迹印在湿润的沙子里，清晰得像面点上用模具塑出的图案。每个爪印锋利的趾尖处都向前带出一点沙子，表明这只水獭当时正在快速移动。我又发现了几块散落的动物骨头，摆成一个我认不出的图形。我还捡了一些别的东西，把它们带回石塔，放在地上。一块有些磨损的黑色石头，两英寸长，形状有点像是一只海豹，我猜是玄武岩。一块小小的菱形石头，灰白相间的纹理让我想起那块浮木以及沙阶的纹路。一团干燥的海藻。一片秃鹰翅膀上的羽毛，黄褐色中带有奶油白，还有五条深色的斜纹。我撕开羽片，它便如拉开拉链一般发出轻柔的撕裂声。我把这些东西摆成几排，又调换了顺序。我打算把海豹形的石头送给我的朋友利奥，把海藻送给罗杰，其他东西自己留下，到时摆在我的"风暴海滩"上。

天色渐渐暗了，我走回河口。在河口的浅水区，海水和淡水交汇，河流慢慢地消失在更大的海洋空间里。我稍游了一会儿泳。尽管难以凭视觉看出这两种水是如何交汇的，但我能感觉到一切就在我身边发生：水流轻柔地彼此推挤，海浪和涟漪发生着无数次微小的冲撞。

***

那天晚上，因为在冷水中游过泳，我的皮肤仍然有些刺痛，我在石塔附近搬了些石头围出一个圈，在里面用浮木点起篝火，把海鳟鱼放在小火上烘烤。

烤着烤着,鱼皮开始变暗、起皱。有一阵子下起了雨,雨滴落在火上咝咝作响,小石块被雨染花了,看起来像是杓鹬的蛋。后来,一群小鸟如箭雨一般从头顶飞过。在北边遥远的河湾里,船灯以固定的顺序——白—红—白——如星座般闪烁。吃完烤鱼,我回到了石塔,钻进睡袋,躺在柔软的沙地上,凝视被石墙所圈出的一片星空。天空晴朗,星星锐利而清晰。

躺在流沙之上,白星之下,我想起旅程之初关于荒野的想象——远离人世,地处北境,荒凉偏僻。在真正接触大地之后,这种设想开始土崩瓦解。大不列颠和爱尔兰已经没有这样未开辟的土地了,任何这种纯洁的神话也不再成立。数千年来,经过了人类生生死死,纯粹的荒野已不可能存在。在过去的五千年里,每一个小岛,每一处山巅,每一个隐秘的峡谷,每一片神秘的森林,都曾在某个时间被游览过,居住过,劳作过,或标记过。人类和荒野是无法分割的。

从凯尔特基督徒开始,文化就一直存在于荒野中,而野性也在文化中保留下来。各种地标与住所——石屋、岩画、石冢、石墙、茅屋、羊棚、村庄、城镇——都可以在荒野中找到。人们或曾进入荒野,或曾穿越荒野。荒野一直是故事、歌曲、传奇和诗歌的主题,麦克莱恩的诗就是如此,他笔下的人和树之间的密切关系令人难以忘怀。

这一点在内瓦河谷表现得最为明显。人类的诸多过往都与峡谷野境的历史有深刻的关联,就像水獭的脚印,就像鲑鱼群涌入内陆，就像岩石上的冰痕。不知何故，我感受到，河流和大地似乎在告诫人们不要陷入分类思维的定式，不要切断事物之间的联系。那天我所到之处，处处能见到交融和混合：风沙在沉沙上飘扬，海水与淡水神秘地融合。我想起作家弗雷泽·哈里森（Fraser Harrison）曾经说的："我们对土地的认知跟我们对风景的认知一样不可靠。乍看之下，似乎大地是坚实的沙丘，而风景是沙丘上的海市蜃楼，但实际上，大地也有其幻象……'地点'只是一个不断变幻的表象。"

在内瓦河谷，历史与现实永不停歇地彼此交织。河流及其边境荒野的意义是千变万化的，取决于它面前是一个伐木工人，一个在河湾的艰难水域驾驶渔船的船长，一个铁器时代的定居者，一个基督教修士，一对失去女儿的父母，一群刚失去了家园、被迫前往北方的异乡人，还是一个仅仅停留几天的旅行者。

至于这片土地上的非人类居民——游鱼、飞鸟、走兽，它们行动模式的形成远比人类历史还要久远，它们的关切，我们也永远无法阅读。我很好奇，在这些生物看来，大地是什么样子的？它们如何在其中找寻方向？水獭遵循的是气味的地图，它们在岩石上疾走，在水、气、土这三种介质之间来去自如。鲑鱼沿着河口上行，回到它们的出生地，指引它们的是体内的化学记忆与天上的群星。还有在那长日里久久盘旋的秃鹰，它们悠闲地飞翔着，探索着，俯望大地排列出的种种形状，对其中的一举一动保持着警觉。

那天晚上，我因干渴而醒来，端起水壶一口气喝了好长时间。黑夜把水变得冰凉。已是凌晨一点过后。我站起来，从石塔的墙壁向外望去，我的目光越过瞭望点，到达空旷的北部海湾，再到不知疲倦地奔向大海的河流。月光从高悬的月亮上落下来，凝成洁白的流纹和涡旋，在岩石下投出明晰的暗影。风仍然很大，在那些被月光照亮的平地上，我能辨认出的，唯有褐色风沙不断变换的皮肤。

海角

拉斯角（Cape Wrath）这个名字来源于古挪威语。Wrath 在这里的意思其实并不是"愤怒"，而是"转折点"。古时，维京海盗在大西洋上进行了一系列的长途探险和掠夺，当他们绕过拉斯角那独特的峭壁时，便会意识到自己已经真正离乡远去了。对这些古挪威人来说，拉斯角是进入海洋世界的一个标记，就以"转折"命名。

拉斯角也是我旅程的拐点。我的目标是到达那里，在周围的荒野露宿一晚或几晚，然后登上本霍普山，在山顶夜宿。攀登完本霍普山后，我将返回南方，开始计划爱尔兰和英格兰西部的行程：回到更平缓的地区以及更柔和的气候中去。

那天一早我就离开了内瓦河谷。我驾车经过干净整洁的汤格村，在那里停下来买了些食物。绕过埃里博尔湖被侵蚀的湖岸时，可以看见湖湾里漂浮着鲑鱼养殖场的笼子。接着，车子经过了福伊纳文山的峻岭。后来，道路渐窄，我又开了一阵，来到金洛赫伯维附近几乎不生树木的荒原，大路在此终结，但是通向桑德伍德湾和拉斯角的小径从此开始。

桑德伍德湾位于拉斯角南部，是一个长长的镰刀形海滩。维京征服者常把这里作为安全港，他们会驾驶大艇登上海滩，在此躲避风暴浪，或者从桑德伍德湖补充淡水。桑德伍德湖由海湾演化而来，"桑德伍德"这个名字同样源于古挪威语，来自 *sandvatn* 一词，意为"含沙的水"。

我从大路尽头出发，在沼地上步履轻快地走了五英里，来到桑德伍德湾。接着我又走了几小时，穿过阳光照耀下的粗糙的土地，向拉斯角前进。大海一直在我左边，柔和平静，银光粼粼。回想那天几英里的徒步旅行，我记起一只秃鹰翱翔时投在野草地上的影子，在如海浪般起伏的路面上来回闪过。我记得在一条没有名字的小溪旁驻足，看黑色的小鳟鱼在其中倏忽游移，还捡到一只已经褪色的海鸥头骨。我把它拿在手中转了转，听到沙粒在颅腔里窸窸窣窣地流动。在这条小溪中，我还发现了一块成色极佳的云母晶球。

我在拉斯角南边的一个岬角停下，岬角面向西方，深入明亮、充盈的空气中。我拿杯子喝了一些冷水。拉斯角高出海面近四百英尺，上面又有一座高六十英尺的白色灯塔。东边远处，是一个实弹军事射击场，此刻一片宁静。空气如此清澈，使我可以看到几十英里外的大海。黑暗的地平线如一条平坦的带子。

大不列颠和爱尔兰西北海岸的空气透明度极好，因为这里几乎没有颗粒污染物。海风常年吹拂，将湿地上扬起的极少量尘土也吹散无踪。在这样的空气中，光子可以毫无障碍地前进。光线也可以长驱直入，坦坦荡荡地落在这里的风物之上。站在这样的阳光下，你会为它的开放而心怀感激。尽管有些东西是无偿放送的，但它的储量并不会因此而减少。

西北地区明净的阳光吸引了不少艺术家和作家，在这里生活和工作的人们也同样热爱着它，谈论着它。那些在大清退中流离失所的人，原本都是在这片阳光中度过了大部分人生，离开之后，他们也依然对它念念不忘。

我望向大海，看到海浪向大陆靠近时，浪花层层筑起，探出水面，如长绳挥动。海面上的空中有群鸟飞翔：暴风鹱以白色的曲线丈量海风；矮壮的海鸠像长翅的雪茄烟，在浪花上嗖嗖地翻飞；海鸥发出短促的叫声，转弯时轻盈得像失去了重量。这里是多么生机勃勃啊！我锁定了一只暴风鹱，追随它的运动足有好几分钟。我仔细观察了它滑翔的侧影，很好奇如果能将它那复杂的飞行路线描绘出来，那会是怎样的一幅图案。在视线之外的东方，有座克洛莫悬崖，那里栖息着数以万计的角嘴海雀、刀嘴海雀、海鸠、暴风鹱和三趾鸥，是一片更为宏大的海鸟天堂。

但就我所知，克洛莫悬崖和其他许多海鸟栖息地一样，面临着十分严峻的压力——小罗纳岛、陡峭的赫塔岛、苏拉岛、福拉岛、费尔岛，以及达费德郡海岸附近的斯科默岛和斯科克霍姆岛都在此列。在维持了一个世纪的增长之后，海鸟的数量开始回落，在一些地区已经呈现出断崖式下跌。持续的过度捕捞令沙鳗的数量大大减少,而沙鳗是许多海鸟的主食。气候变化导致海洋变暖,于是沙鳗不得不逐步向北迁移。食物短缺已开始对鸟群产生严重的影响。成千上万只雏鸟或者死亡,或者被丢弃,而成年鸟——尤其是海鸠和海雀——不得不奋力北上以寻找食物。沿海的悬崖上,处处是遗弃的鸟巢,海鸟天堂已成一座空屋。

***

我在拉斯角待了半小时,看鸟儿飞旋,海浪起伏,后来,我往南边的海湾走去。天色开始迅速变化,那明亮的、笼罩着一切的阳光变得越来越淡,取而代之的是一片棕褐色的风暴光——那光奇异而浑浊,在通透的大西洋天空亮起。接着,在远方,黑雨如风帆般驶入视野,从大海慢慢进入内陆。维京大艇的幽灵。被风暴推到前方的空气闻起来潮湿、咸涩。大海变得很安静,它的运动是弯曲的、黏稠的。海浪绵长而紧实,升起时没有一点泡沫,漫过峭壁底部的岩石,而我就走在峭壁之上。当那些黑帆似的雨幕到达海岸时,我听到海面上的噼噼雨声:那是水柱钻透水面的声音。

地图显示,前方的内陆有一个落脚点,名叫"女巫河谷小屋"(Strathchailleach)*,或许可以容我避避雨。我有些疲惫,于是,

---

* 有说法称,原名可拆为 strath(河谷)和 Cailleach(凯勒奇),后者为爱尔兰和苏格兰神话中掌管风暴和冬季的女巫。

在海湾北边约两英里的地方便转向东走去。地面下行,引出了一个宽阔的峡谷,谷中有一条蜿蜒流淌的褐色小溪。峡谷环形轮廓的外缘是大片暴露在外的河岸,由巧克力般的泥炭沼泽构成。内部则是一片片半圆形的草甸,青草葳蕤。其中一片草甸上有一座小屋:白色的山墙,灰色的墙壁,锈红色的瓦楞铁皮屋顶。

我抬起沉重的门闩,推开门,屈身经过低矮的门楣,进入了一条走廊。空气潮湿,有着泥炭的味道。大门在我身后关上,门闩又回到原位。一片黑暗。倾盆大雨落在屋顶。我看到了两个透出光的方框:是门。我走到其中一扇门前,摸到一个把手,向内拉开,光亮便像一块石板般掉落在走廊的地板上,仿佛之前就一直在门那边斜倚着。墙上钉着一张打印的纸条,以塑料袋封装,上面写着这是"穷乡僻壤的寒舍一间,供热爱荒野、热爱孤独的人使用"。

这扇门通向位于走廊尽头的房间,房间里有一个被烟火熏黑的壁炉和一张制作粗糙的木桌。一扇四格窗深深嵌入墙壁,提供了整个房间的光源。我把胳膊放在冰冷的窗台上,测量墙壁的厚度,差不多与我胳膊肘到手指尖的长度相当。

房间内墙布满了粗犷的壁画,即便有厚厚的烟灰覆盖着,它们明艳的色彩依然散发光芒。海雕俯身冲向野鸭。拉着黑色风帆的维京大艇登陆海滩。一头鹿。一只怒目而视的野猫。屋里还有一个书架,上面放着一本《圣经》和一本亨利·威廉森[*]写的《鲑

---

[*] 亨利·威廉森(Henry Williamson, 1895—1977),英国小说家,关注自然主题。

鱼萨拉》(*Salar the Salmon*)。书中间夹着一叠厚厚的打印纸，纸的页眉写着"女巫河谷小屋"。

我在壁炉旁找到一支蜡烛和一盒火柴。我点燃蜡烛，滴了一小摊蜡油在桌子上，再把烛底压在蜡油上，找到角度固定好。我在一个桶里发现了几块干燥的泥炭。我把泥炭揉碎，堆在一起，再点燃。房间里充满了泥炭燃烧的气味，灰白色的烟刺痛了我的眼睛，又附着在我的头发上。

火苗稳定下来后，我在桌子旁边坐下来阅读那叠文卷。第一页上写道："沿着公路向大不列颠岛西北方向行驶直到道路尽头。然后，沿着荒凉的山路继续走，越过湍急的河流，穿过大片贫瘠的沼泽，你就来到了女巫河谷小屋……"文卷讲述了这座小屋及其昔日居住者的故事。詹姆斯·麦克罗里-史密斯[*]曾在这里生活过三十年，认识他的人也叫他桑迪。他以前在克莱德船厂做铆工，后来，他的妻子因为一场车祸过世了，他便辞去工作，放弃了格拉斯哥的家宅，一路北上，居无定所，直到来到女巫河谷小屋。那是二十世纪六十年代末，当时这间小农舍并没有人居住。在后屋的壁炉里，他燃起一堆泥炭火。在接下来的三十年里，这堆火就几乎再也没有熄灭过。

我想知道麦克罗里-史密斯的北上之旅是如何的情形。他向路上遇到的人问了什么问题？是怎样的幽灵令他想逃离或者想追寻，进而带他来到了这里？是什么原因使他决定在这里定居？也

---

[*] 詹姆斯·麦克罗里-史密斯(James McRory-Smith, 1925—1999)，苏格兰高地隐居者。

许只是因为再往北已经无路可走了。

住在小屋的那些年里，麦克罗里－史密斯会在桑德伍德海滩上收集浮木。秋冬时节，鲑鱼溯游产卵，他就在河里、湖里捕鱼。三十年来，他一直在小屋西边的河岸取泥炭。有时候，他会步行往返十四英里，到最近的村庄采购日用品，买收音机电池，领取养老金。漫长的冬夜里，小屋的温度会降到零下几度，他便画壁画，听收音机。一般来说，他不欢迎来访者：这里并没有什么被荒野塑造的圣人隐士。他给我的印象跟恩利岛的修士们截然相反，是一个脾气暴躁、性格扭曲的人，他来到这片荒野，不是为了寻求慰藉，而是为了逃避悲伤。

一九八一年，女巫河谷小屋遭遇了一场强烈的冬季风暴，西面的山墙被摧毁了。麦克罗里－史密斯躲在后面的房间，等待风暴过去，才得以出门求助。在别人的协助下，他重修了西墙，后来继续在这里居住，直到一九九九年他去世前夕才离开。

麦克罗里－史密斯的故事让我想起了乔治·奥威尔。从一九四六年到一九四八年，奥威尔每年有六个月的时间在巴恩希尔生活和工作。巴恩希尔是一座与世隔绝的石屋，坐落在苏格兰朱拉岛最北端的黄褐色沼地上。从伦敦出发到这座小屋需要经过四十八小时的旅程，最后一段路还要从阿德卢萨村步行七英里。岛上只有一条机动车道，阿德卢萨村就位于车道的尽头。在从阿德卢萨到巴恩希尔的小路上，长着茂盛的开花灯芯草。奥威尔第一次来到小屋后，去买了一把镰刀，在返回的路上一边走一边割起了草。黄昏时分，如果有人在那条荒僻的小路上遇见他，眼前将是一幅多么可怕的景象啊！一个身材瘦高、面色苍白的男人，沿小路缓缓前进，挥舞着镰刀穿过长势迅猛的灯芯草丛……

在巴恩希尔，奥威尔开辟了小果园和菜园，还饲养了羊、牛、猪等家畜。大海就在东边几百码远的地方，越过一片低矮的沼地即可抵达。北边几英里之外是朱拉海峡，潮汐变换时，这里的科里弗雷肯大漩涡便会开始吮吸、旋转。奥威尔在大海、湖泊和河流里钓鱼，天气暖和的时候，他会到湖里或者海峡里游泳。他在屋里一直烧着泥炭火，用煤油灯给各个房间照明，煤油灯的油烟很快就把墙壁熏黑了。

正是在那几年里，在散步和田间劳作之余，奥威尔坐在一张有着斑驳刻痕的大木桌前，写下了他最具眼界的一本书：《一九八四》。显然，奥威尔需要在那片荒野风景中创作他的小说。他生活的那片倔强的土地和他所描写的独立精神之间，存在某种呼应关系。在朱拉岛上，他发现自己拥有了一种不同的思考方式和观察方式，这是被他周遭的景物——那粗陋的、优雅的、天空的、海里的一切——所唤醒的。

然而，这种眼界的代价正是他的生命。朱拉岛最终杀死了奥威尔。他的肺太脆弱，无法忍受岛上的潮湿和寒冷，他得了肺结核，最终在一九五〇年去世。

屋顶上的雨声突然升高了音调，变得更尖锐了。我打开前门向天空望去，只见冰雹从海面席卷而来。冰粒纷纷打在屋顶上，继而沿着沟槽整整齐齐、密密麻麻地滚落下来，于是每条沟槽下面的排水沟里都筑起了一个冰雹堆。

我回到尽头处的房间，跪在泥炭火堆前，冲它吹气。泥炭板上的火烧得更盛了，火焰沿着草茎游窜，于是草茎如引线般亮起来。我吹气的时候，泥炭表面薄薄的灰层便剥落了，被热气扬起，顺着烟道上升。它们构成灰色和黑色的图案，在一瞬间看起来仿佛几十张小小的地图从泥炭表面飘起来，消失在烟道的黑暗中。

***

自从开始旅行，我就一直在学习地图学。我读了一本又一本书，向测量师和地图绘制者请教，试图理解不同投影技术的基础知识——方位投影法（Azimuthal）、地心投影法（Gnomonic）、伪圆锥投影法（Pseudoconical）。测地学的术语听起来如同咒语。

在成为一门科学之前，制图学首先是一门艺术：这是我明白的第一件事。我们现在习惯于将制图学视为一种追求精确的学问，认为它的目标就在于摒除主观性，忠实地再现特定地点。我们很难放弃这种设想，因为我们早已习惯性地信任地图，对它们所呈现的信息信心十足。但是在前现代，地图绘制是一种混合了知识与假设的爱好，地图讲述着一个地方的故事，并在投影中寄托着恐惧、爱、回忆与惊奇。

一般来说，地图有两种类型：栅格地图和故事地图。栅格地图会将抽象的几何网格套在空间上，任何物体和个人都可以由此坐标化。栅格地图的发明与现代科学在十六世纪的兴起基本同步，为制图学提供了新的权威性。栅格地图的力量在于它可以让任何物体或个人在一个抽象的整体空间中得到定位。但它的优点也正是其危险所在：它把世界简化为数据，记录了空间，但脱离了存在。

相比之下，故事地图对一个地方的描述，是某个人或某种文化穿行其中所得到的感知。它们记录特定的旅程，而非刻画一个能发生无数次旅行的空间。它们是围绕某位旅行者的行迹建构的，它们的边界即为这位旅行者视觉或经验的边界。事件和地点无法截然分开，因为很多时候它们在本质上是同样的东西。

最早的地图应该是故事地图，如口述地图，描述了山川大地以及在其中发生的事情。这些地图被一代又一代人学习，修改，继承。这处独特的峭壁，那条林木线*，这处河湾，那块发生过某次意外的石头，那棵发现了蜂巢的树：这些特征经过精心描绘，构成一条路线，这条路线同时也是一个故事。或许那时也有供随身携带或永久保存的书写地图，不过早已佚失，我们无缘得见了。位于意大利伦巴第平原上的贝多莱纳保存着世界上最早的书写地图之一：这是一幅复杂的岩画，很明显地描绘了地形和地貌；它被刻在一块倾斜的巨石上，岩石表面被冰川的退行打磨得平整光滑，成了一张理想的书写纸。画中展示了人物、动物、聚居区、民居，以及山间的蜿蜒小径和平地的笔直街巷。这幅地图在本质上是一种多层的书写：最早的刻画应该是公元前一二〇〇年前后的青铜时代留下的，而最晚的，即图上的房屋，则是公元

---

* 林木线，指分隔植物因气候、环境等因素而能否生长的界线。

前九〇〇年前后的铁器时代绘出的。地图很大，宽十五英尺，高逾七英尺。

在漫长的寻路历史中，栅格地图问世相对较晚，但如今已基本占据绝对的统治地位。十五世纪以来，新的测量仪器不断发明（罗盘、六分仪、经纬仪，以及能够测定经度的精密计时仪），新的分析方法不断出现（正交剖面法、三角测量技术），这些进步令概念性的网格得以铺满整个地球表面。

在这种全新的精准制图面前，前科学文明的那种凭印象的、需要四处奔波的绘图实践败下阵来。到十八世纪晚期，栅格地图的实力已经有目共睹，以至于那个时代的两个年轻共和国都根据栅格地图的原则构建了自己的地理分区。托马斯·杰斐逊的制图师将美国内陆地区沿直线划分为城镇、县和州，这种划分沿用至今；法兰西共和国指派两位最优秀的天文学家兼制图师来测定敦刻尔克和巴塞罗那之间的子午线弧长度，从而重新建立了以"米"为基本单位的法国公制系统——一米即这段子午线长度的千万分之一。

事实证明，栅格地图是一种极为高效的工具，可以将地点转化为资源，便于对景观所处的地区进行大规模的规划。这项技术带来了无数的便利和进步。但是，栅格地图的方法是如此权威，它关于某个地点的知识如此无可辩驳，以至于它彻底消除了我们对地图作为故事的价值感的期待：我们已经忘记，制图是自我创造、感觉、体会的过程。网格严密的几何结构崇尚精确，而压抑了触摸、感觉和某种暂时性。

这并不是说我们应该废除栅格地图——我在整个旅程中随身携带的就是栅格地图——只不过，我们也不应该忘记故事地图，因为它们代表着一种几乎已经失传的在自然空间中行进的方式。对此，美国诗人罗伯特·佩恩·沃伦（Robert Penn Warren）曾有一句优美的评论："我们的地图已不再做猜想，不再关心地球表面组成元素的种种可能性，这意味着地球已经失去了保守其秘密的能力。如今我们看地图时，想的是我们要避开什么，而不是如果我们运气好，将能发现什么。那些我们无法进入的地方，已没有什么神秘可言。"

那些根植于特定土地的文化，往往会发展出对那片土地的独特呈现方式，其中有些方式可能相当激烈，宛若刑罚。有些印加部落会用布裹缠婴儿的头，让孩子的头骨长成某些山峦的形状，因为他们认为小孩就是从那些山上降世的。当然也有更温和、更实际的方法。一八二六年，在加拿大北极地区的威尔士王子角，一位英国海军军官遇到了一支因纽特狩猎队。因纽特人虽然没有办法跟军官用语言沟通，但明白了他想要询问方向。于是因纽特人在海滩上用棍子和卵石造出了该地区的微缩模型，这份地图"构思巧妙而又一目了然"。我们还知道，因纽特人会用木头雕刻出海岸线的三维地图。这样的地图便于携带，不怕严寒，而且如果落入水中，马上就会浮起来，很容易取回。

因纽特人还创造出了一套天空图和云图：他们对天空情绪的把握如此精确，甚至可以推断出云层下方冰的质量，以及未来的天气。生活在阿拉斯加西北内陆的科育康人编织了复杂的故事作为地图：凭叙述来导航。曾与科育康人密切生活在一起的人类学家理查德·纳尔逊（Richard Nelson）说，那片土地对他们而言：

> 布满了由道路、名称和关系所构成的种种网络。科育康人对那里的每一处细节、每一种特征都了如指掌。他们给湖泊、河湾、山丘和小溪命名，赋予它们私人意义和文化意义。这里的人们行走在一个不断观察的世界——一片目光之林。一个在大自然中穿行的人，无论周围的一切多么荒凉，多么偏远，他也永远不会陷入真正的孤独。因为周围的环境是有觉察、有感知、有人味儿的。它们懂得感受。

是的，以现代的测量标准来看，这种地图并不准确。但是，对于现代测量视而不见的方方面面，它们却能保持敏感。因为在这样的地图中，人类记忆和自然形态总是彼此映射，永无止境。

它们也是具有深度的地图，能记录历史，能体认记忆与大地的层叠与交错。它们是鲜活的构想，在独一无二的语境中被创造，在一片土地的脉动中得到证明，在经验与关注中诞生。渔夫能凭借直觉生成自己的海床地图，他年复一年地在那片大海上捕鱼，便知道海床各处不同的物质组成和纹理，清楚海山和海沟的轮廓，能分辨风暴在海面上搅起的变化，哪怕这一切他不能一一亲见。还有那些江河引航员，他们对水域、水流和沙洲了如指掌，即便蒙上眼睛或者在黑暗中也可以行船。我曾读到过卡泰尔·莫里森（Cathel Morrison）的事迹，他既是自耕农，也是自然保护主义者，在桑德伍德湾出生和长大。他一生都在观察桑德伍德湾的沙丘变化，并凭借手绘地图、定点摄影和记忆，来追踪那些沙丘的奇异迁徙。

这些存储于脑海中的地图，对一个地方的变化与不变都十分敏锐。哪怕是方寸之间、细微色泽的变化，它们都能分辨。它们诞生于一种关于地理的深刻书写，而不是仅仅追求客观的冰冷数据。我们不能依赖那些令大地隔绝梦想、拒斥想象力的地图，不能只靠它们来导航、来安身。这样的地图——首先就是公路图——持续怂恿着我们把自己与世界之间的奇异关联统统剔除。而一旦我们思考大地时丧失了奇异感，我们也将不知何去何从。

***

我从小屋返回海湾，在走最后几英里时，日光慢慢消失殆尽。走之前我在附近的河岸上凿了一些泥炭块，堆起来晾干，来补充我之前烧完的，然后才离开了小屋。其实那里是个睡觉的好地方，但我更想在桑德伍德的沙丘上过夜，感受外面的暴风骤雨。当年罗伯特·斯科特*在南极小帐篷里奄奄一息的时候，提笔给妻子凯瑟琳写了封信。那时他离安全地带"一吨补给站"只剩十一英里，但已知道自己再也无法与家人相见了。他在信中给妻子写了什么？"这比在过分舒适的家里无所事事地闲着可要好太多了。"

---

* 罗伯特·斯科特（Robert Scott，1868—1912），英国海军军官、极地探险家，一九一一年率队向南极点发起冲锋，于返程途中死亡。

这是我看过的最无情的一句话！尽管不赞同他的说法，但我还是得不无愧疚地承认，这话里的某些东西，那种对于严酷之物的自私的热爱，我同样能够理解。那晚，我心中的斯科特就告诉我，我应该离开小屋，在海上来的风暴中度过这个夜晚。

我来到海湾边缘，在海湾北端的峭壁下方择路而行，经过了一排小瀑布。由于雨势汹涌，瀑布变得更加湍急，风也变得迅猛，让我不断失去平衡。冷雨夹杂冰粒，仍然倾盆而落。在海湾南边一英里的地方，却有一道阳光照在突出的黑色岩石上，光斑耀目。沼地荒草在我脚下瑟瑟颤抖。

峭壁下那条与海湾相接的河涨水很快。白天早些时候，我还可以很轻松地徒步过河，但现在它已有三十英尺宽，水流十分湍急。

正当我站在那里思考如何过河时，很意外地看到了一个女人，而我已经两天没有见过任何人了。她从一座沙丘后面走出来，站在河那边，正与我相对。我用一只手朝她挥手致意，另一只手遮在眼睛上挡住飞沙。她也冲我挥了挥手。沙粒形成松散的层流，拂过万物表面。

我在一块石头上坐下，脱掉靴子和袜子，涉入水中。水太冰了，我感到双脚迅速麻木，仿佛自己踩着一副短高跷。水下光滑的岩石，以及圆石在脚下滚动的感觉，如同从很远的地方传来，让我想起兰诺克沼泽上跨越巴河的鹿群。

当我到河对岸的沙滩时，那个女人走过来迎接我。她直直地伸出一只手来帮我保持平衡，我抓住她的手腕，从水里跨出，我没有站稳，又用另一只手扶住了她的肩膀。

我们以那半似拥抱的奇怪姿势站着，同时在大风和软沙中费力地挪动双脚以保持平衡，看起来就像是在表演某种笨拙的交谊舞。我凑近她的耳朵，喊着说话，她也如此。大风几乎把我们的话撕碎。我们简单交换了信息。这条河从湖泊靠近内陆的一侧流向东北，非常汹涌，没有绳子和伙伴是无法跨越的。北边的大瀑布被风沿悬崖向上吹了回去。她说她听天气预报讲，这场风暴预计持续时间不长，但非常猛烈。就在我们交谈时，我注意到，她身后那灰色的地平线上，远远地，有一艘低矮扁平的货船岿然不动，仿佛一座带有塔楼的城堡。

之后我们便分别了，她要向南回到金洛赫伯维去，而我要在沙丘中找一个睡觉的地方。我目送她走了三十或四十码，只见沙尘暴紧紧地将她包裹，她的轮廓越来越模糊，仿佛正在淡出画面。突然，似乎伴着一声脆响，她消失了，只剩我独自一人站在沙滩上。

***

阴沉的天空笼罩在闪光的沙地上，西沉的太阳是一个橙色的炉膛口，向岸风猛烈地吹拂。我看到风暴在余晖中聚集。风声之上，我听见飒飒沙声，以及巨浪撞击海湾北部悬崖时的隆隆轰鸣。

我沿着漫长的沙滩行走，在巨大的沙丘之间穿行。这些沙丘在此成形，又在每一次大风暴中壮大、变换或萎缩。从海上吹来的风如此强劲，不停地推着我的背部，使我在奔跑和跳跃时，仿佛在月球漫步一般，一步可以迈出六七英尺，落地时脚跟先落在松软的沙子上。每迈一长步，都仿佛有一只手把我举起来再放下。我就这样走到沙滩的一半，然后掉过头，迎风向水边走去。

整条海岸线铺满了奶油般厚重、发黄的海沫，在震荡中越聚越多，有十英尺厚，几百英尺宽。大风刮起一捧一捧松散的海沫，吹向沙滩。这些海沫翻滚着，飘荡着，变得越来越小，最终像变戏法似的，消失了。

我在两座大沙丘之间的沙谷里度过了那个漫长的夜晚。这里离海岸很近，可见海浪不断撞击、破碎，泡沫越聚越厚，但因处在潮汐线之上，尚且安全。露营袋让我保持干爽，睡袋则帮我保持温暖。我在沙滩上挖了两个坑，一个在肩部下面，另一个在臀部下面。我还堆了一个小小的枕头，垫在头下。沙谷微微向海面倾斜，所以我可以从躺着的地方向外望到大海。大海黑色的肌肤起伏不定，白色的波浪在黑暗中翻卷起来，在沙滩上一一摔碎。

风暴声让我难以入眠。但我很高兴能在这里——在暴风雨中失眠。因为这是一个非同寻常的夜晚。最初几小时是绝对的黑暗，那黑暗似乎变成了一种漆黑的液体，其中有可以感知却无法看到的涡流：如漏斗，如管道，如纺锤，如螺旋，如整张整面的狂风，以及无法预测的风暴能量的旋涡。午夜时分，我感到自己像是到了暴风眼中，有一瞬间风平浪静，紧接着风暴的内缘又扫了过来，黑夜重新回到动荡中。

我终于睡着了，醒来时，天刚亮，风暴已经过去。风停了，沙子也落了下来。一层潮湿的沙盖在我身上，我一动，沙层便裂开，如龟裂的土地。我抖掉身上的沙，爬到沙丘顶端，坐在滨草上，吃了一个苹果、几块巧克力。

海滩上出现了一排新的漂流物——粗大的海藻茎张开枝条，形状宛如神经中枢，此外还有浮木和大量塑料瓶，它们标示出了前夜风暴潮所延伸的范围。这些漂流物上的水还未干，光芒闪动。清晨小小的太阳悬在高地上空，我感到脸颊边微微发热。出于干渴，我爬下沙丘，走到海湾的南端。在那里，我发现了一条雨水形成的小溪，顺着斜坡流下来。我用溪水洗了脸，并在水流聚成小池的地方俯下身喝了几口。接着，我便启程前往金洛赫伯维和本霍普山。

山峰

若一只雪鸮从本霍普山遍布石英和麻粒岩的山峰起飞,沿子午线向北飞行,它将飞越彭特兰湾,经过法罗群岛东部,跨过北极圈,进入格陵兰海。它将飞过斯匹次卑尔根群岛和格陵兰岛之间被冰封锁的海峡。跟随子午线的指引,它必将经过北极点。从北极点开始,若不改变方向,它将直接向南飞过楚科奇海上冰雪覆盖的弗兰格尔岛。在漫长的数小时后,它才能再次到达高度如本霍普山的高地,那是西伯利亚西北部山脉中的一座无名山峰,山上的温度极低,以至于钢铁也不免开裂,斧子一碰到落叶松就迸出火花。我驾车从金洛赫伯维向东,往本霍普山的方向行驶,途中遐想着本霍普山和那座无名山峰的一唱一和,它们海拔相同,或许正跨越数千英里的寒冷空间,面朝北极而彼此相向。

有人曾跟我说,如果你在夏至日登上本霍普山,在山顶度过一个夜晚，天气晴朗时，你一整晚都能看到阳光。高海拔和高纬度两个因素相加，导致太阳的上缘不会完全落到地平线以下。这是真正的白夜。在秋天，据说这里也是观赏北极光的绝佳地点，能看到北极光如磷光般闪烁天际，红绿光芒交相辉映。但最吸引我的还是本霍普山冬日的氛围。几年来，我一直想在落雪时登上山顶，在那里度过一个寒夜：感受极地空间向四方无尽展开，冰山和冰屑落入大海，气息自视野之外的北冰洋涌来。

每年冬夏两至，本霍普山会经历截然相反的天象：既有永不消失的太阳关照它，又有十八小时的长夜冷落它。我想，大不列颠和爱尔兰应该没有别的地方能让你产生这样的感觉，用斯特格纳的话说，这是"一种超越自身的宏大感"。这种宏大感存在于兰诺克沼泽和桑德伍德湾，科鲁什克峡谷也有，在时间上得以展现。但是我怀疑，当我启程南下，这种感觉会慢慢消失，再也无处可寻。

我驱车前行，穿过冻雨，接着是阳光，接着是狂风暴雨，浆果大小的雨点砸在挡风玻璃上。没有哪种天气能持续一小时以上。刚过中午，我就来到了本霍普山西南脚下。满载着雪的云层往东北方向推移。雪花轻轻落在福伊纳文山上，并向西飘过沼地。我头顶的天空一片澄澈，泛着冬日的苍白。我抬头望向本霍普山，回想起它在地图上的形状。

本霍普山的地理特征非常精妙：它有一座陡峭的圆锥形山峰，从海上看，形状优美而对称。北部山脊是一条锐利的弧线，有游隼在上面筑巢。这条山脊形成了一道斜堤，护卫着山的北线，并隐藏了本霍普山以西一大片水泽之地——那里有大小十四处湖泊。山体南面是长长的姆斯尔山崖，山脊如溪水般绵延伸展，长约三英里。山脊西侧缀着一条银灰色的片岩带，时不时有石英闪闪发光。

天色渐暗时，我开始攀登本霍普山，一想到要孤身前去，便兴奋难抑，又怡然自得。我沿一条小溪上行，路上经过了一堆被流水雕磨得奇形怪状的大石头。随着高度上升，视野也越来越开阔。数百英里的空旷水域向四面八方辐射展开，高大的山峰此起彼伏——克利布雷克峰与洛亚尔峰东侧的冰斗都装满了雪——而霍普湖则将人的视线引向北方，越过山脉的悬崖壁垒，抵达辽阔的海湾。

来到姆斯尔崖的上缘时，我看到三头鹿正机警地站在山脊的边沿。它们凝视着我靠近，突然同时转身，甩开长腿奔出了我的视线。我在小溪边坐下，喝了几捧冰冷的溪水。西天上，夕阳在此处彼处透过云层，于是阳光缓缓铺过大片沼地。风吹起雪，组成一张张白色的弓，锐利、笔直的光线则是弓弦。大地上处处彼此独立的风暴依稀可见。在东边，夜色已降临，那个世界的边缘陷入了一片冰蓝色的阴影，黄昏和寒冷在降临。

征服本霍普山绝非易事。登顶之路几乎是从海平面开始的，巨大的山峰山石嶙峋，坡度陡峭。我到山顶时，周围已一片漆黑，空气含沙，风更冷了。山顶被大风和霜冻剥去了外衣，光秃秃的。风化的灰岩上结了羽毛般的霜，除霜以外，还铺了石灰色和橘红色的地衣。岩石间的雪成条带，成沟壑，干燥而呈颗粒状，犹如沙子。我迅速着手布置落脚点，但手越来越麻木，心中也越来越忧虑——这地方这么冷，这么坚硬，真的能过夜吗？我最终还是把岩石挪开，清出一片大致平整的菱形地面，然后把石头排成了一道约一英尺高的弧线形矮墙。

***

那晚，风开始从西向北缓缓吹拂，带来阵雪，雪花铺撒在我露营袋的帆布面上。风也带来了冰雹，耙过山顶的岩石。月亮高悬某处，从云层中透出光。天实在太冷，叫人难以入眠。我只得趴着，像一只罗盘针般将头指向北方，一面看着前方海面上开开合合的银光，一面努力保持温暖。

凌晨两点左右，我依然没有睡着，于是我离开帐篷，重新爬上了主峰顶，试图用脚步丈量那曲线起伏的山顶高原。云层变薄了。月光在狂风中去了又来。每块石头上都罩着一层冰壳，只需轻轻一触，冰壳就会碎裂，脱落。岩石的背风处渐渐地积了一堆小小的冰雪，除此之外，风已把所有未冻结的雪都卷走了。空气闻起来很清新。

我走到东边山脊的起点，俯望那些失落的湖泊，它们像雪一样托起了月光。走到高原西南端的时候，我甚至感受到了几英里外福伊纳文山庞大的山体，其顶部如雪国一般闪着银光，剩下的黑色部分则隐入了黑暗。寒气迫人，无时不在，令我开始颤抖：这不是表面的战栗，而是深层的痉挛。在那深冬的黑暗中，我那棵洒满阳光的东安格利亚山毛榉突然间变得十分遥远,仿佛属于另一个国度、另一个大陆或另一个时代。

这是我所到过的最不适合居住的地方之一。这里的海洋、石头、夜晚和天气,都依循着各自的进程,保持着各自的习惯,数千年来一直如此,数千年后还将如此。月光洒落水面,飞雪横扫天空,这些是此地独有的创造。这片土地曾经受冰与火的洗礼。除了我堆起的石墙和顶峰的石堆之外,这里没有任何历史的痕迹。没有人类之物。我转向东方和南方,竭力看清我周围数百英里的黑暗中是否有一丝闪烁的光。即便只是一瞬息的光亮,无论它多么遥不可及,都会给我带来一点安慰。但是并没有。一点微光都没有。

没有任何地方比这里更符合我在旅程开始时对于荒野的设想,这是最纯粹的荒野之境。吸引我来到这里的是一种空间逻辑,一种同时抵达高海拔和高纬度的渴望。但此刻我却迫不及待地想要离开。我在科鲁什克的红峰峰尖曾不期而然感受到的不安,在这里更加放大了。

如果我能在黑暗中安全下山,我一定会即刻启程。冰冷的雪堆、结霜的岩石:这个地方对于我的存在倒算不上有任何敌意,只是完完全全、一视同仁的冷漠。在这里,我感觉不到大地的陪伴,也体会不到在黑森林经历的那种天人合一的顿悟。此处弥漫着深深的疏离,拒绝被赋予任何意义。

所有到过荒野的旅行者都感受过类似的疏离:一瞬间,他就对世界的冷漠有了醍醐灌顶般的觉察。这种洞察,如果只在一念之间，会令人兴奋，但如果是大彻大悟，就难免令人有一切皆空之感。娜恩·谢泼德在凯恩戈姆高原体会到了这一点，那是另一片荒芜、裸露的北极地带。"就像所有的奥秘一样，它竟如此简单，这让我不禁感到害怕。"她这样描写高原上涨起的水面："水从石缝中涌出，随后缓缓流走。在不计其数的日子里，它涌出和流走。除此之外，完全什么都不做，唯是其所是而已。要想了解河流就必须去其源头，而这探秘源头的旅程不可等闲视之。一个人可以在各种原生力之间穿行，却无法掌控它们。"

乐理上有一个"混响时间"的概念，即一个音或一组和弦衰减到特定分贝以下所需要的时间。对我来说，本霍普山上那个黑色与银色交织的夜晚，混响时间无穷无尽。站在山巅的时候，我已清楚这段记忆或许会变淡，但永远不会完全消失。我想知道此地以南是否也有类似的地方，或者这里，在某种意义上，是否就已经是我旅程的终点。

在某个时刻，风势减弱了，气温也上升了一两度。我回到那个矮矮的石堆里，终于能够入睡。在大概两个小时的睡梦中，我仍在渴望黎明赶紧到来，渴望赶紧从山顶逃离。天刚亮我就醒了，醒时浑身已冻透，但此时风已平息。我的背包完全冻住，帆布面僵硬而苍白，像是窑里烧出来的器物。我发现了一小块石英麻粒岩，并把它保存起来。这块石头形状不规则，边缘锋利，经过了冰霜的敲打。随后，我开始下山。从山顶往下，似乎无论往哪个方向走，都将成为我南下之旅的序幕。

坟墓

在我到达巴伦的前一天，一场十年来最严重的风暴席卷了爱尔兰和苏格兰。风暴平息之后，灾难的消息最先出现。一艘载有十九名船员的渔船在斯凯岛海岸附近沉没。内陆地区另有三人遇难，两人失踪。在伦敦德里市，一辆卡车因为强风从福伊尔桥坠落，司机身亡。大风一步步压迫森林，大片树木被压倒了：在倒下的过程中，一棵棵树也彼此支持，树冠纠缠，枝条交错。在西部群岛的北罗纳岛，阵风风速可达每小时一百二十四英里，速度之快，足以掀去谷仓和棚屋的铁皮屋顶，把人和牲畜刮上天。南尤伊斯特岛的一家五口人，因为水位不断上升而不得不迁走。他们试图穿过堤道去往安全的本贝丘拉岛，却被风浪卷走，不幸罹难。

风暴消退后的那个下午，我站在巴伦西部海角平坦的岩石上，仍然能看到最近这场狂暴灾难的痕迹。海面波涛汹涌，怒浪拍打着礁石。围绕着海角，一股巨大的洋流正以惊人的速度流动——这是北方的激潮，速度极快，甚至在它表面的物体都被推着以每分钟三百英尺的速度前进。天空陡峭而阴沉，大雨将至。海浪拍打着近海礁石，啸声不止。

巴伦风景区位于爱尔兰中西海岸，克莱尔郡北部，地势高耸，一片银白。它的名字来源于盖尔语的 boireann，意思是"多岩之地"。巴伦之所以有此名称，是因为它的大部分地表覆盖着光滑的石灰岩，此外还间杂着黏土层和页岩层。在戈尔韦的花岗岩和利斯坎诺的砂岩之间，这片石灰岩形成了一个巨大的断崖。它又由此向西北延伸，沉入大西洋底部，至离岸三十英里处重新钻出水面，构成三个岛：阿莱恩岛、伊尼斯梅因岛和伊尼斯奥里尔岛，英语中称为阿伦群岛。阳光明媚的日子里，遥望过去，那里的石灰岩闪动着银色和灰色的光，而巴伦就像是白蜡铸成一般。

巴伦有两方面最引人注目，其一是它的植被。在这片一百五十平方英里的土地上，生长着多种北极植物、高山植物与地中海植物。如此截然不同的物种彼此共存，这种景象在欧洲其他任何地方都见不到。春龙胆通常生长在阿尔卑斯山的高山草地上，在巴伦却能长在原生于意大利和西班牙的重瓣兰花的旁边；繁盛的岩玫瑰和仙女木附近，则是维多利亚时代风行的家养植物铁线蕨。这种矛盾的植物学现象之所以会出现，可能缘于墨西哥湾暖流的影响，石灰岩夏天吸收热量、冬天放出热量的特性，以及巴伦地区独特的光照条件。

正是这种特殊的气候和混杂的植被吸引我来到了巴伦。它与其北部的苏格兰和南部的英格兰都有某种"家族相似性",似乎是离开本霍普山之后最理想的下一站。

同时,巴伦也有一片死亡之景,这是它的另一个独特之处。五千年来,这里或多或少一直为人所占用。这片土地钙质丰富,对食草类家畜的骨骼发育很有好处。与周围花岗岩裸露的地带相比,石灰岩裂缝中的土壤更加肥沃,更适宜耕种。另外,五千年来的人类活动也意味着五千年来的死者也埋葬在此。在这片灰色地域间漫步,你会发现为死者而建的纪念物无所不在:石圈、石板墓、楔形墓、墓前石碑、十字架、举行或未举行过祝圣仪式的墓场。几乎每一个时代——新石器时代、青铜时代、铁器时代、中世纪和现代,都有人在这里下葬,并用石头标记出逝者的安息之地,这是一片布满了墓葬纪念的风景。巴伦的过去是厚重的。在这里,人类史就相当于石灰岩的历史:在经历漫长而缓慢的沉淀之后,积累起了密度。

巴伦的死者大多不是平静离世的。十七世纪五十年代,奥利弗·克伦威尔*的军队将爱尔兰西部变为了一片废土。克莱尔郡被摧毁,巴伦惨遭掠夺。两百年后,大饥荒席卷爱尔兰,克莱尔又是受灾最严重的地区之一。被饥荒清空的村庄废墟,至今依然站立在巴伦的土地上:没有屋顶的山墙,不见风景的窗户。这片大地的标志性景观还包括成千上万的小路和墙垣,其中一些就是由大饥荒的受害者所建的。负责救济的官吏不愿无偿提供帮助,

---

* 奥利弗·克伦威尔(Oliver Cromwell, 1599—1658),英国政治家、军事家、宗教领袖,曾作为英吉利共和国实际上的军事独裁者出兵镇压爱尔兰起义。

于是让挨饿的灾民去做一些完全没有意义的工程，以苦力换取食物券。那些没有帮助几乎已经无法站立的人们，竟被派去修筑不通往任何地方的道路，以及不守卫任何东西的城墙。

当克伦威尔率领军队横渡爱尔兰海，开始残酷清洗天主教徒和保皇党时，摧毁北克莱尔郡和巴伦地区的任务被交给了埃德蒙·卢德洛（Edmund Ludlow）将军。多年以后，卢德洛回顾这次征战，他对巴伦的不屑评价至今仍在历史上回荡。卢德洛写道，巴伦是一个"野蛮的乡村"，"水不足以淹死一个人，树不足以吊死一个人，泥土也不足以埋葬一个人"。这是一种怎样的看待风景的方式啊——竟然仅仅是看风景能不能成为杀人的帮凶。卢德洛大错特错，简直不可理喻。他走过那片土地，却心不在焉。在巴伦的那些天让我明白，卢德洛没能看到的东西，其实遍地都是。那里到处有水、树、泥土和死亡，一切都是它的野性的一部分。

***

隆冬时节，我和罗杰一起去巴伦旅行。他的写作恰好告一段落，既然我不再往极北之地远行，他便也有兴趣加入我的旅程，或许还可以沿途做一些林地调查。当我问他是否愿意和我一起去巴伦——这个以低矮的榛树林闻名的地区时，他一口同意了。有罗杰为伴，我非常高兴。我在北方独自旅行已经太久了。

我们从香农驱车前往巴伦。电台播出了一则关于气候变化的消息，又发布了一份关于海平面上升的悲观报告。这让我对驾车旅行的负罪感比平时更强了，对公路的不满也更甚了。爱尔兰对路边的标志牌几乎没有什么规划限制，每隔一百码就会出现一个三叶草形状或马蹄形状的招牌，花里胡哨的，试图引诱车上的人拐去某个旅游区或酒吧。车行缓慢，路边的树似乎是因为环境污染而不是大风才长势受阻，树叶都被尾气染成了灰色。

不过，当我们接近巴伦外围时，道路变窄，道旁植物也变成了倒挂金钟属的灌木，长势健康：到秋天，小小的粉红色灯笼花便会明艳艳地挂在深绿色的树叶间。天光呈现出一种更加清澈的色调：映衬着下方广袤的灰色岩石，以及远处巨大镜面般的大海。

我们在巴伦的基地是位于市中心的一栋低矮的老房，房主是罗杰的老友。这栋房子混合了新旧两个时代。一排古老的山楂树守卫着前门，被向岸风吹得向东摇摆，银色的风铃挂在树上，在不间断的微风中叮当作响。花园里有一丛枝节纵横的金雀花，后面立着一尊三英尺高的耶稣石膏像，右手高举，给人以永恒、醒目的祝福。

那天晚上我们到达之后便在房子四处走了走，从四面八方的窗户往外看。借助昏暗的暮色，透过每扇窗都可以看到居中的一条由黑色岩石构成的地平线。我们仿佛置身于潜水钟*里，半身在水下，在水的环绕中望向外界。那天晚上，我们围坐在一团泥炭火旁，在半明半暗里互相给对方读着书上的一些段落，并且交谈。我给罗杰讲起了在本霍普山上的那个夜晚，告诉他我感受到

---

* 运送潜水员下潜和回到水面的一种运载工具，最初的外形与钟相似。

的不是预想中的欣喜,而是突如其来的恐惧,我还向他描述了那个地方是多么狂野不羁。

第二天清晨,我们带着一张地图,开启了探险之旅。这张地图是由住在朗德斯通海岸的制图师、风景历史学家蒂姆·罗宾逊(Tim Robinson)绘制的。在我们出发前一个月,罗杰生了一场很不寻常的怪病,此时身体还有些虚弱,于是我们安排了较为温和的行程,缓缓穿越石灰岩区域,用脚步丈量巴伦的领地,试图理解这片迷雾重重的景观。

石灰岩具有良好的可溶性和亲水性,这意味着巴伦和同为石灰岩构造的皮克山区以及约克郡谷地一样,存在许多隐秘之地:沟渠、裂隙、洞穴、山谷、冲沟。这片地方有着沿海地区那种广阔而纷乱的地貌,仿佛肺脏的内壁。各种事物,包括意义本身在内,都在石灰岩中汇集、隐藏:这里形成了一种横向的景观,但并非没有深度。

石灰岩的柔软易处理和外形美观的特点也使之成为一种商品。从十九世纪中叶开始,石材贸易繁荣发展,石灰岩常被用于建造假山和市政花坛。由于大量合法或非法的开采,英国不到六千英亩的表层石灰岩,未被破坏的仅剩下约两百英亩。

***

在巴伦的这些天,我发现石灰岩地面要求徒步旅行者采取一种新的行动方式:必须随机应变,时刻准备改道、漫游,让偶发事件和突发情况来决定人的行进逻辑。我们学会了，或者说这片地方教会了我们如何在不预设计划的情况下行走：走到角落就变向，山谷转弯就转弯，我们的路线由地质学古老的偶然性以及步行中即时的偶然性所决定。我们的期待加速了，随时准备迎接惊喜。

惊喜经常出现。小鸟会从看不见的石头缝里飞出来：一只山鹬在低空翻滚而过，一只沙锥鸟又从灌木丛生的凹地突飞而起。野兔跃出，仿佛弓箭离弦。在一个看不见大海的山顶上，我们发现了一枚牛头骨，已经长满绿色的霉菌。接着，又看见剩下的骨架散落在周围半英亩多的地面上，像是空难的残骸一般。沟壑里生长着一丛丛古老的山楂树和黑刺李，细细的树干上爬满了青苔，看起来像是毛茸茸的人马的腿。

一天午后，雨雾迷蒙，我们看到一只游隼面朝着大西洋，从湿淋淋的石灰岩峭壁腾空飞起。它从一块岩石台面上起飞，先是笨拙地拍了两三下翅膀，像是要沉下去似的；接着，它便升起来，飞出去，越过树木茂盛的山坡，慢慢变成灰色天空中一颗黑色的星星。

另一天清早，我们登上山口，发现脚下山谷里有一片波光粼粼的水面，面积约有三百英亩，但这片水体在地图上并没有标记。这是一个"特洛"（turlough）——一种大雨过后在石灰岩地区形成的临时湖泊。雨后，水位就会从岩石下方升起，如同浴缸从底部水孔向内注水。这片特洛湖充塞了整个山谷，我们看见树木站在自己的倒影中，如扑克牌上的国王。一只雀鹰在水面上盘旋，几分钟内就飞过了好几英里。

几小时后,我们来到了三个偏僻山谷的交界处,并在那里发现了一片银色的石灰岩面。和约克郡谷地的石灰岩地貌一样,这里也分成了石芽(被冰川打磨平滑的水平表面)和岩沟(将石芽分割开的纵向缝隙,通常因流水侵蚀而成)。这片石灰岩地貌的开阔和光滑会让人产生期待的心情,仿佛很快将有娱乐活动或精彩表演在这里举办。它让你联想到冬天的市镇广场,空荡荡的,只有鸽子和阴影。罗杰说,这里很像多塞特海岸的"舞礁",那是一片宽阔的、被大海打磨光滑的岩石。在过去,每当海浪平息、太阳落山的时候,斯沃尼奇镇的男人们常常带着女伴来这里跳舞。我想起本霍普山坚硬的火成岩峰顶,此时在这更为软滑的岩石上,只觉得格外开心。

我们从山坡上走下人行道,这时,三只野羊——有巧克力加奶油色的皮毛,鱼钩状的角——慷慨地把空间让给了我们,开始由更陡峭的另一边向上爬。我们在岩沟上择路而行,岩沟的边缘因风吹雨淋而成了曲线形,深入岩层的中心。这里地形极其复杂,连绵的山脊和山谷让人丧失了比例感,它们看上去仿佛山脉或河流三角洲的卫星地图。

在石灰岩面中心,我们看到了一条从北向南延伸的巨大岩沟。我们俯卧在石灰岩地面上,从岩沟边缘望出去,便有一片丛林映入眼帘。一小丛一小丛的蕨类植物、苔藓和花,都生长在岩石缝隙中——就在我们目力所及的几码之内,竟有数百种植物在岩沟的庇护中栖身,欣欣向荣地生长:老鹳草、车前草、水杨梅、蕨类,还有更多我辨认不出的植物,扎根在这片风积土中,生长全凭运气。这些植物挤满了每一个可利用的生态位*,互相拥抱,难分彼此。即便在这样一个冬日,生命的气息也是铺天盖地的。到了五月花开时,这片岩沟又将是什么样子,我简直无法想象。

我们俯卧在那儿向岩沟里看时,罗杰突然说,这是一片荒野之境,它和任何峡谷、海湾或山峰一样美丽和复杂,甚至犹有过之。它的确是片微缩的景观,却有着令人惊叹的野性。

我们穿过那片石灰岩面之后,在一面陡峭的悬崖下发现了一个环形堡垒的遗迹。堡垒如今仅剩绿草下的同心残垣,它们的影子甚至比实体更为清晰,围绕着中心部分一个凹陷的坑穴。我们跨过残垣,进入堡垒的内部,站定,转身,俯瞰从这里向外辐射状延伸出的三条山谷。

大约三千五百年前,人们从树木繁茂的内地搬到沿海地区定居,这座堡垒很可能和该地区其他数百个堡垒一样,在这一时期建造而成。今人给这些建筑起的名字有一定误导性:所谓的"堡垒"其实并不用于军事目的,主要是承担居住功能。每座堡垒都是一个小型社区的中心,宣示着约一平方英里大小的区域的所有权。

这座堡垒几乎已经没有什么明显的特征,只余残存的外形。但是走进去之后,我感到时间快速加深,生出一种尖锐的"过去时"之感,这类地方有时是会带来这种感觉的。我们一起静静站

---

* 生态位,即生物为了获得生存资源所占据的特定环境条件。

在堡垒的圆圈内部，用双眼描摹山谷的轮廓，努力想象那些曾在这里生活和举行祭仪的人们是如何看待这片风景的。长长的暮光洒在岩石面上，仿佛在一块布上勾勒出草和岩石的形状。

在新几内亚的土著文化中，风景具有两种截然不同的存在形式。考古学家克里斯托弗·蒂利（Christopher Tilley）的描述十分恰当："一种是固定的、逝者的土地，蕴含着祖先的力量；另一种是生者的土地，它是变动的，但又始终锚定于前者。精神性存在具有一套无形而根本的秩序，其中包括化作图腾的祖先和死者的鬼魂。"在那个阳光明媚的下午，巴伦似乎也拥有了两种不同的存在形式，一种依托于另一种。它们像是两层皮肤，有不同的孔道，彼此相对滑动。在特定的时间和特定的地点，孔道连成一线，人便能透过此刻的、生者的土地，回望过去的时代，看到一片幽灵的景观，一片死者的土地。

***

荒野和死者一向有着千丝万缕的联系。尽管我们已经习惯了在神圣的地点将死者体面地埋葬——想想那一片又一片排列整齐的坟墓——但情况并不总是如此。荒野常常成为逝者归去的地方，他们遁入泥土，如同遁入水中。

一四三〇年四月十八日，萨福克郡贝克尔斯村的手套工匠约翰·里弗（John Reve）应召来到诺里奇的主教宫，他需要解释清楚，他那支持在荒野中进行埋葬的异端信仰有何正当性。里弗勇敢地向审判庭宣布:"我坚持、相信并且确定,对所有基督的子民来说,埋葬在山丘、草地和荒野,就像埋葬在教堂或墓园一样,同样能带来极大的功德、奖赏和裨益。"

里弗相信野葬是完全正当的,这一动人的信仰在后来的历史中多次回响,无论在基督教传统之内还是之外。十七世纪,贵格会*教徒常常将死者埋葬在果园和花园,以反抗英国国教的统治地位。萨德侯爵†则留下遗嘱,声明在他死后,他的遗体将由当地的木材商人用马车运到侯爵家的林地,并安葬在新挖掘的坟墓中。他明确要求:"坟墓填上土之后,就地种上橡子,这样随着时间的推移,墓地将重新被林木覆盖,灌木丛也会像过去一样茂密,那时我的坟墓将从地面消失无踪。"

在我的家族里,荒野和死亡是紧密相连的。我的曾祖父曾为治疗支气管炎而搬到瑞士生活,后被安葬在日内瓦湖畔的韦托公墓。他的墓前是一个陡峭的山谷,通向湖面上方罗什德内山那嶙岩参差、形状独特的山脊。我的外祖父母育有四个孩子,其中一个名叫夏米安,患有先天性脊柱裂。她于一九五四年十月二十五日夭亡,出生后仅活了一个月。她的遗体在荣耀橡树火葬场火化,骨灰撒在北肯特低地的独树丘上,俯瞰着威尔德的旷野——"威尔德"(Weald)来自古英语中的"森林"一词,到十六世纪时,

---

* 贵格会(Quakers)又名教友派、公谊会,兴起于十七世纪中期的英国及其美洲殖民地。外界常把贵格会视为一个基督教教派,然而并非所有贵格会教徒都视自己为基督徒。

† 萨德侯爵(Marquis de Sade,1740—1814),法国文学史上最受争议的色情文学作家之一,作品包括《索多玛120天》等。

该词便演化为"荒野"（wild）了。我父亲让我把他的骨灰撒在阿利金山的山坡上。这座山位于苏格兰西北海岸的托里登山脉中，是一座由古老的红砂岩筑起的堡垒：三千多英尺高的山壁，近乎垂直地耸立在大西洋边。山的北面是荒芜而辽阔的花谷森林，那是大不列颠和爱尔兰最大的未开通公路的地区之一。

我的一位爱尔兰朋友曾给我讲过一个故事，他说他的姑妈做过一件让全家人忧心的事情。有年夏天，一个推销员来敲他家的门，当时家里只有他姑妈在，没有别人。她把推销员请进门，听他讲话，最终买下了他的商品——一块墓地。家人都担心她被骗，想让她把钱要回来，但她不肯。她说，那片墓地建在悬崖顶上，地点极其难得，然后她给他们看了地图。那里可以看到大西洋的美景。她说，这将是一个永享安宁的好地方。

大不列颠和爱尔兰的大片荒野遍布着坟墓，有些有标记，有些没有。许多古代墓地坐落在可以看到河流的地方，或者在可以远眺大海的断崖和海角上。奥克尼群岛的梅肖韦古墓，英格兰南部各地——如威尔特郡和多塞特郡——的古坟，还有德文郡和康沃尔郡荒野以及锡利群岛上的石圈墓和石阵墓。诺森布里亚的多得山、雷德斯代尔和贝尔希尔劳有可追溯至公元前二〇〇〇年的公共墓地。萨福克郡的萨顿胡有一座建于公元五〇〇年左右的坟墓，坐落在德本河上方的一座悬崖上，其中埋葬着当时该地区的统治精英——伍芬加斯贵族（Wuffingas）的遗骨。萨顿胡（Sutton Hoo）的"胡"（Hoo），来自古英语词 *haugh*，意思是"高地"。

去梅肖韦和萨顿胡这样的地方旅行，或者在巴伦的荒冢间行走,你会产生一种不可名状的振奋。这些地方似乎表达了某种信念,而你或许可以从中学到什么。其中可能包括某种方向感,或某种联结感。这些坟墓体现了一种天真的假设,而你的兴奋感正与这种假设有关,它将生命、死亡和地点三者视为一体,并对此毫不掩饰。除此之外还有一个再简单不过的事实:在漫长的历史中,有如此多人都是这样安葬逝者——让他们永远凝望无边的旷野。

***

在巴伦的那些天,我们经历了各种各样的天气。漆黑的斜雨,苍白的云层,夕阳把石灰岩面上的水洼染成一汪水银或一池鲜血。黄昏来临,云聚成一条边缘清晰的灰色云带,像是游泳池的顶棚般从东边拉过来。海滩上,风沙在黄灰两种色调中如梅塞施密特战斗机一般旋舞,十英尺高的碎浪排列成行,一靠近海滩,便完完整整摔碎在岸边。

在停留的那段时间里,我逐渐感觉到巴伦最具代表性的形状是圆圈。它存在于环形堡垒中,存在于山岭阶梯状的轮廓中,还存在于生成石头与骨头的封闭化学循环中,而正是这种循环造就了巴伦——构成巴伦的石灰岩本身就是各类有骨骼和无骨骼的躯体沉淀的结果。丰富的石灰岩吸引了人类来到这片土地,随之而来的便是这些人类的死亡与埋葬。骨头复归石头。

和约克郡山谷一样,巴伦地区也曾是一片古老的海洋。数亿年前，这里的石灰岩曾是热带浅海的海床，十亿百亿的牡蛎、海螺、菊石、箭石、颗石藻、海百合和珊瑚尸体缓缓摇落其上，形成一层石灰质的淤泥。巴伦的每一个角落都是一座陵园，每一座山丘都是一个墓场，有着令人难以想象的大小，其中死去的生物远比所有活过的人类还要多。

在巴伦，我们会时刻想起物质是不可毁灭的，同时又是可以完全转化的：它可以迅速切换状态，从植物变为矿物，或者从液体变为固体。在脑中同时保有事物的"永久性"与"易变性"这两个彼此矛盾的概念虽然困难，却有益处，因为它能让一个人同时感受到自身的价值与多余。你开始意识到，构成自身的，不过是无止无休互相转换的物质——但你也意识到，你总会以某种形式长存。这样的认识赋予了我们一种无以慰藉的永生：我们由此明白，自己的身体属于一个永不停歇的分解与重构的循环。

在群岛上所有的石头中，石灰岩一直是形而上学思考的最佳搭档。W. H. 奥登非常喜欢奔宁山脉北部的喀斯特地貌，对石灰岩由衷热爱。最打动他的是石灰岩受侵蚀的方式。石灰岩的水溶性意味着岩石上任何原有的裂纹线都将在流水温柔的侵蚀过程中慢慢加深。如此一来，石灰岩将发展成什么形态，都是由它最初的缺陷所决定的。对奥登来说，这不仅是地质学现象，也代表了人性：他在石灰岩中发现了一种坦诚——人被自身的缺陷所定义，正如石灰岩被其体内的物质成分所定义。

一天下午，罗杰和我在石灰岩路面行走了一天之后，又在柔滑而寒冷的阳光中返程。路上我们遇到了一个六十岁上下的男人，他蓄着浓密的棕色胡子,胳膊下夹着一支猎枪。他说,他打到了三只山鹬。它们被放在他夹克衫的猎物口袋里,透过布料,我可以看到那长而坚硬的喙。还有几滴鲜红的血珠,在他光滑的夹克衫衣袖上十分显眼,从其中一滴血珠中,我看到了自己和身后大地的鱼眼镜像。他自称是克莱尔人,在这里打猎已经四十多年了。他还谈到了许多年来这片土地的变化,比如在过去十年里,榛树林回来了,这标志着土地不再被过度耕种,而更多食物要从外地运输过来。我向他问起巴伦的野兔,因为那天我们看到了好几只,它们腿长、耳朵长,有时像哨兵一样坐着,有时在山坡上优雅地疾跑。他说,野兔在这里是一种特殊的动物。三十年前,世道艰难的时候,他父亲曾捕猎野兔,作为一家人的正餐,但现在已经没有人打野兔了,一方面是因为野兔数量大大减少,另一方面也因为人们视其为充满诗意的动物。如果听说有人射杀了野兔,猎人俱乐部里肯定会一片哗然。

尽管仍然有带着猎狗的步行者追逐野兔,但追到最后,一般都会放它们走。他转身指向我们东面一条漫长而低矮的灰色喀斯特小山脉的远端,那里的风景因紫色榛树丛的点缀而显得柔和,他说,如果有一只野兔从我们三人所站之处出发,跑到山的那边,然后——他用手指沿着山脉的边缘线横扫,我们跟着他的指示看过去——它会一直跑到山顶,以轨迹画出一道九到十英里长的弧线,再准确地跑回到最初出发的地方。他以非常优美的方式描述了这场奔跑以及野兔的本能,正是本能驱使着野兔们回到原点,将弧线绕成一个圆。

***

我们在巴伦的最后一晚，天空放晴，空气清凉。当空挂着一枚骨白色的蛾眉月，约三分之一满盈，亮度足以让人看清。星星多不胜数。我想在巴伦夜行一番，于是离开了屋子，独自走入冬日清澈的黑暗中。我希望能找到路，回到我们第一天去过的那座巨大的环形堡垒——名为卡瑟尔乔曼的三重堡垒。温度接近冰点，我呼出的气仿佛白羽般进入空气。栖息的鸟拍打着翅膀从地上腾空飞起，眼睛明亮如珠宝，但在黑暗中无法辨认是何种类。我唯一能听到的声音是渡鸦枯冷的鸣音。时不时地，远处会有一辆汽车从横穿巴伦中心的主干道上驶过，前灯的锥形光束浮动在黑暗中。

我缓步而行，沿着凹陷的小山谷，小心翼翼地走在石灰岩路面上，又爬上小石崖，穿过茂密的矮榛树丛，那齐肩高的树冠几乎不能被月光透入。我正为自己的灵活而暗自得——就突然间滑了一下，重重撞到右边小腿，不得不就地坐下，等待疼痛消退。

最后，我终于找到了那座堡垒，指引我的是地图、记忆加上运气。只见三圈白色的环形石堆部分地掩埋在草丛中，而最中间的石堆围住了一片由荆棘和石南组成的丛林。我坐在第一重和第二重石墙之间，任一株老接骨木用树枝庇护我，它向下绕着自身卷曲生长，形成了一个近乎封闭的圆环。我在树下捡了一小块被压扁的球状石灰石，摸上去有肥皂般的质感。我把它收了起来。

我在那儿待了一会儿，在那棵接骨木慈爱的环抱中，在冰凉的草地上，遥望群星发出与世无干的光芒。我想起过往旅程中那些历史的阴影，它笼罩着苏格兰被清空的峡谷，如今又出现在巴伦。我已预见自己会看到当代的破坏与威胁，却没想到目睹了这些更古老的黑暗面。我走过的这些土地上到处都是看不见的人，无数生命在此活过又消失，无数死亡在此发生，有的快乐，有的不快乐。身处荒野，你会越来越难以忽视这些幽魂的存在。我原以为荒野是非人的、游离于历史之外的东西，这种想法如今看来非常荒谬，甚至是不负责任的。

不过，我也想起了当我们凝视着岩沟里繁盛的植物世界时罗杰所说的话。他对荒野的评论令我产生了未曾料想的震撼，令一些之前并无关联的想法开始渐渐汇聚，其他想法则被抛开。它让我认识到，我原本的荒野观念总是趋向一个严酷的自然守护神——以岩石、高山和冰川设置重重考验。然而，在岩沟中，我看到了另一种荒野：一片生机勃勃的植物生命，精力充沛，混乱无序，活力四射。在不同的荒野，时间架构也是不同的。我对荒野的感知总是被当地历史的引力所牵扯——相信它早期受到的冰与火的淬炼发挥着不可磨灭的影响。然而，岩沟里的荒野却与当下有关，与过程有关。它存在于连绵的、丰饶的此时此刻。

夜越来越冷了，我开始承受不住，便站起来，准备走向安全的回家之路。星星围绕着天极缓缓旋转，我在黑暗中穿过石柱、拱顶石、废墟和荒冢。

**

造成爱尔兰大饥荒的主要物质因素是相当明确的：基于不在地主制*的松散地产管理体系，以及农民将土豆作为单一主食的饮食文化。此外，马铃薯晚疫病发展迅速，毒性又强，它以惊人的速度蔓延，一夜之间就可以破坏整片农田。通常，土豆从地里挖出来时应该是坚硬的，呈金黄色，但大饥荒那几年挖出来的遭病土豆却是软烂的，且散发着臭气。绝望随着马铃薯疫病蔓延，而饥饿又带来了流行病：痢疾、伤寒。

一八四七年，饥荒达到顶峰，至少有二十五万人因此死亡。在一八四一年到一八七一年的三十年间，爱尔兰的人口因死亡和移民而减少了近一半，从大约817.5万人减少到441.2万人。人口普查显示，按最保守的估计，这些年的死亡人口应在一百万到一百五十万之间。死亡率最高的是西部和西北部地区。由戈尔韦、利特里姆、斯莱戈、罗斯康芒和梅奥组成的康诺特省失去了超过四分之一的人口。

死亡很少会干脆利落地到来。饥饿杀死一个人通常需要几个月的时间。大饥荒期间，美国传教士阿塞纳丝·尼克尔森（Asenath Nicholson）曾在爱尔兰旅行，一路发放《圣经》和食物。她曾这样写道：随着血肉慢慢从骨骼脱离，希望也渐渐离开人们的心灵，饥荒的受害者最后会进入一种绝望空虚的状态。根据她的记录，

---

* 不在地主制，指土地主人长期不在本乡居住，将其土地出租给他人使用的制度。

在"垂死的第二阶段",遭受饥饿的人能在某个地方一站几小时,"眼神空洞地盯着某处,直到有人过来无情地驱赶,他才会动一动"。尼克尔森写道,那些更接近死亡的人是很容易分辨的,因为他们会向前垂着头,"拖着长长的步子走路,经过别人时也无动于衷"。济贫院里的孩子们在饿死前会一动不动地在床上躺好多天,令人毛骨悚然。英国牧师悉尼·奥斯本(Sidney Osborne)在参观利默里克的济贫院时看到,"即便在死亡的那一刻,也不会有一滴眼泪或一声哭喊。我几乎没见过有人试着换个姿势……一张床上有两个、三个或四个人,躺在那里静静死亡,连痛苦也是寂静无声、一动不动的。"威廉·卡尔顿*的小说《黑先知》(*Black Prophet*)写的就是一八四七年的饥荒,书中描述了他在西部教区所目睹的"令人恐惧的荒凉":人们身形枯瘦,"眼神狂乱而又空洞,步伐虚弱而蹒跚",路上总因葬礼而黑压压一片,每个教区都回荡着丧钟,"声音缓慢而阴沉",施粥站门前总挤着"疯狂的人群","衣衫褴褛,一脸病容,瘦得皮包骨头"。

在受灾最严重的村庄,已经没有一个人还有力气挖坟墓了,于是尸体便被胡乱堆进草垛。在还能进行埋葬的地方,尸体会被埋入坑中,人们挖了几千个葬坑,至今仍有白骨从那些地方冒出来。在沿海教区,人们通常会在海边挖坟,因为海边的土壤最松软,死人接着就被堆进土里,一个压在另一个身上。有些坟坑挖得比较浅,随着尸体膨胀,最上面的尸体会被顶出地表,于是又

---

* 威廉·卡尔顿(William Carleton,1794—1869),佃农出身的爱尔兰作家,作品中大多表现爱尔兰农民的生活与苦难。

有野狗成群出没，以死尸为食。一位目击者说，这些畜生慢慢变得"膘肥体壮，毛色亮滑"，靠吃人肉长得圆滚滚的。狗吃死人，活人吃狗。

人们开始故意犯罪，这样就可以被流放外地——除了留在没有食物的爱尔兰，去哪儿都行。一八四六年平安夜，一位英国地方法官访问科克郡的斯基伯林，结果发现自己来到了博斯[*]或戈雅[†]的幻想世界。"短短几分钟之间，我就被至少二百个鬼魂包围了，这种可怕的形象是不可描述的。他们中的大多数都因为饥荒或发烧而精神错乱。他们恶魔般的喊叫声至今仍在我耳边回荡，他们可怕的形象在我的脑海中挥之不去。"

西部各郡的人们则大多是在自己的乡村茅舍和棚屋中无声死去的。大饥荒时期，一家人里最后一个死去的人往往会凭最后一丝力气爬到门边，把门关上、闩好，免得尸体被路人看见。这是饥荒中人某种黑暗的体面和尊严。之后，会有外人把小屋推倒，那便成为他们的坟墓。

***

八月，在我和罗杰的巴伦之旅的几个月后，我独自回到了爱尔兰西部，来到康诺特省的戈尔韦郡，就在巴伦的北面。为了对

---
[*] 耶罗尼米斯·博斯（Hieronymus Bosch，1450—1516），荷兰画家，其画作《人间乐园》中的地狱景象非常著名。
[†] 弗朗西斯科·戈雅（Francisco Goya，1746—1828），西班牙画家，擅长创作战争的残酷场面。

这片土地有个整体的把握，我爬上了加劳恩山脉的最高峰——查纳峰。查纳峰耸立在基拉里半岛，路德维希·维特根斯坦临终前曾住在半岛最西端的一幢房子里，那幢房子正是为存储饥荒救济粮而建的。他当时在那里潜心写作《哲学研究》。

在一个有风的晴天，我登上了查纳峰。我沿着人迹罕至的北坡上行，半路上，一只苍鹭从我头顶上的岩石上飞了下来——它形似一个由支架和帆布构成的折叠结构，突然撑开，又及时锁定姿势以保持平稳——随后弯曲翅膀冲向大海，朝罗斯路飞去。正午时分，我登上了峰顶：一片由平坦岩石构成的破碎台地，面积约四分之一英亩，表面被古老的冰川打磨得相当光滑。这里有一个小小的石堆，顶上放着一只角羊的头骨。我拿起那头骨，突然有水从它坑坑洼洼的鼻孔中流了出来，流到了我的手上和袖子上。我把它放回到石堆顶部，让它朝向东边内陆的方向，俯瞰一连数英里的空旷大地，以及夹杂其间的点点湖光。每年有成千上万的野鹅在那些湖上过冬。太阳出来了，阳光断断续续地穿过云层，温暖了我的双手和脸颊。面朝大海，我看到错综复杂、呈流苏状的水湾和半岛。近在咫尺处，一片片云母将阳光打散，于是连干燥的岩石也散发出光芒。我发现了一块大致呈金字塔形的石英，便保存起来，打算拿回我的风暴海滩去。

从查纳峰顶出发，我沿着山西侧的一条无名小溪返回。小溪汇入湖中，湖又形成河流，我便又沿着河走，傍晚时分，我终于来到了海边：在罗斯路以南约一英里处，有一片半圆形的白色沙滩，其圆弧两端之间的曲线距离约有半英里长。

我弯腰抓起一把沙子，看到许多沙粒其实都是镰刀状的贝壳碎片，小巧而洁白，像角质层一般，形状让人联想到海湾的曲线。人们分散地坐在沙滩各处，或在浅滩中涉水漫步。在半圆的两端，各有两三个小岛连成一条弧线向大海中伸展而去，岛与岛之间相距约二十码，由蓝色的水道分隔，退潮时海水会从中滚滚穿过。

明亮的阳光落在那些岛屿上，于是我想，可以游泳过去探索一番。我沿着海滩西南面的曲线行走，一直走到最外端——那是一片布满金色沙子的海角。南北两股海浪交汇，水纹呈平行四边形，对角线处仿佛筛出了一排钻石。

我把帆布背包举过头顶，涉水走进第一个潮汐水道，感受到沙子坚实的波纹铺在脚下，细碎的波浪冲击着小腿。看不清是什么种类的小鱼从我脚旁倏忽游过，有一条小小的黄盖鲽或欧洲鲽突然蹿上来，扬起一团沙子，随后便滑走了。水道迅速变深，海水很快就没过了我的胸，颜色也从浅水湾那种亲切的绿色变为更冰冷的蓝色。同时我还能感觉到，水的流速也加快了。浅水的温暖渐渐被一缕缕、一团团的寒冷冲散。

我到达了一连串岛屿中的第一个，接着又走进第二条水道，这条水道比之前的更深，走到中间，海水便没过了我的胸，在水流的冲击之下，我几乎要失去平衡。水道再度变浅时，我才松了一口气。我来到一片金色的沙滩上，在被反复冲刷硬化的沙子上留下了一串浅浅的脚印。

我在沙滩上坐了一会儿，晒着太阳，吹着风，身上慢慢干了。接着，我便出发去探索我的鲁滨逊之岛。岛上没太多东西，整座岛宽约二十码，长约三十码，高出水面十英尺左右，海边一带遍地岩石，上面是绿色的低地和金色的沙滩。我一边走，一边观察着这里的高水位碎屑线*，它像是一排带着锈迹的等高线，环绕着岛屿。这些线表明，即便风暴来临，这个小岛也不会被淹没。天气预报说今天是个晴天，而且这座小岛是一个如此充满野性与美的地方，于是我决定在这里过夜。

时间渐渐从午后过渡至夜晚，我背靠着一块高大的岩石坐在沙滩上，眺望大西洋，岩石把白天存储的热量传递到我身上。我吃了些沙丁鱼和黑麦面包，又用小刀切了几块奶酪。海湾里，宁静的水面波光粼粼。太阳越垂越低，空气变得更冷，随着潮水上涨，我之前走过的水道变深了，水流也加快了。我感到平静占据了我的心。现在没有办法离开这个岛，要在这种时候上岛也不容易，这种既无法逃离、又不会被搅扰的状态，倒让人觉得安心，和我在本霍普山上感受到的恐慌完全不同。这是一次快乐的放逐。W. H. 默里是怎么写的？"发现了美，请停留。"

过了一阵，太阳落到西边的海里，在海面上铺出一条晃动着的金色大道，一直延伸到小岛的岸边。几乎就在同时，星星也跃入眼帘：天空晴朗无云，不受人造光源污染。星星一颗颗出现，我开始计数，直到它们出现得太快，我再也数不过来了。于是，天空布满明亮而繁密的光点，空气似乎也因此变得柔软而生动起来。

我睡在小岛最高处的一个沙坑里，睡得出奇地好，一觉到天

---

* 碎屑线，指涨潮后被海浪冲刷到海滩上的残留物形成的线。

亮。苏醒的瞬间我先是感到惊讶,接着便为自己身在此处而欣喜。我在一个荒岛上睡了一夜!每个读过《燕子号与亚马逊号》(*Swallows and Amazons*)*的小孩都有这样的梦想。这片温柔的土地允许我以它为家,尽管我知道这种拟人化的幻想很荒谬,但依然感觉小岛在保护着我,怀抱着我。这和我在本霍普山上的感受完全相反,两相平衡。这个岛属于宜人的荒野,那座山则属于冷漠的荒野。两者都令人惊叹,我很高兴自己两处都认识到了。

小岛两边的海水平静地晃动,表面光滑耀目,内里清澈透明。看着这几道湾流,我想起在涨潮之前我还有一个小时左右的时间返回陆地。我脱下衣服,小心翼翼地走过小岛朝向海湾一侧的那排黑色岩石。脚底的石头非常冰。我轻轻滑入水中,因寒意而呼吸急促,接着便顺势倚向海水。波浪难以察觉地微微起伏,仿佛只不过是海水自然流淌,将我抬起又放下,似乎是为了给我脚下经过的什么东西让路。

那天早上八点左右,太阳已从东山升起,我沿着海滩的斜坡走下来,走进潮汐水道,涉水返回。海水重重压在我的腿上,温暖的海面上升起盐的咸味。我向着镰刀形的海滩蹚水而去。

***

那天上午晚些时候,我驱车向北来到韦斯特波特,登上了克

---

* 英国作家亚瑟·兰塞姆(Arthur Ransome)的系列儿童探险小说。

罗帕特里克山。这是屹立在此的一座圣山,所在的土地曾被称为"穆雷斯艾格里"(Mureisc Aigli),意为"老鹰的滨海湿地"。我原本希望在克罗帕特里克峰顶过夜,那里曾有一座凯尔特山丘堡垒,后来成了一座干石礼拜堂。没想到,我还无意中选了一个神圣日来登山,那天是耶稣升天节,上山的道路被好几百个朝圣者挤得满满当当,他们都是来自周边城镇和郡县的居民,男女老少都有,以挑战高山的方式来检验自己的天主教信仰,个中缘由我并不能理解。我跟他们一起上山,一路上听他们说话。不少男信徒选择赤脚赤膊登山,被山石划伤的双脚不断渗出鲜血。

我没料到会有朝圣者,也没料到克罗帕特里克山顶上会有垃圾:巧克力棒的包装纸被塞进岩石缝里,腐烂的香蕉皮被丢在新礼拜堂的门外。在这里,神圣与亵渎结合,令人不安。我把山顶留给朝圣者去体验了。

在度过了奇妙的海岛之夜后,我还想在高海拔地区睡一晚,于是我驱车回到了姆威尔雷山的南麓,那是耸立于杜湖——即黑湖——之上的一座大山。之前经过姆威尔雷山的时候,我曾看到山腰有一片无名洼地悬在黑湖上方,看似不易到达。我想,这或许是个过夜的好地方。

黄昏时分,我来到了那片洼地。站在洼地边缘,距离谷底约有一千英尺,我发现自己所在之处是一个盛满青草和石头的巨碗,四周石壁高达六百英尺,一排美丽的瀑布濯洗着山石。

我猜测,这片洼地几乎没有什么人来过。人们没理由过来:这里没有水可以捕鱼,甚至没有直通姆威尔雷山的便捷小路。这是一个只属于自己的失落世界，出入都只有一条路。红日西沉，瀑布在越来越浓厚的暮光中变成团团水雾，胜景如此！

不到一小时后，有苍白的浮云在山顶聚集，遮蔽了峭壁的顶峰，于是透过暮色，条条瀑布仿佛从天而降，冰凉透骨，不见源头。除了瀑布的轰鸣声，山谷里是一片绝对的寂静。我可以由洼地俯瞰到下方的一部分山谷，还有那片黑湖，湖面一片沉静，仿佛一块漆黑的铁板。

据说，大饥荒中最惨痛的故事之一，就发生在那天晚上我看到的山谷。一八四九年那个寒冷的春天，大概六百人聚集在了山谷北边的小镇路易斯堡，其中许多都因饥饿而濒临死亡，所有人都指望着在路易斯堡的某个救济站找到一些食物。食物，或者一张进入韦斯特波特救济院的通行证，至少能让他们多活一段时间。但是路易斯堡的救济官员告诉人们，他既不能给他们食物，也不能给他们通行证。他说，他们得去找本地的济贫法监护官霍格雷夫上校和莱基先生，这两人将于第二天在德尔斐庄园见面。那是位于山谷南端的一座大宅，距此地十英里远，要越过黑湖才能到达。

关于接下来发生的事情，有两种截然不同的叙述。其中令人痛心的版本见于詹姆斯·贝利（James Berry）的《西爱尔兰故事集》(*Tales of the West of Ireland*)。据贝利所述，那天晚上，人们就露宿在路易斯堡的街道上。那夜十分晴朗，气温急剧降低，第二天早上，约有二百人被发现冻死在他们所躺的地方。活下来的人们开始向南长途跋涉，越过斯特罗帕布埃山口，又绕过黑湖。

当时没有公路，他们就走放羊的小径。河上也没有桥，旅行者们不得不两次横渡格兰基恩河；又因为前一晚刚下了雨，河水十分湍急。

他们终于到达德尔斐庄园时，两位监护官仍在吃午饭，便派人吩咐灾民等在那里。于是他们在庄园周边的树丛里坐下，有几个人因过度劳累而当场死去。等霍格雷夫和莱基终于吃完午饭，来到灾民们所在的地方，却告诉他们救济粮和济贫院的通行证都发不了，还让他们返回路易斯堡去。

活下来的人又掉头向北，沿着他们刚刚艰辛跋涉而来的路径返回。这时天气更加恶劣了，风向转为西北，带来了雨雪和冰雹。涉水过河加上雨雪冲击，使他们湿透的衣服迅速冻结，像"僵硬的铁板"一样紧贴着他们的身体。许多人因寒冷和疲乏在路边死去。当剩下的人到达黑湖上方的斯特罗帕布埃山口时，风势巨大，而他们又太虚弱，以至于又有几十人被抛入湖里，溺水而亡。

根据贝利的记录，第二天早上，从格兰基恩回到休斯敦府的路上遍布着尸体，"数量之多，就如秋天田野里的玉米捆"。路易斯堡的救济官听说了这个悲剧，召集了一批同样近乎饿死的人，让他们沿着尸横遍野的小路埋葬死者。当埋葬队伍到达黑湖时，发现尸体实在太多，已经没有足够的地方来埋葬了，只有斯特罗帕布埃山口和黑湖之间那片沿着峭壁边缘延伸的小峡谷，还有可供埋葬之处。贝利写道："于是他们不得不把所有的尸体聚集起来，运到小峡谷附近集中掩埋，就像在战场上那样。灾民们从此长眠，风的叹息穿过高高的野生蕨类，在他们无名的坟墓上方，唱起永恒的安魂曲。"

那天夜里的凌晨时分，我在黑湖上方的洼地中醒来。云已经散了，月光倾入山谷。我感到渴，于是便拿起金属杯走到洼地边缘，用杯子伸入瀑布中接水。水敲着金属杯，发出清脆的铃音。我喝下这冰凉而清澈的雨水，又俯瞰漆黑的山谷。山影投在湖面两侧，映出清晰的黑色轮廓。星光倾洒下来，那是死去的星星发出的古老光芒。星光落处，起伏的山地和岩石投下浓重的月影。我看见夜风从山谷的草地上掠过，被搅动的荒草有如魂灵。

山峦

三月底，一连四天，整个大不列颠迎来了一场意料之外的大雪。一周之前，春天已经到来了：白蜡树上的黑色冬芽已经转绿，我开车去梅利斯拜访罗杰时，还看到棕色的野兔在萨福克田野里穿绕奔跑。但是风向突转，北风带来了冰冻般的寒冷，春意行至半途，突然停步。撒砂车在公路上作业，呼啦啦抛出盐粒和石头。孩子们在我家附近的安静道路上做了一个滑冰道，他们推推搡搡排成一队，滑来滑去把冰面打磨得像牛奶瓶玻璃一样坚实。约翰，就是驾船送我去恩利岛那位，从位于皮克山区霍普谷的家中写信告诉我，他花了两天时间追踪野兔。他在信中说到巨如鲸身的雪团，又说起了野兔，它们仍披着一身白毛，在雪中不慌不忙地漫步。

我原本希望春天能够守住阵脚，因为我很想看到寒冬之后，大地耸动，一点点焕发出生机的样子，很想再感受当时我在岩沟中偶然得见的那股暖意，我已有一段时间没有在旅程中再体验到那种感觉了。我的原计划是去兰开夏郡的鲍兰森林，在那里我可以尽情探索里布尔河和伦河丰茂的河谷，晚上还能在河岸上过夜。罗杰本来要和我一起去，但突然回归的大雪打乱了我们的计划。于是，我决定独自去坎布里亚山区来一场好好的夜行。

大雪能加持月光的效果，这意味着在晴朗的夜晚，来到冬季的山峦上，你放眼望去便可直视三十英里之外。我知道这一点是因为我之前有过几次这样的经历。有几次，但并不多，因为要想冬日夜爬，你需要集齐如下条件：满月、浓霜、晴天，以及忍受彻骨之寒的意愿。

我看了天气预报，说预计还有另一个"雪弹"——被其他锋面拉向南边的极地低压余波——将袭击英格兰北部，随后它将很快为一个高气压让路。雪弹落地时，山上的气温预计将降至零下十五摄氏度，同时风速将达到每小时五十英里。将夜爬条件齐备，恐怕是奢望了……但机会就在那里，于是我离开了剑桥，去往湖区中西部丘陵地区的巴特米尔：又一次站在由花岗岩和凝灰岩构成的硬石地面上。

"湖区是资产阶级的另一项发明吗，就像钢琴那样？"奥登在一九五三年如此问道。当然，那里的茶店和斑驳小道都给人那种感觉，仿佛数百万游客的喜爱已经将它驯化。但我希望，在夜晚的雪地中，我还能捕捉到它残存的野性。

***

Noctambulism（夜行）一词常被人当作"梦游"理解。但这并不准确：这是把 noctambulism 和 somnambulism（梦游症）混淆了。Noctambulism 的意思是"在夜间行走"，从词源学上讲，无论醒着还是睡着，都适用于这个词。通常来说，人们在夜间出来走路是因为他们想要寻找忧郁感，说是一种独特的、想象性的忧郁更为确切。弗兰兹·卡夫卡曾写过，夜晚行走时，他觉得自己仿佛人群中的幽灵——"没有重量，没有骨头，没有躯体"。

而我找到了另一个夜晚外出的理由，那就是黑暗甚至能给一个平凡的地方也带来一种荒野的氛围。水手们常说，从海上看去，熟悉的地方也会产生神秘感，这种视角能让最寻常的海岸线都显得陌生。黑暗中的风景也有类似的效果。塞缪尔·泰勒·柯勒律治也曾在湖区夜行，他将这比喻为一个刚刚失明的人触摸孩子的脸：同样寄予充满爱意的关注，同样依据形状和轮廓而猜测，同样怀有一种熟悉而又陌生的感觉。夜晚，新的连接方式产生：通过声音，通过嗅觉，通过触觉。感觉中枢被改造了。黑暗激发了各种事物之间的联系。你于是能够更加清晰地感觉到，风景是由一系列因素混杂交融而形成，混合了地质状况、记忆、运动和生命。大地的面貌没有改变，但变成了另一种存在：由揣测而来，实体性削减，而力量增强。你进入了一个全新的地理空间。夜间身处野外，你会明白野性不仅是大地的永久特性，还是一种会在雪落之后、日落之时降临于某地的气质。

然而，就在过去这两个世纪，我们已学会了如何驱逐黑暗。智人进化为一种昼行动物，擅长在阳光下活动，夜间的行动能力则很差。因为这一点以及若干其他原因，我们设计出种种精致道具来照亮我们的生活，抵消黑暗对我们的限制，同时也推翻了昼夜交替的节律。

如今地球上现代化地区的人工照明如此普遍，亮度之强，以至于从太空中都可以轻易看见。那些未被有效引导的光，在被空气中的小颗粒（如水滴和尘埃）散射之前冲上夜空，形成一片光霾，称为人造白昼。看一看在无云之夜拍摄的欧洲卫星图，你会看到一块遍布光芒的大陆。意大利是一只缀满亮片的靴子；西班牙的海岸镶着一圈光边，内陆则星光点点。英国最为炫目，未被点亮的区域只出现在大陆荒凉的边缘地带，以及那骨架般的一线山脉。

与耀眼的地光相比，星光相形见绌，即便在晴朗无云的夜晚也常常不见踪影。城市久久笼罩在钠光灯的永恒暮色中，城镇的天空被染成橘黄色。这种光也扰乱了自然的规律。迁徙的候鸟撞在灯火通明的大楼上，错将它们当成白天的天空。树木落叶和开花的模式原本是由对昼长的感知来调节的，如今便遭到了扰乱。萤火虫的数量也出现锐减，因为它们以信号灯作为求偶的手段，在如今的夜晚，它们的亮光已经不足以被看见了。

***

我到达山区时，已是傍晚时分。雪线维持在常规高度，一千英尺左右,将世界一分为二,一边是灰,一边是白;一边在下,一边在上。从天色可以明显看出,另一场大雪又要降临了。乌云从东边而来,笼罩了大地。大雪迫近,焦棕色的光团将天空染了色。细雨夹着雪花落下来,我的脸颊和鼻子因寒冷而颤抖。

上山的路从湖岸穿过高大的橡树林,弯弯曲曲地延伸。粗粒的残雪在树木间堆积成排,在树根处环绕成圈。我从树枝和树叶边擦过,积雪便如糖霜一样撒在我身上。路上我遇到了三个人,都是下山的。我每次都会跟对方简单聊几句,彼此感叹如此天气里这片土地实在太美,之后再各自继续赶路。

半小时后,我来到了环抱着布里伯利湖的宽阔山谷,山谷后是一连串山峰,包括红矛峰、高阶峰和高岩峰。我向东方和北方望去,极目所见唯有白茫茫的一片山峦。远方我不知道名字的山上,雪原在暮色中散发出明亮的光芒。风很冷,直直向我吹来。因为风势太大,我不得不像表演杂技一般向前倾斜五度,倚风而行。

山谷上方的道路上覆盖着一层厚实而坚硬的雪,石头上裹着冰。在山道的右边,我注意到有一排不规则排列的红色小冰柱,最高的也只有一英寸高,像石笋一般立在雪地里。两天之前,这场雪初落时,一定有人滴着血走过了这里,血流进雪里时便冻住了。之后,又有一阵大风拂去了表层松动的雪,于是只有冰柱留在原地,每一枚冰柱都是一滴鲜血。

当我来到海拔两千多英尺的山脊时,雪势已增强为暴风雪。能见度不过几英尺。白茫茫的大地被白茫茫的天空所包裹,此时连在风中站立都困难了。我需要找一个地方睡觉，避过这阵最猛烈的暴风雪，于是我四处寻找有遮蔽的平地，但遍寻不得。

接着，我看到了一片湖泊，形状接近圆形，直径大约十码，夹在两座小峭壁之间，已冻得结结实实。湖面呈瀑布般的乳白色，质地坚硬，微微凹陷。我小心翼翼地走到湖中心，轻轻跳了几下。没有一丝裂纹出现。我好奇鱼都去了哪里。这片湖即便算不上一个躲避风雪的好地方，也至少是目前最好的选择了。湖面平坦，两边的峭壁多少可以挡风。我的睡袋和露营包则足够让我保暖。而且，我很喜欢在冰上睡觉的想法，那就像是睡在一面银盾或玻璃上。我希望在我醒来的时候，天空已经放晴，好让我启程夜行。

***

画家塞缪尔·帕尔默[*]和诗人爱德华·托马斯都了解并喜爱黑夜的野性气质。无论在黄昏、黎明还是深夜时分，帕尔默都会在肯特郡肖勒姆村附近的乡间散步。十九世纪二三十年代，他和一群画家朋友曾在那一带居住，他们被称为"古人"。在他们夜晚结伴散步的时候，有时会一起高唱《麦克白》中的女巫之歌。帕尔默的水彩画和蚀刻画中充满了他在肯特郊野所感受到的种种惊奇。

通过学习公认的大师威廉·布莱克（William Blake）的作品，

---

[*] 塞缪尔·帕尔默（Samuel Palmer, 1805—1881），英国风景画家、作家、版画家，英国浪漫主义的重要人物。

帕尔默渐渐摸索出自己的艺术语言来记录那种惊奇：黄昏中，树叶在眼前的舞蹈；清晨和傍晚时靛青色的天空；丰收季节那奶油般浓厚的月光。在他看来，即便是肯特郡那遍布农田的土地也充满了一种奇妙的野性，这种野性呈现为某种能量、秩序和节奏。对帕尔默而言，枝头长出苹果是奇迹；起风的清晨，成熟的玉米地里现出的图案，也是奇迹；月光透过云朵，映出鱼鳞般斑驳的花纹，也是奇迹。

爱德华·托马斯自幼便喜欢漫步，无论白天还是黑夜。在他二十五六岁时，每当心情忧郁，他便会独自到威尔士和英格兰的偏远地区长时间地徒步旅行。和许多忧郁的人一样，他也发明了一套独家的放松办法，希望能帮助自己减轻痛苦，以漫长的旅行平复悲伤。

他出版于一九〇五年的一本薄薄的书《威尔士》（Wales）留下了其中一次旅行的记录。这本书读上去像是一个幻想故事，或一首歌曲；它是对托马斯旅程的一段近乎迷狂的记录，其中包含托马斯如何用几个月的时间去探索那里的荒野——河流、山脉、河口、森林和湖泊。他一边在这些地区穿行，一边与路上遇到的人交谈，记录下他们讲述的故事，以及他们偶尔唱给他听的歌。他写这本书用的是一根羽毛笔，是用他在肯菲格沙滩上捡到的鹅毛切制而成的。

在《威尔士》中，托马斯在黑暗中疾行，又于白日里看到山峰"在铺满白云的天空中书写着连续不断的荒野传奇"，这一切都令他沉醉。他还描述了夜晚的大地如何失去色彩，而阳光重返时，世界再次苏醒，又重新恢复了颜色。有一年冬天，山上的气温太低了，他不得不停下脚步，借羊群湿热的呼吸取暖。还有一天黎明，在夜行群山一整晚之后，他来到了两座山峰之间的一条狭窄山口，在一片橡树和榛树组成的矮树林里休息。薄雾从地面升起，将他环绕，在即将消逝的月光中，他写道，他看见了"一千座由云雾和山峦构成的白色岛屿"。

在《威尔士》的结尾，托马斯在夜晚的山巅之上感慨道："很明显，不同于城市，这是一个古老而动荡的世界，这里的光明、温暖以及陪伴总是美好的。"在第一次世界大战爆发一年之后，托马斯应征入伍。他加入了"艺术家步枪队"（Artists' Rifles）——一支在伦敦和米德尔塞克斯地区组建的大型志愿部队。他先被派往位于埃塞克斯的兔厅训练营（Hare Hall Training Camp），并担任读图指导，在这里，他用上了徒步旅行时学习到的地形学知识。一九一七年一月，他被派往西线战场。一月二十九日，也就是他离开英国的前一天，他给妻子海伦写信说，一旦他"到了那里"，他就"不会再说再见了"。从他在前线时写的信件和日记中可以清楚地看出，托马斯经常回忆起自己徒步旅行的日子，那些年空旷而自由的生活于他而言是一种持续的安慰，直到阿拉斯战役打响的第一天，黎明刚过，他便在炮弹袭击中身亡了。

＊＊＊

山脊上的暴风雪持续了两个小时。我贴地躺着，感到很冷。

红色的芦苇从冰面上支出来，在风中摇曳。开始落冰雹了，这些冰雹形状各异，起初像是小药片，后来变成胡椒粒大小的粗糙小圆球，倾泻不绝。半个多小时后，冰雹变成了飞雪，质地如盐粒，打在冰面上发出咝咝之声。我开始感到寒冷从心底升起，仿佛身体里也渐渐结了冰，浮冰在我体内游弋，冰脊穿过我的四肢，白色的冰鞘包裹了我的骨头。

不过，我还是睡着了，几小时后我醒来，发现雪已经停了，云层淡去，可以看到一枚晚冬的月亮挂在群山之上：满月刚过，右边微微缺了一牙，周围众星环绕。我站起来，在冰湖上跳了一小段舞，一方面是为了暖和起来，另一方面则是因为只要回头便可以看见我的月影在雪地上与我共舞。

我感激月光为照到我身上而大费周章。它以每秒约十八万六千英里的速度离开太阳，在太空中行进了八分钟，也就是九千三百万英里，抵达月球表面后接着反射进入太空，又行进了一点三秒，也就是二十四万英里，之后穿过大气层，才最终落到我身上：数以万亿计的月光光子倾泻在我的脸上以及我身周的飞雪上，让我看到满目银色，也挟我的月影翩然起舞。

我醒来后，迎接的是一个金属的世界。山谷对面的山上，那平滑无瑕的雪坡是铁灰色。更深重的月影则呈钢青色。除此之外，便没有其他真正的颜色了。一切都是灰、黑和锐利的银白。倾斜的冰层如锡一样闪着光。不计其数的冰雹四散如子弹，撞在每一块石头上，积在雪坑里。空气中有矿物和冰霜的味道。在湖面上我之前所躺的位置，冰层融化了一些，于是出现了一个浅浅的凹陷，如古时的石棺，被月光勾勒出了影子。

在我的南边，山脊微微弯曲，延伸了两英里左右。它时而像人行道一样狭窄，时而像马路一样宽阔，沿途有三座参差的孤峰。西边和东边是月光无法照到的陡峭山谷，它们隐没在漆黑色的阴影中，以至于上面的山岭看上去仿佛悬在空中。

我开始沿着山脊走。没有风，但寒冷让我感觉脸颊火辣辣的。我能听到的声音只有自己的呼吸声、脚踏硬雪的吱吱声，以及脚下冰层如树枝断裂般的呜咽。我经过一座冰丘，它光滑平整，如河坝的基座。我的影子在身后拖了几码长。有一次，我在一个崖顶驻足，看到两颗流星近乎平行地沿着漆黑、悠长的天穹滑落下来。

我来到一个很大的水潭，潭面已经冻结，我拿起一块尖尖的石头，在冰面最薄的地方凿开了一个锥形的洞。漆黑的水从小洞汩汩流出，我跪下来，把嘴靠近冰，喝了几口。我又抓起一把雪，一边走一边用手揉捏、拍打，直到它慢慢缩小，变硬，成了一块小小的白色的冰石。

地势越来越陡峭，我在一块块岩石之间腾挪，努力站稳。到了冰雪较稀薄的地方，我向东面走去，这样我就可以沿着"檐口线"前进。这条线纤细而精美，沿着山脊边缘和月形沟渠之上，延伸出一条柔和的曲线，如同经过工程设计一般。

几朵小云飘过天空。每当有一片云从月亮前面经过，世界便换了一个滤镜。起初我的双手是银色的，地面是黑色的。接着我的双手变成黑色，而地面变成银色。于是随着片片云朵经过月亮，我一边走,一边经历从负片切换到正片再切换到负片的变化。

***

人的眼睛有两种类型的感光细胞:视杆细胞和视锥细胞。视锥细胞聚集在视网膜的中央凹处。由中央凹向外,视锥细胞密度逐渐降低,视杆细胞占据主导地位。视锥细胞负责我们的敏锐视觉以及色彩感知。但它们只在光线明亮的条件下才能较好地发挥作用。当光线减弱时,眼睛就会转而依靠视杆细胞。

一九七九年,兰姆(Lamb)、贝勒(Baylor)和游景威(King-Wai Yau)三位科学家证明了只需单一光子撞击便可激活视杆细胞。他们设置了一个吸附电极,来记录具有密集视杆细胞的蟾蜍视网膜的膜电流。接着,他们对准视网膜发射单个光子,膜电流便显示出明显的波动。这项实验被公认为最美丽的光学实验之一。

视杆细胞需要长达两小时的时间来充分适应黑暗。一旦身体检测到光线水平降低,它便开始产生一种叫作视紫红质的感光化学物质,视紫红质在视杆细胞中集聚,这个过程被称为暗适应。

因此,我们在夜间实际上会变得对光更加敏感。夜间视觉虽然不如白日视觉那样清晰,却是一种更加高级的视觉形式。我发现,在非常晴朗的夜晚,即便在海拔为零的地区,也可以在自然光中坐下来读书。

视杆细胞在低光照条件下的工作效率很高,但它们感知不到颜色——只能捕捉白色、黑色和介于两者之间的灰阶*。对视杆细胞而言，灰阶近似颜色：视觉科学家将视杆细胞的这种感知效果称为"鬼影"（ghosting in）。正是由于这个原因，在月光之下，整个世界仿佛被抽去了色彩，取而代之的是微妙而忧郁的阴影。

当满月照亮冬季的群山时，你会看到最明亮的夜景。这样一片洁白、平整、倾斜、光滑的景观，能够最大限度地反射光线。对于夜行者来说，唯一的困难在于当你走进一块巨大岩层的阴影中，或穿过四面八方都是月影、几乎透不过一丝光的山谷的时候。这时，山谷的陡峭程度将被放大，你会感觉自己处在深深的谷底，渴望再次看到月光的银线。

当你在夜间探访森林、河流、沼泽、田野或者甚至城市的花园，会产生与白天完全不同的感受。颜色似乎消失了，你必须通过阴影及其深浅来判断距离以及轮廓：夜视需要更加专注，更加注意位置关系，而这些都是白天所不需要的。

令夜行者惊叹的，还有夜空的亘古不变与无尽无涯，天气晴朗时，星星还会赋予夜空一种深度，这是云层萦绕的白昼远远无法比拟的。无云之夜，仰望夜空，你会突然感到一阵眩晕，仿佛你的双脚马上会从地面脱离，身体将向上坠入天空。观星能让我们感悟万物的秩序，以及时间和空间的尺度，这些都超乎我们的想象：所以自人类文明有记载以来，人们就一直对月亮和星星怀有谦卑和敬畏的梦想，这并不奇怪。

---

* 灰阶，即地物电磁波辐射强度表现在黑白影像上的色调深浅的等级。

人工照明的出现令夜晚祛魅了，不过即便有人注意到这个现象，也只会将其视作当代生活一个令人遗憾但也微不足道的副作用。然而，在山顶上的那个时刻，看着星星如此清晰地从遥远的夜空滑落，我感到我们与暗夜的日渐疏离是一个巨大而严重的损失。作为一个物种，我们人类已越来越难以想象自己属于某种超越我们自身的东西。我们渐渐产生了一种自视甚高的异端思想，一种坚信人不同于其他任何事物的人本主义信念，于是我们压制一切可能对我们形成约束和制衡的东西——正是那些东西提醒我们，世界要比我们自身博大得多，而我们只是其中的一部分罢了。自各方各面来看，我们都在极力回避与自然世界的感受关联。

群星的黯淡只是人类背离真实的一个方面。我们的生活被从所属之地剥离，经验被抽象为各种无须触摸的形式，这种例子比比皆是。我们经历着前所未有的去实体化和去物质化的过程。技术世界几乎无限的连通性，尽管带来了诸多益处，却以让我们失去与万物的接触为代价。我们在很大程度上已经忘记世界给人的真实感受了。于是新的灵魂疾病纷纷浮现，这种不幸正是我们与世界疏离的复杂产物。我们越来越忘记了，塑造着我们思想的，是我们身处于世的切身体验——关于空间、质地、声音、气味和自然规律——以及我们所继承的基因、我们所吸收的意识形态。在周遭世界的物质形态和由想象构筑的内心世界之间，存在一种持续的、意义重大的交流。干热的风拂过脸颊，远方雨水的气味飘在空中如同一条溪流，小鸟尖尖的脚爪落在伸出的手掌上：这样的体验塑造了我们的存在以及想象，这个过程无法分析，却也不容置疑。双手抚摸阳光晒热的岩石，观察一群纷扰起降的飞鸟，或凝视雪花无可挽回地落在掌心，这些感觉都如此真实，毫不复杂。

五十年前，登山运动员加斯顿·里布法特（Gaston Rebuffat）在回忆录《星光与风暴》（*Starlight and Storm*）中就谈到了一种逃避真实的倾向正在形成。里布法特见识过真实。他曾在山中度过不少日夜，他去过北方，在岩洞和雪洞里露营过，也曾在各种天气、各种时间徒步和登山。星光和风暴，对于里布法特来说，是不可或缺的能量，因为它们会令从中穿过的人感受到世界自身的力量和进程。一九五六年，他如此写道：

> 现在这个时代，真实的东西已经所剩无几，黑夜已经被驱逐，此外还有寒冷、风儿和群星。它们统统被中和了：生命的节奏变得模糊不清。一切都如此迅速，如此聒噪。人们匆匆走过，全然注意不到路边的野草，它的颜色，它的气味……但是，人与高山的相遇，是多么奇妙的事！在那里，他被寂静包围。如果有一片像玻璃窗一样陡峭的雪坡，他便爬上去，在身后留下一串奇怪的痕迹。

* * *

在缓步行走一小时之后，我到达了这座山脊最后的山峰，峰顶一片平坦。从顶峰向下，东南方有一条陡峭的小冰沟，只有二三十英尺长，两边弯弯上扬，冰面清澈闪亮。再向下是一处鞍部，还有一座小矮峰。我坐下来，用脚后跟探路，蹭到冰沟的边缘，再慢慢往下滑，用脚跟当刹车，铲起一层层冰屑。滑行的时候，我感到阴冷的夜风在我脸上炸裂，仿佛我正在撞碎一块块冰板，又慢慢停了下来。之后，我在露出地表的岩石之间清出了一片地方，扎好帐篷，准备睡觉。

我在日出之前醒来，伸了伸懒腰，跺了跺脚，双手捧在嘴边呵了几口气。最后，我走到岩层东边的硬雪堆，凿出一个雪座，坐在上面，看白色的群山之上，黎明破晓，如极地之境，一片素静。

最初的征兆是一条淡蓝色的带子，像一条细钢条，紧紧贴在东方的地平线上。这条带子开始发出暗橙色的光。随着光明的降临，一片新的景观从黑暗中浮现出来。群山屹立，轮廓清晰。一束束纤长的卷云交织在一起，形成疏松的网格，出现在空中。接着，太阳升起来了，一开始是椭圆形，红彤彤的。我坐在那里，观赏黎明，眺望这片既是英格兰又不像是英格兰的土地，寒冷一点点渗透我，白色的山峦隐没入白色的天空。不知是何原因，坐在这片雪峰上的感觉与在本霍普山顶上完全不同：或许是因为房屋、城镇、居民都离我只有一小时左右的距离，又或是因为夜间漫步给人一种身处异世的奇妙感觉，我知道，我永远也不会忘记这种美。

大约半小时后，天色稳定下来，变成了一种高远的蓝。我站起身，感到双腿关节深处由寒冷所带来的僵硬，但也感到脸颊和手指上清晨阳光的温暖。我开始下山。往下走时，大地开始从寒冷中解放出来，冰片在脚下迸裂。我能听见融水在硬雪下汩汩地流。随处可以看到黄色的草丛由雪地里冒出来。我正在走出冬天。

黑色的石壁上涌出一道瀑布，只有一部分结了冰：形成一道坚硬的冰闸，冰层融化留下深色的印记，纹路斑驳，非常美，水从闸门里滚滚流出。在经过夜晚的平静之后，湍急的水流显得令人惊奇。我在那里站了一会儿，盯着它看。落水在石头上凿出一片水潭，我从里面舀了些水来喝，又折了一根冰凌，边走边吃。不远处，我在一块岩石上发现了一个葫芦形状的洞，里面的水已经凝结成冰。我撬开冰的边缘，发现表层两英寸厚的冰层是可以掀起来的，下面则是清澈的水。冰层的厚度正像潜水艇的窗玻璃，我把它举到眼前，透过它去看模糊了的世界。然后，我喝了一些冰层下冰凉而清甜的水，便沿着陡峭不平的山路继续下山了。

回程路上，我穿过湖岸的森林，林子里鸟鸣正欢。我感觉有些疲惫，但并不想睡觉。湖口附近有一座石木小桥，就在桥的下游，河流变宽的地方，有一个深深的池塘，池水清澈，岸边长着青草。

我坐在草地上，看到水面波光荡漾，河床上的鹅卵石也反射着光。我在河岸上躺下来，卷起袖子，把手伸进小溪的底部，那里的水一时摇晃一时静止，摆弄着阳光，我还捡起一块白色的石头，发现它上面有一圈蓝色。我坐在河岸上，手里拿着石头，试着罗列此时此刻所有对它产生作用的运动要素：地球以每小时一千英里的速度围绕地轴自转，以每小时六万七千英里的速度围绕太阳公转,在惯性空间内缓慢地矫正岁差[*],还有一个运动包含了这一切,即银河系自身在宇宙的暗夜中无法估量的外向运动。我还试着想象,这块石头正遭遇着接连不断的光子冲击——星星光子、月亮光子和太阳光子——数万亿高速旋转的无质量的粒子以每秒十八万六千英里的速度撞击着这块石头,也撞击着我,尽管石头还结结实实地在我手里,我却在一瞬间感觉到被什么东西穿过,构成我身体的,更多的是缝隙,而不是实体。

我脱下衣服,走进水里,感觉仿佛有冰冷的铁环滑上了我的双腿。我缩起身子,坐在水里,让水没到我的脖子,太冷了,我大喘着气。水流轻轻推着我的背。我听到一位农人的口哨声和吆喝声,看到一群羊像白雪一样飘过湖对岸绿色的田野。下游几码远的地方有一个涡流池,位于两块黑暗的大石之间,凹陷冰层的弧形边缘露出了池水表面。东方天空上,太阳已经饱满,而西方天空上还挂着月亮的残影,于是二者相对高悬于雪白的山峰之上:橙色的太阳在燃烧,月亮是其冰冷的复本。

***

十九世纪初,萨缪尔·泰勒·柯勒律治陷入了一种深深的忧郁,在他漫长而压抑的一生中,这是最严重的一次。他身患疾病,还爱上了一个并非他妻子的女人,用他自己的话说,忧郁的"暗

---

* 惯性空间即相对于恒星所确定的参考系。岁差即地球自转轴绕黄道轴旋转产生的周期性变化,它是地球公转与地轴运动相结合的结果。

淡羽翅"扫过了他。

那个时候,他住在湖区的凯西克,便向家周围的那片荒野寻求慰藉。他开始漫步:独自一人,越走越远,行走时不管天气如何,有时候还是在夜晚。从一八〇二年夏天一直到一八〇三年冬天,他进行了一系列的荒野漫游,每次都要持续好几天,所到之处包括瀑布、森林、峭壁和周围的山巅。他背一个绿色的油布包,包里装着一件备用衬衫、两双长袜、一沓纸和六支笔、一本福斯*的诗集、茶和糖,还有一根用扫帚把改装的临时拐杖。他一边漫游,一边专注地研究种种地貌模式:流水的形态、风暴天气里云层的结构、风中树叶舞动的旋涡。

在那焦虑不安的一年里,柯勒律治所选择的步行路线没有什么明显的逻辑可循:总的来说,他是随心所欲,随遇而安。不过,在随性之中也存在着一种特殊的关注——他迷上了瀑布。如果说他心里有任何目标的话,那似乎就是要将周围的瀑布连接起来:去他所谓的"宽阔的水坡"之间走一走,绘制出一幅瀑布地图,来记录"群山的狂野心灵"。

在这几个月间,激流让柯勒律治获得了平静,暴风雨让他得到了宽慰,瀑布的喧嚣消除了他的焦虑。有一天,在斯科费尔峰的峰顶上,他遭遇了一场"大雷雨",一个羊圈成了他"不完美的庇护所"。他蜷缩在一堵石墙后面,听着雷声大作。"如此的回声!上帝啊!我该作何感想!我多么希望自己拥有健康和力量,

---

* 约翰·海因里希·福斯(Johann Heinrich Voss,1751—1826),德国诗人、翻译家,以翻译荷马和写作田园诗闻名。

能够在一年里暴风雨最猛烈的月份,在这样的地方整整漫游一个月!如此孤独,如此荒蛮,如此声势浩大!"

另一天,在一场"狂风暴雨"中,他游走于湖区的几个"水坡"之间:洛多尔瀑布、斯凯尔瀑布、莫斯瀑布——他知道这些瀑布"在暴雨中都将化身为神奇的生灵"。来到莫斯瀑布后,他发现水势正盛,"巨大的水流从山顶落到山底",看着那"庞大的水体"一阵阵涌入水道,柯勒律治突然觉得它们就像是"一大群身形庞大的白熊,彼此挨着挤着迎风奔跑——它们长长的白色毛发在风中飞扬"。洛多尔瀑布对他来说就像是"从天堂坠落的天使"。几天之后,柯勒律治的兴奋之情依然挥之不去,他坐在凯西克的格雷塔大厅,给情人萨拉·哈钦森写信描述自己的冒险。"俯望如此庞大的瀑布,这是何其壮观的景象!"他感叹道,"那旋转的水轮——那无穷无尽、跳跃冲撞的水珠如珍珠和玻璃球——是不断变化的物质,却有永恒同一的形式。"

从柯勒律治这几个月里所写的书信、诗歌和笔记中,我们可以看出他正开始构想一种全新的荒野景观,这种景观有时已接近神学的高度。其中最重要的一点在于:荒野中种种自由自主的自然形式,能够在一个人心中激起回响。在柯勒律治的描述中,野性是一种能量,它会穿透一个人的存在,促使自我转换到新的模式,开启对生活的另一种认知。

毫无疑问,湖区的荒野对柯勒律治大有助益。当他游走于峭壁和瀑布之间,漫步于山谷和沼泽之上,穿行于没有道路的荒原中时,一种喜悦——喜悦,在一八〇二年那个惨淡的春天,被他热切地称为"一种具有美且能创造美的力量"——开始一丝一丝回到了他心中。走在红矛峰长满苔藓的柔软山坡上——那是一座"海豚形状的深红色山峰",耸立在巴特米尔西南部——他一路"蹦蹦跳跳"。那年在山上,他感受到的不再是忧郁期里弥漫的"黑暗、昏沉、驱之不散的耻辱,以及主宰我们的痛苦",而是"一种奇妙的喜悦,它牵引着灵魂在空中变换姿态游弋,如同椋鸟在风中翱翔"!

***

在我夜游红矛峰的第二天里,寒冷而晴朗的天气一直持续着。我阅读了柯勒律治的书信,受他关于瀑布地图的设想启发,在傍晚时候出发前往巴特米尔东南部的一个山谷,那里有一长串的瀑布。

黄昏时,我来到瀑布旁。乌鸦在山谷两侧的峭壁上空盘旋,在最后一缕阳光的照耀下,它们的背羽呈现出意想不到的银色。大地一片寂静。无论是静止的水还是流动的水,都一样被冻结了。脚下的草细碎作响。高大的梧桐树和橡树随处可见,叶子上结了一层霜。路上的水洼都盖上了冰盖。我用脚尖轻轻踏了踏其中一块,冰面便如镜面一般裂开,有尖角的碎片纷纷落到下面干燥的空洞里。我左边是结冰的河流,冰面上暮光闪耀。此情此景,眼睛会欣赏一切的动态和色彩:薄暮中天空暗淡的靛蓝,或一只乌鸦由山间径直腾起,一袭黑羽反衬着白色的大地。

这个峡谷大致由北至南延伸，周围山丘的水源汇聚成河，在一英里的范围内下落了四百英尺，形成众多瀑布、急流和水池。这条河流在坚硬的奥陶纪岩石上穿凿打磨了数百万年，创造了一个个跌水潭，水流涌动时会泛起层层浮沫。不过，到了深冬时节，河流就会结冰。那天晚上，所有的池塘都成了冰原，精致得如同上了白釉的陶瓷。急流变成了乳白色的平滑流体，仿佛一张长时曝光的相片。瀑布上被冻出了球状和拳状的坚冰，形态复杂。河岸的岩石间，蓝冰的幽光交织如网。在粗糙的岩石边缘，原本应落下的河水冻结成了一条玻璃般的弯曲冰道。

我在那天晚上来到这个峡谷，是因为我喜欢这条河，还因为我想看看寒夜在谷口降临的情景。但当我越走越远，我发觉这冻结的河流本身就是一条路：在这不可多得的夜晚，没有任何理由阻止我将这条发光的河面当作自己的道路。

就在一片急流的北边，我踏上了冰面，开始溯洄而行。有些地方在结冰时有空气滞留，一踩便轻轻沉下去，白色的裂缝在脚下辐散开来，碎冰落到狭窄的缝隙和孔洞里，看上去仿佛我的脚步留下了一串铺展开去的星辰。到了陡峭的地方，我便前倾身体，稳住自己，用双手指尖在冰面上寻找抓握点，感受到一朵朵冰花在我手中绽放。在那些更短更陡的小瀑布处，我会寻找机会，攀岩向上，如果没有合适的岩石，我就到旁边河岸找路上去，然后再回到冰面。

我终于来到了大瀑布的底端，山谷在这里转向西北偏北。此时，余晖仅能照到悬崖顶部的一排花楸树。山谷则变成了一片银色、黑色和白色。我呼吸着冰冷的空气，寒流随即在我的身体里燃烧。

在瀑布的源头附近，在最后一片冰原上，在峭壁的底部，我躺了下来，将耳朵贴近冰河坚硬的边缘，我听见冰面以下的极深之处，有漆黑的流水汩汩涌动。我穿过冰层凝视地下，只能看到柱子和羽毛的形状，它们紧紧抓住了最后一抹光线，将之结成脊柱状和羽毛状的明亮椎体，在它们之间，我还能看到无数的气泡，仿佛被一串串银链穿成了天上的星座。

沉陷之路

在坎布里亚夜行之后，因为工作缠身加之女儿年幼，我有几个月的时间无法出行，只能留在剑桥。我看着城市里春天来而复去——番红花在巴克斯盛开，白色的樱花在大道上绽放，黑顶林莺纵情高歌——可恨自己却无法去里布尔河和伦河漫游。我倒是有几次走到或跑到了山毛榉林，爬上了我的树。六月初的某一天，罗杰打来了电话。接到来电我很高兴，因为我曾打电话去胡桃木农场，却一直联系不到他。松鼠，他说。问题就出在松鼠上。他的电话线起初有些接触不良，后来就彻底不通了，于是他请了工程师来看。工程师们发现，是松鼠一直在啃电话线。很显然，这种事情他们已经司空见惯了，罗杰解释道。松鼠非常聪明，也很灵活，能够在电话线上走钢丝，还不容易触电。不知何故，它们明白了可以通过咬穿裸露的电线造成短路，把五十伏电压导入自己体内，从而让自己暖和起来。于是每只松鼠都变成了一块低电压的电热毯，罗杰说，它们会带着那种飘飘欲仙的微笑，在电线上一坐就是几小时。

不过罗杰打电话来的目的不在于此，他是想提议去多塞特考察，探索一下那里的陷路网络。

陷路（Holloway）：源于盎格鲁－撒克逊语中的 *hola weg*，意思是"被耙松的小路"或"沉陷的小路"。一些道路在经过几个世纪的使用之后，慢慢侵入基岩，下沉到低于周围地表的位置，即成为陷路。大部分陷路起初是放牧小径或通往市场的道路，另一些是撒克逊或前撒克逊时期的边界壕沟，还有一些，像是贝里圣埃德蒙兹附近的陷路，则是朝圣之路。

最古老的陷路可以追溯到铁器时代早期，最新的陷路也至少有三百年的历史。在数百年漫长的时间里，车轮碾轧，马蹄纷纷，人来人往，一点一点消磨着路面，在裸露的石头上留下凹痕。随着路面下沉，它们变成了天然的水道。雨水灌入又顺道流走，暴风雨把它们变成临时的河流，冲走碎石块，同时令它们更加下陷，越来越低于草场和田地。

陷路不会在岩质坚硬的群岛地区出现，那里的大路和小径驾乘着坚硬的大地，一般都能维持高度。但英格兰南部的岩石质地较软——肯特郡、威尔特郡和东安格利亚的白垩岩、多塞特郡和萨默塞特郡的黄砂岩、萨里郡的绿砂岩、汉普郡和萨塞克斯郡的灰砂岩——在这些地区可以发现许多陷路，有些深达二十英尺：与其说是道路，不如说是沟壑。它们在不同的地区被冠以不同的名字——bostel、grundle、shute——不过，最常见的说法还是holloway。

这些陷路会令人感到谦卑，因为作为一种地标，它们诉说的是持之以恒，而非一蹴而就。它们被无数双脚踩踏过，被无数架车轮碾轧过，它们记录着去市场、去朝圣、去大海的路程。就像手心的皱纹，门阶和楼梯石台上的磨损，它们是习惯的产物，是重复行动的结果。就像古树——盘曲错节的枝干昭示着一个地区的风向史，年轮铭刻了年复一年或充沛或贫乏的光照情况——陷路也记录了一个地方过去的风俗。它们的年岁让人恭敬受教，但也不至于自惭形秽。

吉尔伯特·怀特[*]在《塞尔伯恩博物志》（*Natural History of Selborne*）一书中曾对汉普郡教区的陷路有过细致的研究。他记录道："两条石砌的凹陷小路"贯穿教区，"一条通向奥尔顿，另一条通向森林"。

> 这两条穿过白垩质土地的小路，由于经年累月的交通以及流水的冲刷，已经深深嵌入砂岩之中……于是它们看上去更像是水道而非陆路……不少路段已经陷入地下十六到十八英尺深处。洪水过后，霜冻来时，它们会呈现出一派怪异荒蛮的景象，地层中遍布盘错的枝节，激流冲刷着破碎的河岸……女士们经过，看到下方这混乱阴郁的情景，往往胆战

---

[*] 吉尔伯特·怀特（Gilbert White，1720—1793），英国牧师、博物学家，被誉为现代观鸟之父。

心惊，胆小的人骑马路过时，也会不寒而栗。

怀特说，进入这些陷路就是进入了一段悠远的历史，一个出人意料的荒野世界，它掩埋在人们轻车熟路、近在咫尺的环境中。他在不同天气里参观这些陷路，观察它们的状态如何随着气候变化而变化。一七六八年那个极寒的一月，塞尔伯恩的气温降到了零下三十四摄氏度，月桂树的树叶因寒冷而变成了焦黄色。厚厚的积雪填满了整条陷路，怀特观察到它被风雕刻出了不同的形状，那形状"超越想象，令人见之无不惊艳、喜悦"。那年冬天，出太阳的时候，白雪反射的阳光十分耀眼，令鸟兽都眼花缭乱。禽类成日待在窝里，因这片土地的光辉而不知所措，行动失常。

如今，陷路几乎都已经废置了：它们太窄，太慢，不适合现代旅行。它们又太深了，无法填塞和垦殖。于是，尽管处在世界上最为密集耕种的乡村地区，这些陷路却在英格兰耕地的心脏地带形成了一片沉陷的荒野迷宫。大部分陷路已经筑起了它们自己的防御工事，长满荨麻和荆棘，无法行走，于是几十年来无人问津。在它们陡峭而潮湿的侧坡上，蕨类植物和蔓生植物长势茂盛：老鹳草和鹿舌草明艳的花朵，从支撑着两侧石壁的裸露根系网络中钻出来，铺了遍地。

这些陷路，总让我觉得它们跟遍布大不列颠和爱尔兰的悬崖、陡坡、峭壁有某种亲缘关系——比如克莱尔郡的莫赫悬崖，哈里斯岛上如船头般翘起的乌拉戴尔峭壁，有游隼筑巢的切德峡谷或埃文峡谷的绝壁。传统的平面地图不适合记录和表现垂直面的地貌。悬崖、河岸、陷路：这些风景在大部分地图上都被忽略了，因为它们所在的坐标轴在传统的绘图视角看来是隐而不见的。于是，地图上看不到，人类无法利用，又因地形陡峭而不便于开发，这些垂直的世界默默为大不列颠和爱尔兰增加了数千平方英里的土地——其中许多正是英伦三岛上最为荒凉的土地。

***

多塞特有众多陷路：它们成了最主要的景观缝合线，从海岸向北延伸，上高山，进内陆，沉入侏罗纪的石灰岩、二叠纪的砂岩和泥岩，以及该地区的鲕粒岩和白垩岩。沿着这些路线，货车和马车曾来往于港口和海湾，为进港的船只装载物资、卸下货物。一位多塞特的朋友给了罗杰一条线索，声称有一条已经被人遗忘的、非常深的陷路，他认为可以从那里开始我们的探险。那条陷路位于北奇德奥克村附近，在一个郁郁葱葱的小山谷里，周围环绕着葱绿的半月形小山丘，山丘上有兔子栖息，山角向大海突出。

于是，在一个炎热的七月天，我们动身前往多塞特，试图在众多的乳牛农场之间寻觅荒野。

当我们开着罗杰那辆墨绿色的奥迪车离开剑桥郊区时，我感到一阵兴奋，因为我终于又逃离城市，踏上了探险之旅。这辆奥迪的脚踏处和座位之间的缝隙里都长满了苔藓。当我指出这一点时，罗杰骄傲地回应道："有三个不同的品种。"储物格里放着各种各样的刀具。后备厢一如既往，放着露营包、挖掘工具、毛巾和泳裤，以备他经过什么地方临时起意要睡觉、挖掘和游泳。

我们迷路了好几次。在环岛上，当他不太确定哪个是正确出口时——几乎次次如此——罗杰总是猛地刹车，几乎要停下来，眯着眼睛看出口标志，在副驾驶座位上的我则会向前猛冲。

正午刚过，我们就到达了奇德奥克——从布里德波特向西开，只一首歌工夫就已抵达。我们下了车，开始沿着村庄的主干道上行，尽量走在路边浓密的、翠金色的大月桂树投下的树荫里。太阳在蔚蓝的天空中无声咆哮。炽热的阳光从每一片叶子、每一处表面上反射开来。路面上，我们所及之处总是尘土飞扬。有一股石头烧焦的味道。

在主干道的尽头处，我们为这次冒险找到了一个标志。就在道路以东，在橡树和月桂树之间有一座天主教小教堂，以淡色砂岩筑成罗马式样。我们推开一扇木门，沿着铺满树叶的小径走向教堂的门廊。那是一扇巨大的门，由凹凸不平的橡木制成，门上镶嵌着一些黑色的方头螺钉。与其重量不成正比的是，门轻而易举便打开了，底边在门廊的石板上滑动，那里因为有人往来踩踏，附近的地面微微下陷。

教堂里很凉爽，墙壁和柱子上的砂岩摸上去微微发冷。空气中有股淡淡的霉味，到处有镀金的东西闪着光：壁龛中的圣像，金色的圣坛栏杆，方桌两端闪闪发光的烛台。阳光进入窗户，过筛一般，变成光针和光柱，斜斜地刺穿空气，尘埃在其中缓缓起落，如同温水中的金叶。

奇德奥克山谷有一段反抗国教的历史。一五五八年，《至尊法案》(The Act of Supremacy)颁布后，天主教在英国被禁，传教士为了维护自己的信仰，又开始重新渗透英格兰。奇德奥克长期以来一直是天主教的领地，于是几位牧师来此秘密履行神职。一场险象环生的捉迷藏游戏就此开始。牧师在这片土地逃亡，在森林、洞穴、灌木丛和陷路中藏身。士兵在乡间清剿，搜寻牧师和他们的追随者。在奇德奥克一间农舍的干草棚里，人们秘密地做弥撒。在五十多年的抵抗活动中，至少有三名普通教徒和两位牧师被捕，在严刑拷打之后遭到处决。这座教堂建于十九世纪，正是为了纪念这些"奇德奥克的殉道者"。

其中一个牧师名为约翰·科尼利厄斯 (John Cornelius)，为了给女庄园主阿伦德尔夫人履行神职，从罗马秘密回到奇德奥克，结果于一五九四年四月二十四日在奇德奥克城堡被捕。他被拖出来的时候，连帽子都没有戴。那天，阿伦德尔家族的一位亲戚托马斯·博斯格雷夫刚好在城堡外，他下意识地把自己的帽子递给了科尼利厄斯，于是博斯格雷夫本人也立即被捕。同时被捕的还有城堡里的两个仆人约翰·凯里和帕特里克·萨尔蒙，他们被怀疑协助了科尼利厄斯。科尼利厄斯被押送到伦敦，受尽折磨，后又被送回多塞特。七月四日，他、博斯格雷夫、萨尔蒙和凯里在多尔切斯特被绞死。凯里第一个登上断头台，临死前他亲吻了绳子，称赞它是一个"珍贵的项圈"。博斯格雷夫发表了简短而热忱的讲话，阐述了其信仰的正当性。科尼利厄斯亲吻了绞刑架，并引用了圣安德鲁的话："噢，十字架，我渴望你已久。"接着，他为刽子手和女王做了祈祷。绞刑之后，每个人的尸体都被分成四块，科尼利厄斯的头颅还被钉在了绞刑架上。

我们离开教堂金色的阴凉，向上进入山丘的热浪，去寻找和探索陷路。听闻了这山谷的残酷历史，以及那些为了自己的信仰而长眠于此的牧师与信徒的故事之后，我对这片土地和这段冒险的感觉也随之改变了。

在我的旅途中，这是又一个出乎我意料的氛围转变：北方冰冷严酷的新教环境，经过爱尔兰，被南方柔曲迂回的天主教传统所替代。我想从某种意义上来说，英国所有不信国教的地区都可以被视为一个陷路迷宫：它沉陷于文化景观之中，几乎无人察觉。在兰开夏郡、阿伯丁郡、多塞郡和德文郡的部分地区，以及其他一些不信国教的核心地带，存在着一种另类的文化，这种文化虽然也具有高度的英国性，却有着不同的习俗、语言和历史的内涵。那是一段真实的历史，但同时也是一种或然的历史，一种"如果是这样就好了"的历史，因此它必须隐藏自己，保持野性。甚至连伦敦都有不信国教者的陷路，至今仍有遗迹留存：泰伯恩刑场、金斯威附近的托马斯·莫尔*圣祠、皮卡迪利大街后面的巴伐利亚大使教堂……这座城市里还有许多其他类似的陷路有迹可循。我想到曾经有人跟我说过的一份秘密地图，于一五九〇年左右由一位耶稣会士所绘制，图上标示了苏格兰境内所有的天主教徒藏

---

* 托马斯·莫尔（Thomas More，1478—1535），英国人文主义学者和政治家，以空想社会主义著作《乌托邦》而闻名。莫尔因反对亨利八世兼任教会首脑而被处死，后被罗马天主教会教宗庇护十一世册封为圣人。

身所。地图的一部分保存在罗马的一所档案馆，另一部分则在西班牙的萨拉曼卡。此外还有谢尔顿挂毯，这是一组格洛斯特郡、牛津郡、伯克郡、伍斯特郡和沃里克郡的巨大编织地图，图中暗藏着隐秘的红线，标记着许多知名的不信国教者藏身所。

我和罗杰上山所走的那条小路本身就是一条陷路的开端，它嵌入这片焦糖色的砂岩中，深及十余英尺。尽管如今仅有行人途经此路，并没有车辆通行，但道路还是在流水的作用下继续下陷。前一周刚下过大雨，陷路的路面还看得出大水冲刷的痕迹。落叶和残枝缠在树根周围，暴露在外的光滑石面随处可见，被刷洗得干干净净，仿佛近两亿年来第一次闪耀在阳光里。

在道路发展历史中的某个时刻，人们开始在路边种植灌木，一方面是为了方便人们在恶劣天气中辨识道路，另一方面也为了阻挡英吉利海峡附近的海上风暴。几个世纪以来，这些树篱经历了生长、死亡、再次播种与重新生发，如今它们已无拘无束，高高地长出陷路之外，遍地都是。

人们通常认为树篱不过是一些做隔断用的密生植物，是原野上的莫西干头。但这里的树篱俨然已成为一线森林，彼此交织倚靠，在古老的陷路上方纠结成网，织成一片密实的华盖或顶棚，将陷道变成了隧道。

走到半月形山丘的西侧峰顶附近，因路上的植被过于繁茂，我们不得不改道而行。爬上陡峭的东坡，坡缘是一片花田，我们便走进了弥散着花粉的空气中。回望蔚蓝的大海，炽热的空气在水面上营造出幻景，一片子虚乌有的岛屿和群山。又往前走了几百码，我们在一棵高塔般的白蜡树旁的树篱中发现了一道缺口，那是一条重回陷路的途径。我们以藤为绳，沿着两侧砂岩岩壁下到重重暗影深处，仿佛坠入一个失落的世界，或者一道巴伦的岩沟，只是这里的规模要大得多。

***

像罗杰那样了解树篱的人寥寥无几。他拥有的十二英亩田地被绵延近一英里的老灌木篱墙分割为四块草场和一片小树林，以中世纪风格排布。在某些地方——林地和壕沟的边缘——罗杰把树篱种成了漂亮的横向结构，如此它们便会越长越紧密。不过在大多数情况下，他还是任由树篱自由生长，有些地方已经长到了二十英尺高，十五英尺宽。接骨木、枫树、榛树和白蜡树构成了树篱大部分的主体结构，犬蔷薇、黑刺李和黑莓向外伸展，野葡萄、金银花和啤酒花则在一切可能之处悬垂、缠绕，在一年四季赋予树篱不同的密度和颜色。树篱的某些部分格外浓密，以至于榆树借助荆棘和玫瑰的庇护而免于致命的虫害，竟长到了不寻常的高度。另外一些区域，黑刺李、野苹果、冬青、橡树和欧卫矛则长得郁郁葱葱。每到秋天，树篱就会结出几百磅果实，那便是罗杰收获之时。

罗杰的树篱非同寻常，因其难得一见。三十年来，他一直保留着它们，任它们长成丛林。而在附近的农场里，大片大片的树篱都已被摧毁了。罗杰通过一系列老地图，对他所在教区之内树篱面积的变化进行了研究。一九七〇年他刚刚搬到胡桃木农场时，据他估计，除他自己的土地之外，在距他家半英里的范围内就有约四英里长的树篱，整个教区共有约三十七英里的树篱。到现在，他家附近的树篱只剩一英里半，在整个教区里也不超过八英里。

所有这一些都只是二战后几十年间整个英格兰的树篱消失状况的缩影。为了实现农业生产力最大化，尤其是谷物生产的最大化，大量土地被开发成为面积越来越大的农田，因为田地越大，联合收割机和拖拉机的耕作就越高效。这种情况在英格兰中部和东安格利亚各郡尤为显著。政府对农民予以财政支持，鼓励他们开掘林地，掀起树篱，将这些大地上的隔栏统统清除。在这场转变中，近二十五万英里的树篱被毁，如今每年仍有两千英里的树篱在继续消失。在威塞克斯丘陵和埃塞克斯沼地，树篱系统几乎已全军覆没。随着树篱的流失，原本栖息于此的野生动物也急剧减少：树麻雀、灰山鹑、黍鹀等动物已濒临灭绝。

在我们前往多塞特之前不久，我开车到胡桃木农场商量这次旅程的计划。那天，我们对罗杰家的树篱进行了一番探索，姑且当作多塞特探险的一次预演。我们走过田野，来到一片格外幽深浓密的树篱地带。罗杰说他曾不止一次看到黄鼠狼在这里出现，于是我们决定试着爬进去，看看那树篱中究竟容纳着一个怎样的世界。我们挽起袖管，拨开第一排树丛，小心翼翼地避开黑刺李的尖刺。进去几码之后，我们来到了一个天然的中空地带，这是那些大树所生长的位置，我们背靠一棵树干坐下来，透过一束束荆棘和枝叶看向外面的草地，也聆听树篱中生命的响动。周围落叶的痕迹显示，树篱的内部是一条使用率颇高的动物交通线。

"荒野无处不在，"罗杰曾写道，"只要我们停下脚步，看一看周围，就能发现。"对他来说，当下的、身边的东西，与已逝的、遥远的东西一样令人惊异。他是身边未知之域的探索者。

***

一九三八年，画家保罗·纳什（Paul Nash）写到了英格兰"看不见的风景"。"我在此探讨的风景，"他如此写道，"并不是精神意义上的看不见的世界，也不是无意识的一部分。它们恰恰属于我们周围这肉眼可见的世界。它们之所以未被看见，仅仅是因为人们没有留意；它们仅在这个意义上是'看不见的'。"在威腾汉姆坡，纳什找到了这些"看不见的风景"的原型。威腾汉姆坡是牛津郡的一座小山，周围有一圈青铜时代和铁器时代建筑的土方工程，山顶则是一片十八世纪的山毛榉林。这座小山高不过三百英尺，山坡平缓，是那种很容易被人的视线轻飘飘滑过的地形。但对纳什来说，这里有一种神圣的美感。

也许是因为我在见识过苏格兰广袤的荒野后重新回到了英格兰；也许是因为读了爱德华·托马斯的旅行记述，看了帕尔默的神秘画作；也许是因为和我女儿莉莉在一起生活，目睹了她对一只蜗牛、一朵蘑菇或一根野草的精心检视；当然，还因为罗杰的影响，以及在巴伦岩沟的一瞥：那片微缩的野林，竟只有一臂之长、一掌之宽。无论出于何种原因，我开始重新关注荒野。我对荒野的意义越来越感兴趣,相信它不再是某种人类生活之外的东西,而是出乎意料地存在于人们生活的周围和当中:在城市、后院、路边、树篱、田间和矮林。

当然,这些岛屿上的荒野是宏大而广阔的——凯恩戈姆山的面积比卢森堡还大,而且它的气候系统可能会出现严酷的两极化。我最初的想法是,荒野地带在某种程度上必定是外在于人类历史的,然而这一观点并不适用于解释苏格兰和爱尔兰复杂的地形史,对英格兰的情况则显得更不恰当。英格兰的荒野大体上就是纳什所说的"看不见的景观":它就在那里,如果你仔细寻找,它就在溪谷的水湾、河岸的蚀坡、灌木丛和泥炭地、野树篱和流沙池。它还存在于乡村的边缘、交界以及它粗糙的角落:采石场的边沿、废弃的工厂和高速公路的两侧。一开始我并没有料到会有如此的发现,面对这些地方时,我曾经是一个盲人。现在我却像得了近视,一种好的近视,取代了之前在北部和西部旅行中的那种远视。或者说,这是视野的解冻——或许这种说法更好一些,因为夏天已经来临。

我知道,边缘地带应该是荒野的最终堡垒,是大地遭到破坏的证据:自然被挤压到了土地的边缘,深受压迫,濒临灭绝。但它似乎也同时证明了荒野的顽强——它的复苏本能,它的坚韧不屈。这也让人认识到荒野是与人类世界交织在一起的,而不是仅仅存在于偏乡僻壤、自然公园、遥远的群岛和山脉;或许这种认识正是我们所需要的,它能够"帮助我们消除文化与自然、园林与荒野之间的对立,并最终让我们明白,我们在这两种环境中都是身处家园",正如美国哲学家瓦尔·普卢姆伍德（Val Plumwood）所说的那样。

长久以来，英格兰一直有着关于"看不见的风景"的艺术传统，即关注那些小规模的荒野。那些艺术家将风景的细节神圣化，又反过来发现了其原本的神圣性，他们在有限中找到了无限，在阴沟中见到了美景。

威廉·布莱克在一粒沙中看到世界，约翰·罗斯金[*]为树干和岩石上生长的地衣和苔藓着迷，多萝西·华兹华斯[†]写了一系列优雅细致的日记——一七九七至一七九八年华兹华斯一家住在萨默塞特时所写的《阿尔福斯登日记》（*Alfoxden Journal*），以及一八〇〇至一八〇三年间写于鸽舍的《格拉斯米尔日记》（*Grasmere Journal*）。她那细致入微的观察，证明威廉·华兹华斯在《丁登寺》（"Tintern Abbey"）中所言不虚，他在诗中提到妹妹有一双"野性的眼睛"。还有约翰·克莱尔[‡]——他从小就喜欢在小径游荡，观察鸟类，在夜间漫步，去郊外远足——为他家周围的北安普敦郡的风光写下了许多质朴而优美的赞美诗；这些诗至今仍承载着他多年乡间漫游中遇到的意外和惊喜。

一八〇五年夏天，年轻的水彩画家约翰·塞尔·科特曼（John Sell Cotman）在约克郡北部的布兰兹比府住了将近四个月，为庄

---

[*] 约翰·罗斯金（John Ruskin，1819—1900），英国艺术评论家，对各类自然事物也有极大热情。
[†] 多萝西·华兹华斯（Dorothy Wordsworth，1771—1855），日记体和记述性散文体作家，著名诗人威廉·华兹华斯的妹妹。
[‡] 约翰·克莱尔（John Clare，1793—1864），英国浪漫主义诗人，其诗作关注自然。

园主人乔姆利夫人的四个女儿当绘画老师。那段时间里，科特曼开始探索附近的风景：达拉谟和北约克郡的河流、丘陵和林地。他拿着画笔和颜料，一路步行，沿着格里塔河向上游越走越远，进入柯卡汉姆附近的丘陵地区。在这段时间里，他的画出现了一些惊人的变化。在此之前，科特曼的名气主要来自宏伟的题材：伊德里斯峰、纽堡修道院、达拉谟大教堂。但是那个夏天，他被当地"小规格"的风景迷住了：小溪上的一道闸门、桥下的一块岩石、一片杂树林、池塘上静静升起的烟雾。他在那几个月间绘制的画作有着微妙而细腻的色调。他在写给他的资助人道森·特纳（Dawson Turner）的信中解释道，这个夏天他主要是"从大自然中取色"，"基于近距离的观察，为那位复杂多变的女士画了许多画像，这经历十分宝贵"。从此之后，他转而醉心于身边的美景。

维多利亚时代晚期的作家理查德·杰弗里斯（Richard Jefferies）一生大部分时间都在钻研和描绘南方诸郡：威尔特郡、萨塞克斯郡、格洛斯特郡和萨默塞特郡，这些地方在杰弗里斯看来充满了野性。杰弗里斯对十九世纪盛行于北美的宏大"荒野"概念并无兴趣——那是只在沙漠中的红岩城堡或冰峰之上才能有的体验。对杰弗里斯而言，英格兰的山林中也有一种同样有力的野性，他在描写这些地方时，就像他同时代的人在面对亚马孙河、太平洋、落基山脉和鲁卡哈利沙漠一样满怀惊奇。他发现荒野令人愉悦，但也充满威胁；自然荒野的勃勃生机提醒着他，人类在地球上的存在何其脆弱。一八八五年，他出版了《后伦敦谈》（*After*

London），这是一本设定在二十世纪八十年代的未来幻想小说，讲述了一场不明生态灾难之后，英格兰南部大部分地区都被淹没，伦敦重新被沼泽、灌木和树林占据的情景：

> 树莓和石南……在大片田野的中央相遇。在它们之间生长着一片一片的山楂树丛，由于受到荆棘和石南保护，食草动物难以靠近，榆树的枝条也长得非常繁茂。白蜡树、橡树、美国梧桐还有七叶树，都高扬着头……这些灌木丛和矮树林将大部分国土都变成了一片巨大的森林。

还有斯蒂芬·格雷厄姆（Stephen Graham）。格雷厄姆于一九七五年去世，享年九十岁，是他那个时代最著名的徒步者之一。他曾徒步穿越美国一次、俄罗斯两次、英国许多次，他出版于一九二三年的著作《流浪的优雅艺术》（*The Gentle Art of Tramping*）是一首献给不列颠诸岛荒野的赞歌。格雷厄姆写道："人们总是把英格兰想象成一个高速公路网络，连缀着公共住宅，张贴着汽油广告，有时被烟雾缭绕的工业小镇隔断。"然而，他在书中想要证明的是，荒野依然无处不在。

格雷厄姆倾其一生试图逃离他所谓的"处处受限的街道和柏油马路"，实现目标的方式是在全世界徒步、探索、游泳、攀登、露营、擅闯私人林地以及"流浪"（vagabonding）——他把"流浪汉"这个词用作了动词。他总是避开正路，选择斜线，不断尝试新的道路进入或穿越一片风景。"流浪即绕离显而易见的事物，"

他写道,"即便最曲折的路有时候也还是太直了一点。"在大不列颠和爱尔兰,这种"绕离显而易见的事物"的方式让他接触到了独特的风景,用他的话说,那些风景"没有名字——狂野、林木茂盛而多沼泽"。在《流浪的优雅艺术》中,他讲述了自己是如何将他所到过的林中空地、田野和森林绘制成了一幅"童话地图":一张不为人知的荒野网络。

格雷厄姆身上有一种爱德华时代的纯真——纯真,但并非漫不经心——这种气质深深吸引了我。"拉特兰[*]会令人产生一种无法言说的兴奋,或许甚至超越了去希瓦[†]的那条路。"任何一个真诚地说出这句话的人,在我看来都值得珍重。格雷厄姆这样的漫步者们认为漫游(wandering)和惊奇(wondering)从来都是相辅相成的,二者间的联系远不止于包含了相同的韵脚。他的书赞颂了徒步主义的颠覆性力量:它能让一个陈腐的世界再次变得新鲜、意外和奇妙,能让人在熟悉的大地上发现惊奇。我收藏了该书的一九二九年版,它是一本硬板绿皮的精装书,封面烫印金色字母,书角已经磕坏,封面也有磨损;很显然,在我得到这本书之前,它已经在很多口袋和背包里待过了。

在那个七月天,当罗杰和我渐渐深入奇德奥克陷路朦胧的光线里,格雷厄姆的一句话跃入了我的脑海中:"当你或坐在山坡上,或卧在林中树下,或湿着裤腿坐在山溪边,那扇伟大的门——尽管它看起来并不像一扇门——就会为你打开。"

---

[*] 拉特兰(Rutland),英格兰中部的普通小郡。
[†] 希瓦(Khiva),中亚传奇古城,曾是诸多强大帝国的首都。

***

在深深的陷路中，明亮、炎热的地表世界便被遗忘。树枝和树叶的网格如此细密，两旁的墙壁又如此之高，所以能够刺进来的只有细细的阳光之矛。罗杰和我慢慢沿着陷路的路基向上走，费力地在荒草中踏出一条路，穿过齐胸高的荨麻丛，经过树莓的要塞，越过紧挨在一起的山楂，不断被路上的植物绊住脚。偶尔，我们也会碰到一小片空地，阳光落下，野草生长。荆棘丛中，总有看不见的生物窸窣窜动。而我们发出的一切声音，都撞到路的两边，消失不见。我想，一个人就算在这里躲藏几个星期甚至几个月，都不会被发现。

密密的蛛丝在空中纵横交错，当我们走动时，阳光就像一滴滴明亮的液体般从蛛丝间落下。温暖无风的空气里，一群群黑蝇交织飞舞，每个蝇群都围绕着一个固定的点，像是矩阵中跃动的原子。我感觉自己仿佛身在教堂的中殿：树木相接在上空形成拱顶，两侧的石壁摸起来冰冰凉凉，阳光如一支支纺锤，飞蝇发出嗡嗡的咒语。

我希望有这样一张地图，只标出这些古老的乡村道路，忽略那些新的、对它们所穿越的地形视若无睹的道路。这些古道，这些久经使用的地域，一般绕林地分布，勾勒出山谷或山峰的曲线。它们能与途经的风景互相协调。这些道路许多是由人行步道演变而来的，为了便于行走，也为了便于定位，这些步道往往跟随河流和小溪的蜿蜒流向，或顺应地势起伏的天然曲线。道路和地形之间的这种适应关系如今已基本被抛弃：公路和高速路经常直直横穿古老的林地和山坡。

我自己的地图也在慢慢扩充，但不是为了达成一种完善的状态——那是永远不可能实现的——而是为了达到一种协调的状态。我并不希望它完整精确，只是想要捕捉和吸取那些我到过的地方、经历过的事情，以及这些东西如何改变了我，给了我与从前不同的想法。在阅读研究空间和物质的法国哲学家加斯东·巴什拉（Gaston Bachelard）的著作时，我读到了一段文字，可以概括我对这些旅程的期待。"我们每个人都应该像土地勘测员那样，为自己失去的田野和草场画一张地图，"巴什拉写道，"这样，我们便用曾经倾注生命的图画覆盖了整个宇宙。这些图画不需要精确，但必须依据我们内心景观的样貌来描绘。"

***

后来，在初次探索主陷路之后，罗杰和我开始更广泛地勘察这个地区。回到那棵老白蜡树旁，我们以裸露的树根为扶手，用藤蔓做绳子，爬出陷路，踏上了茂盛的草地。在看惯了幽暗浓绿的路面后，草地简直亮得惊心。草叶在阳光下闪耀如钢。我们站在那里不住地眨眼，试图把眼中的光芒挤出去。

那天下午，我们沿着陷路边向东和向南蜿蜒的山岭行走——经过了库珀山、丹海山和杰恩山。白亮的阳光从一切事物的表面滑过。目光所及之处，遍地是小动物藏身于土壤的证据：石蜂、黄蜂、野兔——它们是流亡牧师的继承者。暴露在外的砂岩上有许多大小不一的孔道,沉积的褐色泥沙标示出孔道的走向。金雀花丛中也有地洞网络:那些微型的绿色陷路是獾开凿的,截面大小不会超过槌球的球门圈。沿着其中一条孔道,我们进入一片陡峭的矮树林,并在那里发现了一座獾的大都市。这些獾一定世世代代都生活在这里,它们的建筑工程规模庞大且耗时颇长:城墙、墓地、泥冢。我数出了十个独立的洞穴。在一个洞口附近,有一块獾的头骨。我把它捡起来,看到它咬紧的下巴和巨大的围眶骨,那骨头保护着已不存在的眼睛。

我们接着往前走,秃鹰如侦察机一般在头顶盘旋。有一次,一只狍小心翼翼地摸到田野中央,接着突然因为什么东西受了惊,弓起身子急急跳走了。几小时后,空气中开始起雾,我们便回到可供藏身的陷路里,再次顺着那棵老白蜡树的绳索沉入昏暗中。我们清掉一片荨麻和石南,搬来松动的树干做椅子,随后罗杰生了火来做晚饭——他用木枝搭了金字塔形的小火堆,在中间引燃火绒,火烧得很旺,几乎没有烟。我们吃的是辣味的塔吉锅炖菜,材料是罗杰提前做好、随身带来的。火光映在陷路两旁的墙壁和我们头顶的树篱上,复杂的阴影摇曳在树叶之间。天色越来越暗,我们边坐边聊,白昼似乎渐渐汇聚到了炉尖的火苗上。

篝火勾起了讲故事的氛围,而罗杰本来也是个爱讲故事的人。他告诉我,他曾在波兰的森林里差点被猎人射杀,因为对方把他当成了一只熊。听完故事我才明白,罗杰想说的并不是他因为差点被误杀而怎样狂怒,反而是自己很高兴被误认为一只动物。之后，我们各自读了一段杰弗里·豪斯霍尔德[*]一九三九年的经典小说《暴戾人》(Rogue Male)，书中的主人公为躲避纳粹追捕，在多塞特的一条陷路里藏身，就和我们所在的地方差不多。"那深深的砂岩路堑，顶部交织生长的树篱，如今依然在那里，"豪斯霍尔德写道，"无论是谁，只要愿意，都可以从拦在入口的荆棘之间潜身而下……但谁又愿意这么做呢？但凡阳光能照到的地方，荨麻便长到人肩膀的高度；而阳光照不到的地方，路便被枯木封死。两重树篱之中的空间对树篱两侧的农场主来说毫无用处，除了喜欢冒险的孩童，没有人会想去探索那片地方。"

我没有选择睡在陷路中，而是睡在了上方深厚的草丛里。我躺在温暖的黑暗中，呼吸着田野的气息，那气息是夜幕降临后柔和的露水送来的。我可以听到草地上持续不断的响动——草茎的摩擦，小动物和昆虫羞涩的动作——我再一次感受到荒野的存在是一个过程，在这世界上持续地发生着，熙熙攘攘，郁郁葱葱，乐趣满盈。这片荒野与本霍普山冬日里的荒凉景色截然不同，我第一次感觉到，这种野性或许更加强大。

***

我在黎明时分醒来。空气凉爽，但天上无云，预示着酷热即将来临。于是罗杰和我沿着陷路返回，走下半月形的山丘，经过

---

[*] 杰弗里·豪斯霍尔德（Geoffrey Household，1900—1988），英国著名作家，在悬疑惊悚小说领域极负盛名。

那座隐藏在月桂树下的小教堂。之后,我们便驱车前往海岸——前往伯顿布拉德斯托克,那里有一片卵石海滩,斜斜地面对着陡峭的砂岩悬崖。

海水已经很暖和了,我们立刻下水,仰泳游出一百码左右,便停下在蔚蓝的海中踩起了水。回望赭色的砂岩峭壁,青翠的群山在其后升起。我的双臂双腿在海面之下,看上去如幻肢一般。

游完泳后,我们坐在卵石滩上聊起了艾丽丝·默多克[*],她过去常去切瑟尔海滩,沿着海岸游泳。我们还聊到罗杰的朋友奥利弗·伯纳德,他无意中得罪了附近悬崖顶上一家酒吧的老板,事态竟严重到他不得不因此逃命。我们搜集了一堆燧石,堆成一座安迪·戈兹沃西[†]式的石塔。在酷热之中,时间懒懒散散地流逝。罗杰又去游了一次泳。我躺在热烘烘的卵石滩上,望着头顶的云朵,心里想着科特曼的画和斯蒂芬·格雷厄姆的"无名之地"荒野地图。

在旅程中见过的种种风景中,有许多令人产生了深切的感情,我发现了不少证据:茅屋墙上钉着的诗;湖边、悬崖顶端或低矮山口处的长凳,纪念着某位逝者最喜欢的观景视角;刻在橡树树干上的刻画。有一次,我在坎布里亚一条瀑布附近的小池里喝水,看到一块石头下面竟藏着一块铜牌:"纪念乔治·沃克,他曾经非常钟情这个地方。"我很钟情这份"非常"。

---

[*] 艾丽丝·默多克(Iris Murdoch,1919—1999),英国小说家,作品关注哲学层面的困境,代表作为《钟》,后被授予大英帝国女勋爵头衔。
[†] 安迪·戈兹沃西(Andy Goldsworthy,1956—),英国艺术家,常以自然界中的材料(如冰块、树枝、石头等)创作艺术作品。

我意识到，这些事物都标记着一个持续不断的过程，它存在于这些岛屿上，很可能还遍布全世界：人们总是能从或大或小的风景中获得幸福感。"幸福"不仅指快乐，也包括这个词所涵盖的众多情感：希望、喜悦、惊奇、优美、安宁，等等。每一天都有不计其数的人，因为遇到了某片特定的风景，感到自己变得更深刻或更高贵了。

然而，这样的地方大多不会在任何一张地图上被加以特别的标记。它们只会在某个人的记忆里变得特别。一条河流的河湾，四片田野的交界处，一棵可攀爬的树，一条常开车经过的路上偶然瞥到的一段树篱或一片林地——也许这就足够了。或是一些转瞬即逝的经历，虽然短暂，但仍与特定的地点相连：一只雀鹰在花园或街道上低空滑翔而过，或者余晖洒在石头上，或者一片鸽羽挂在蛛丝上，像中了魔法一般在半空中旋转。日常生活中，人们常因为这样的偶遇，一时间惊异不已：我们无法解释它们为何如此触动我们，但也无法否认它们的力量。我想起《白鲸记》中以实玛利说到可可福克岛的话："它不在任何一张地图中；真正的地方向来如此。"

人们很少谈论这样的偶遇。一部分原因是这种经历难以言表。另外一部分原因，我猜想，则是因为有过这种偶遇的人通常并不觉得有广而告之的必要。它可以化为只言片语，跟朋友或伴侣分享；可以在照片中留存下来；可以成为日记中的一条记录或信中的一句话。但许多偶遇甚至无法形成这样的声音。它们将保持不被言说的状态，留存在一个人的思想里。它们将以回忆的形式返回你的脑海，当你站在人潮如球赛现场般拥挤的站台上，或者身处城市中，躺在床上无法入眠，看着往来车灯的光在屋里辗转，此时此刻你便可能会回想起它们。

在我看来，这些无名之地实际上或许比那些更加宏伟的荒野还要重要，尽管这些年来是后者牢牢地锁定了我的想象。这些无名的小地方若拼在一起，将形成一幅无人画得出的地图，但它存在于无数人的经验之中。我开始在脑中列出清单，想象哪些专属的、小型的荒野可以放在我自己的地图当中。

其中一定有"邓步尔"，那是诺丁汉郡的一条陡峭的沟渠，我和弟弟小时候曾在那里玩。还有坎布里亚郡朗代尔附近的那片小小的白桦林，我曾经在那里爬树、荡秋千。以及德文郡的奥克门特山谷底部一片狭长的阔叶林，我在那里见过一只背部灰蓝的隼从橡树上滑翔出去，消失在视线之外——那是一只灰背隼啊！它是这片神奇的土地绝佳的守护者。

另外，在北康沃尔海崖上有一片苔藓地——它们柔软、精致，如同一块地毯，苔藓间，海石竹星星点点。我在那海崖上睡过一晚。那是傍晚时分，我沿着海岸小径走到了悬崖上，在那里，在波涛汹涌的海面上一百英尺处，我找到了睡觉的地方。石崖的大小刚好够我容身，地形向内陆倾斜，并不用担心自己会滑向悬崖边去。我在这舒适的避风港里清醒地躺到半夜，遥望大西洋上空的风云变幻。这一晚的气温着实奇怪：空气十分寒冷，我呼出来的是一团团白气，但也足够暖和，因为一道道闪电已在空中形成，远处的海面上一次次亮起白线，亮光在我周围的峭壁上频频闪现。

还有，在萨瑟兰郡休尔文山南麓那片错综复杂、水陆相间的土地上，有一片小小的沙滩。沙滩宽两码，长三码，由被打磨得很细的黄色沙砾构成，附近有一条无名的瀑布，落进一汪无名的湖里。沙砾上有鹿的蹄印，水聚在其中，漆黑如墨。时值盛夏，在那样的纬度条件下，可以看到清晰而持久的北极光。我在瀑布下冲了冲身体，游了一会儿泳，一边游一边从湖心回望休尔文山驼峰般的山形。晚些时候，我坐在沙滩上，看到一只红胸秋沙鸭在湖面一角游来游去。它瞧见我了，定睛看了看，随即便潜入水中。它潜下去的时候，几乎没有激起一点涟漪，仿佛它是在水面上钻了个洞，然后一头扎了进去。

还有我在诺森布里亚偶然看到的环形树林，那是在一个格外炎热的夏日，空气闪着微光，岩石摸着烫手。那是一片古老的山毛榉林，大致围成一个圆圈。它在地图上没有标记，但距离旁边的主干道不超过五百码。林子里的土地又厚又软，地上铺着绿色的苔藓和金色的草，草已被野兔啃得短短的。这样的地方，爱尔兰人称之为 rath*，苏格兰人叫它"仙丘"（fairy-mound）：在凯尔特民间传说里，这样的环形树林是人间和仙境之间的通道。现在这样的环形树林已经近乎绝迹，大部分被人开垦了。我走进阴凉的树林里，在那里躺了半个小时，留意着荒原上的动静。离开树林后，我踩着荒草向南走了两英里，在一片云杉人工林边发现

---

* 原意为有土墙的圆形堡垒。

了一个小小的、黑色的湖，我便滑进那被阳光晒热的深黑湖水中，皮肤也镀上了青铜色，如同鲤鱼的鳞片。

风暴海滩

萨福克海岸附近有一片沙漠。奥福德角是一片砾石海岬,长十二英里,最宽处两英里。这里无人居住,数百英亩灰色的土地上,活动的只有野兔、老鹰和海风。

在诺福克、萨福克、埃塞克斯和肯特这一带的广袤海岸上,有不少砾石半岛顶出海岸线,其中最大、最奇特的便是奥福德角。其北边是斯科尔特海角和布莱克尼角,南边是邓杰内斯角,它是北海转入英吉利海峡的支点。这些岬角是在潮汐、洋流和季节性风暴的作用下形成的。像沙丘一样,它们也处在持续、缓慢的迁移中,其间一次又一次变换形态。这种运动,是矿物最接近有机体的一面。岬角上的砾石滩主要由燧石构成,石头形状多种多样:有的是白色的大块,圆鼓鼓的,像关节的骨头;有的是半透明的长条,亮闪闪的,表面有小块裂纹,像鳄鱼背部的皮肤。

这些岬角结构复杂，构成精美的图案。它们被组合得如此宏伟，只有以隼或飞行员视角才能一览全貌。邓杰内斯角的砾石滩仿佛巨大的装饰花朵。奥福德角则有着一排排长长的隆起，彼此平行，每一条隆起都记录着一场大风暴，风暴来临时，数千吨砂石被抛向海岸，海角随之壮大。这些隆起就如同树的年轮。布莱克尼的航拍照片显示出某种类似神经元的复杂美感：海角像树突一样长长地延伸，其背风地带有一片随着每次潮起而出现、充盈的沼泽——这是由水道和陡坡构成的迷宫，总是不断改变着自身。

海浪和潮汐总会把足够柔软的物体打磨得圆滑。无论是一座数百平方英里的半岛，还是一块石头或一块海玻璃，在这一点上并无分别。数千年来自海洋的按摩，赋予了东安格利亚浑圆的轮廓，一线海角从中伸展而出。大不列颠岛西北和东南海岸线之间的对比再显著不过。西北海岸线上，半岛的细长手指和海水精巧地交织——这是岩石和海水之间的握手与吻礼。然而在诺福克、萨福克与埃塞克斯，陆地却总是在给大海让路，或同大海一起迂回。这些沿海区域有些怪诞，这源于它们持续不断的运动，源于固定和流动之间的永恒对话。

在一个炎热的夏日午后，我前往东安格利亚海岸去看这些砾石沙漠。我的目标是将其中一些海角相连，沿海岸线画出一条荒野之线，这条线将从布莱克尼延伸到奥福德甚至更远的地方。我还意识到，我在遵循着一种地质逻辑：一路以来，我所经之地的矿石韧性越来越低——从科鲁什克的火成岩海岸和西北部的火山地带，穿越巴伦的可溶性石灰岩，到陷路所在诸郡的砂岩和白垩土，现在则是这些瞬息万变、不断损蚀的东南部海角。

我开始觉得，通过六大岩石类型，可以很好地理解英国和爱尔兰的历史，这六种岩石是花岗岩、砂岩、板岩、白垩、石灰岩和燧石。当然还有其他类型：玄武岩、页岩和黏土。但在我看来，前六种岩石构成了这片群岛坚固的矿石骨架。无论我们对这片土地的皮肤做了什么，骨架始终在这里。

***

我到达布莱克尼，是在一个温热的夏末午后。大朵大朵风向标状的云悬挂在蓝天上。在它们上方是一片格栏般的卷层云，预示着天气将要变糟了。向岸风徐徐地吹来，刮着人的脸，让皮肤变得越来越干。

我踏上沙砾，开始沿着四英里长的海角向外走，一路上，脚下嘎吱作响。布莱克尼的地形有许多绵长的线条：砾石壁垒闪闪发光的隆起、海水的边缘、沿海的海藻，一切都延伸至远方的某个重合点。这个海角有着乌切洛*的画那般精确的透视，将目光引向极限。

只走了几百码，我便在干燥、温暖的沙砾地上躺下，看到海角上隆起的砂脊就在前方。我的视线贴着砾石，沿砂脊望去，每

---

* 保罗·乌切洛（Paolo Uccello, 1397—1475），意大利佛罗伦萨画家，以透视法见长。

一块砾石都闪着光,下午充沛的阳光在它们身上留下余晖。行人分散各处,在这水平的风景中投下直立的影子。

内陆方向,在我视线之外的地方,一场森林大火正在熊熊燃烧,令沼泽上方变得烟雾缭绕,我与大陆之间的天空也越来越厚重。大地上,只有简单的形状能被看出:一架风车、一座四方形教堂塔楼、橡树、松树。我能听见孩子们的欢声笑语从沼泽那边传来。而在我面前,两只天鹅欲扑翅飞向大海,但风力太大,它们几乎没有前进一寸,一下又一下地拍打翅膀,只不过留在原地。它们的翅膀发出木门推动般的吱嘎声,再加上它们又似乎静止不动,感觉就像是两架早期飞行器正在风洞中进行测试。

这时,二十来只野雁从我的头顶掠过,向内陆飞去,它们的鸣叫产生了缓慢的多普勒效应*,让我不禁抬头。它们一边飞一边变换着队形,起先形成箭头,接着变成马蹄,后来又变回箭头。独独一只白雁飞在箭尖前方。在雁阵上方几千英尺处,有两架来自英国皇家空军马勒姆空军基地的"龙卷风"喷气机正在演习。两架飞机一同倾斜机身,显现出完整的、鹰一般的剪影——双翼后折,机头如圆珠笔的笔尖——身后的尾迹正在消散。

走了一小时后,我停下来,在砾石地上清出一小片空地。我坐下来,望着大海,喝了些水,捡了几块燧石。这些石头拿在手里非常漂亮。每一块都有不同的图案。有些石头上布满了细碎的线条,如同老油画的裂纹。有些仿佛大脑皮层的沟回。还有些显

---

* 多普勒效应解释了发声物体的运动会引起观测者听到的音调发生变化的现象。

示出螺旋状的沉积物和色彩——奶油色、蓝色、猎犬棕色——它们很像地图上的标记,指示着边境、海岸线、岛屿和海洋,它们还让我想起恩利岛上海豹的毛皮。

我站起来继续走,同时扫视着砾石滩,想找到这些"地图石"中最完美的一块。行至水边,我发现了一块白色的卵形燧石,其上恰有一幅这座海角的粗略"地图"。我还看到一枚很大的峨螺,因海盐和阳光而褪成了白色,螺壳已经空了、碎了,于是内部的螺旋结构一目了然:中心呈柱状,所有腔室围绕它旋转展开。

后来,我又继续走了约莫一英里,仿佛是因为那群野雁在天空中书写的神秘符文的召唤,我发现了一枚箭头。它很小,约两英寸长,外侧有柔和的弧度,刚刚好可以放在我手心里。它的外形一定有些什么不寻常之处,应当是某种人工的痕迹,才吸引了我的目光,让我从海滩上无数被海水打磨成形的石头里一眼发现了它。箭头底部是风暴云的蓝黑色,到箭尖则过渡成灰色。我把它握在手中,心里好奇,自从它被打造成形,数千年来,究竟还有谁的手曾触摸过它?我把它塞进口袋,打算把它保留一到两年,之后再送回这片海滩。

我沿着海岬,在向海面延伸的沙滩上又走了两英里,来到了一艘大木船前,它已永久性地深陷于硬质沙地里。船身两侧弯曲的木板挂着海藻,经过无数次的浸水,木色已经暗沉发黑,船身竖起,如同某种巨兽的胸廓。木船周围的硬化的沙面上犹有涟漪的痕迹,它们一圈圈重复着自己,一圈圈衰减。我想起巴伦石灰岩地面上的光学效应,还想起阿伯丁北部海岸的福维沙漠;这片大陆最北端的地区如同撒哈拉沙漠,沙丘无尽绵延,一连走上三个小时也走不到边。那些沙丘又残酷无情,曾经掩盖掉一整个村庄。

这艘老船扎在由它自己所造就和维持的陷坑里,沉入了八九英尺之深,里面灌满了上次涨潮时留下的海水。此时它成了一个清澈、充盈的池塘,我脱下衣服,滑入其中。水被太阳晒了一整天,此时像洗澡水一般温热。船板上长出了一朵朵海藻,形状如卷心菜,色彩绚丽,红绿相间;我一入水,半透明的虾虎鱼便受到惊扰,倏尔四散:这个小池充满生机。我向下沉,直到池水绕上了我的脖子,便用双手不停划水,让自己漂浮。我环顾四周,只能看到海岬上的砾石壁垒,还有北海。浪花一朵接一朵,盘旋着冲上海岸,每次海浪袭来,底部的沙砾便被卷起,从卷曲的浪尖上被抛撒出去。

***

自然之力——荒野的能量——往往无法表现。我们最精确的描述性语言和数学语言,也无法完全解释或预测小溪如何流淌,冰川如何运动,或横扫高地的风如何吹拂。这些活动的行为方式是混沌的:它们所依据的反馈系统是极其精妙、极其复杂的。

但自然同样也擅长创造秩序和重复。某些风景有分形的倾向,它们往往在不同情况下、以不同尺度重复自己的形式:这种特点有时会赋予一个地方近乎神秘的组织感,仿佛它是由某个单一的重复单元建构出来的。

北美达科他部落的人发现，圆环之形遍布于自然界，证据随处可见：从鸟巢的形状到群星的轨迹。相比之下，美国西南部普韦布洛的印第安人则倾向于以四边形理解风景，他们认为平行四边形和菱形才是无所不在的；几乎可以肯定，这种形状来源于西南沙漠中的红色岩石，在被侵蚀后，它们常形成规则的二面角。乔纳森·拉班曾以优美的笔法描写不列颠哥伦比亚海岸的印第安艺术，菱形正是其中反复出现的元素，拉班将其与阳光洒落在和缓流水上的独特形状联系在了一起。

这种自然单子论，这种对于自然中"单一本质"的执着追逐，在英国和爱尔兰也有本土的版本。托马斯·布朗*在出版于一六五八年的小篇幅著作《居鲁士的花园》（*The Garden of Cyrus*）中提出，五点状排列†，即四点位于方形四角、第五点占据中心的形态，在自然界无处不在，甚至有理由认为整个宇宙正是据此形状建构的。布朗发现五点状排列总是反复出现于自然和人工的形态中——五叶的开花植物、天体的运行——于是他将其视为"万物之灵"的秘证。一九一七年，数学家、生物学家达西·温特沃斯·汤普森（D'Arcy Wentworth Thompson）出版了一本优美的书《论生长与形式》（*On Growth and Form*），他在书中提出螺旋形总是现身自然世界各个角落：海贝壳、蜘蛛网、雏菊花中种子的排布、海狸牙齿的曲线、独角鲸的角和象牙的形状、松果

---

* 托马斯·布朗（Thomas Browne，1605—1682），英国博学家，著有多部散文作品。
† Quincunx，又称"梅花形"，形似扑克牌中数字 5 的花点分布。

鳞片的结构以及海浪崩解时形成的弧线。

一路走来，我对单子论者，这些一往无前的归纳者，产生了越来越大的兴趣。罗杰跟我讲过他的朋友约翰·沃尔斯利（John Wolseley）的故事。沃尔斯利是出生于英国的艺术家，却迷恋上了澳大利亚沙漠的沙丘。一九九一年，他在辛普森沙漠待了八个月，试图测绘和理解沙丘迁移的沉积过程。我还听说过一位当代摄影师名叫凯文·格里芬（Kevin Griffin），他花了许多年拍摄大西洋海浪撞击戈尔韦的邓洛恩海湾的景象。格里芬的方法是站在海浪中，把相机绑在胸前，焦距设置为七十厘米[*]，等待他所谓的"形状刚刚好的浪花"出现：他的照片都拍摄于海浪迎面冲击而来的一瞬。沉浸感、参与感，这些正是让格里芬痴迷之处，为此他断过几根肋骨，还差点溺水身亡。不过，他仍在坚持这项事业，力图探明这片长两百码的爱尔兰海滩上海水的运动情况。

这些单子论者中最古怪、最有趣的一位，我是很偶然才发现的。一天早上，我正用手指在图书馆的书架上漫步，突然发现了沃恩·科尼什（Vaughan Cornish）的著作。一八九五年，科尼什搬到了普尔附近多塞特海岸的一座小房子里，至于具体地点就不得而知了。那些年里，科尼什经常看到海浪拍在他花园下的海岸上，慢慢着了迷。他临终前的回忆录里写道：

> 每一天，那些海浪——美丽、神秘、坚定——一次次牵

---

[*] 原文如此，疑为七十毫米。

引着我走向悬崖上的小路,在那里,我可以看到它们卷起又崩塌,听到它们拍落于沙滩的声响。初秋,一个平静的午后,我站在小路上,大潮刚刚退去。细小的浪花缓缓滑过平坦的沙滩,在浅滩两端折转,就像光波发生了折射一样,随后它们又彼此相遇,交叉,沿各自原本的路而去。

经年累月的观察,令科尼什确信浪潮是一切地理的关键。为证明这一想法,他甚至卖掉了自己在南海岸的房子,从此成为一名巡游四方的探险家和地理学家,奔波于荒野之间,致力于追求、完善和证明自己的理论。"我到了国外,"他写道,"漫步于沙丘中和雪堆间,探索河口沙洲的陆上水下,测量风暴中的海浪,为激流的冲击、漩涡的起伏和瀑布的隆隆鼓点计时。"他驶入大西洋和苏必利尔湖的狂风暴雨中,观察风暴海浪的冲击形态。他沿着尤尔河、斯韦尔河和蒂斯湾跟随风暴而下,追踪"滚浪"的生成。他经常选择夜晚和满月时工作,以便捕捉合适的浪头进行测量,这项研究屡次让他身陷险境,比如,在莫克姆和绍森德河口的沙滩上,海水会在人不知不觉时迅速涌来。一九〇七年一月,他"很幸运地"在牙买加的金斯顿遭遇了一场地震。于是他跑出所住的房子,当即"绘制出了横扫该岛的地震波的图形"。

多年来,科尼什出版了大量关于"波"的著作——《海浪及其他水波》(*Waves of the Sea and Other Water Waves*,1910)、《沙浪和雪浪》(*Waves of Sand and Snow*,1914)和《海浪及其他类似的地球物理学现象》(*Ocean Waves and Kindred Geophysical*

Phenomena，1934）等——他还将自己所创立的这门科学命名为"波浪学"（kumatology），该词来源于希腊语中的"波浪"（*kumas*）。科尼什写道，波浪学研究将他"引向一条无人走过的路，通向未知之境。在这片国土上，没有指引旅行者的路标，没有现成可循的大道，没有供其规划路线的地图……但这是一片令人向往的土地，它的召唤正像是荒野的呼唤"。

在阅读科尼什的过程中，我越来越对这个人感到惊奇。他的双眼如此专注于波浪，以至于他感觉到波浪无处不在。我也越来越喜欢他了：喜欢他对单一性的迷恋，以及他游走于灵性和严谨科学之间的独特视角。科尼什可以察觉到一些现象之间的联系，换作别人，想都不会想。他指出，烟囱里飘出的蒸汽、小溪里生长的水草、风中翻飞的落叶、流沙的聚合、"鱼鳞天"上云朵的褶皱、鱼和鲸的体型、鸟的翅膀，还有雪橇或马车在雪地或泥地上留下的起伏的轨迹，这些事物之间都有相似之处。他的好奇心堪称典范。他想知道，为什么流水会在沙地上造成横向的纹路，踩在脚下还是坚硬的，仿佛教士服上的褶皱？他创造了一套术语来描绘这些波浪的形式：用"入口"（entrance）和"收口"（run）来描述波浪形雪堆或沙堆的特定部位，这两个词是他从造船学中借鉴来的，原本是用来形容船体突出的前端和收窄的末梢。他还对所谓的"涡流曲线"格外感兴趣，这是一种复杂的沉积形式，头部圆钝，尾部细长，通常是在雪、沙或其他非液态物质中，流体冲击某个固定障碍物时形成的效果。

后来，沙成了科尼什最青睐的研究对象，他用以书写沙的抒情笔调,至今读来依然动人。在阿伯多维,他发现"新月形"的沙丘基本都是"风成的沙山,伸出两只长臂或角,宛如新生四天的月牙"。他注意到,这种沙丘与塔克拉玛干沙漠的"巴康"沙丘、秘鲁沙漠中的"迷道"(medao)沙丘都有相似之处。回到多塞特,在布兰克索姆山脊和普尔港之间松软干燥的海岸沙滩上,他研究了滨草周围的沙子如何形成波纹,近乎痴迷地拍摄了许多照片。

还有一次,科尼什躺在一片小沙丘中间,仰望了它们许久,背景唯有一片深不可测的蓝天,他失去了关于大小、比例和时间的一切感觉:

> 沙丘那陡峭的坡、尖锐的脊、金字塔般的顶峰,在强烈的光影效果中,格外突出,再加上一切都笼罩着统一的色调,于是它们看上去更像是隔着望远镜看到的月球景色,而非我迄今为止看到过的任何地面景观。沙丘的坡面平滑、洁净,看不到细节,也没有大小已知的物体作为尺度参考。斜阳投下长长的暗影,这些沙丘雄伟如山,赫然逼视着你,即便是一位冷静客观的观察者,也很容易就会误认为它们有几千英尺高。

任何在沙漠中长时间待过的人都能对科尼什的经历感同身受:在一阵眩晕中,你会突然丧失尺度感,如爱丽丝一般感到自我瞬间缩小。这种情况也可能在别的地方发生。在马莫尔斯山,如果你凝视一块花岗岩的表面足够久,它本身也会变得像一座山脉。一路以来,我屡次发现自己受到这种影响。途经的一些风景似乎有某种自相似性,导致我陷入幻觉,尺度感被抛到一边。我仿佛能进入一个鸟巢、一截树干,或一只海螺弯曲、润泽的螺壳,沿着那旋转的腔道走进去,一只手触摸那闪光的壳面,寻找最高的尖顶。

***

走完四英里漫长的砾石滩,我来到了布莱克尼角的尽头。此时已近黄昏。此地三面环海,空气变得粗粝,如果我迎风站着,风沙会猛地灌进我的肺里。更近海处有一片盐沼灌木丛,一艘小型拖网渔船的残骸在其中搁浅了,粗大的锚链锈迹斑斑,链孔凝视海面。海岬延伸至此,砾石已换作沙子:金黄的沙丘,被薄荷绿的滨草绑定在一处。离岸风中,每一条细长的草叶都倾下身躯,叶尖以一段完美的弧线扎进沙里,像是罗盘的指针。

在北边,越过激流澎湃的潮汐水道,有一座巨大的沙洲,宽约一百英尺。沙洲上散布着成百上千头海豹,具体说是斑海豹。有些懒洋洋地躺在余晖中,头尾上扬,身体呈一条曲线撑在地上,微微摇晃,就像不倒翁。另一些则拖着沉重的身躯爬向水道,从沙洲边扑通一下滑入水中,溅起一片水花。风带来辛涩的海洋气息,闻之如生鱼和落水的狗。

潮水越来越急,在水道中拍击劈斩,淹没了沙洲。我身后是一片黑暗，但我知道潮水将如蛇一般蜿蜒前行，冷冷地穿过我先前走过的沙丘，渗入水道和小沙洲，开始淹没那艘老船的骨架，也即我刚刚游泳的地方。

夕阳渐渐落到地平线之下，此时我发现了一座倾斜的沙丘，坡面平缓，面积有几平方码左右，坡顶长满了滨草。在那里，我拾起一些卵形燧石，摆成白天所见的图案：交叉线和螺旋形。我还发现了一些蓝色的石头，颜色与柴油机的燃烟相似，还有几颗白得像粉笔的石头，我把它们垒成双螺旋形，白与蓝相互缠绕，犹如当时正在天空成形的云团。后来，我回到之前见过的两座沙丘间的凹陷处——这里像是桑德伍德湾沙丘凹地的南方版，不过更加柔缓——然后钻进睡袋，度过了这一晚。

夜幕完全降临后，海岸忽有炮声轰鸣，原来是海鸟开始归岸了。这些鸟每几十只聚成一群，有鹅有鸭，彼此混杂，纷纷回到沼泽和湿地的巢中。它们成群结队飞过我所在的沙区凹地，行动迅捷而轻柔，距我所在处不过几码高，却丝毫没有察觉到我的存在。它们是隐秘的飞行者，从没有捕食者的大海飞向危机四伏的陆地，于是只能低空飞行以避免危险。有时候，一群鸟飞来，只能听到翅膀在扑动。黑色的天幕只可映出它们的剪影。偶尔也有鸟在黑暗中察觉到了我，它们会啼鸣警示，转变航向，从一侧向另一侧倾斜而去。它们有些飞得极快，我根本无法看见，只听到吱的一声，气流突变，仰头望去时，天空已宁静无扰，只有一弯新月。

这归巢行动持续了约莫一小时左右。之后，随着最后一丝阳光消尽,群鸟的飞行也慢了下来。突然,天一下子全黑了,北边已是天海一色,彼此难分。只有远处拖网渔船明亮的船灯能够透露二者的分别,它们沿着地平线缓缓地来回移动,仿佛大型联合收割机在收割黑暗。

把一只手放在身体一侧,我感觉到身边已堆起一小圈沙子:这便是沙丘的雏形,如果在这里躺得足够久,沙丘终会将我掩埋。滨草粗糙的叶片互相摩挲。海豹已酣然入睡,鸣声飘入我耳中,如家人般亲切,令人昏昏欲睡。沼泽地里有小船停泊,船上的拉索撞击在金属桅杆上,叮叮当当,像是在彼此闲聊。在这些声音以及鼓点般的海浪声中,我渐渐睡着了。

这一晚我睡得断断续续,六点钟醒来,腰酸背痛,身下的沙子已被我的体重压实,变得像混凝土一样坚硬。海潮已涨上来,离我的卧榻只有不到三十英尺,海豹所在的沙洲已被淹没。我头后面的沙地上出现了一串人的脚印,我很确定,它们昨晚还并不存在。风已经停了,海面平静光洁。海水上方一英尺左右的空中铺着一层薄雾。在此时此地醒来,令人感觉身在秘境。

在丝滑而绵长的晨光中,我开始往回走,被潮水冲刷干净的砾石在我脚下嘎吱作响。浅滩里的海豹欢欣地跟在我身后,忽高忽低,不时消失在海里,我边走边冲它们道早安。我经过了两只死螃蟹,它们仰面朝天,蟹钳锁在头顶,惨白的腹部冲着黎明,像一对早起来晒日光浴的爱侣。黑腹滨鹬也出来了,它们二三十只结成一群,在潮汐线附近啄食成分复杂的残骸。只要我走到距离它们十码左右的地方,一整群鸟便会疾起飞到海滩远处,羽翅声如轻轻翻动的书页。

一大清早,已经有人来到海滩,三三两两地站在海滩各处,凝望着大海。他们被一种身处世界边缘的感觉吸引至此。这些人大多是观鸟爱好者,坐在发亮的帆布折叠椅上,眼睛紧贴双筒望远镜,密切注视着黎明时分从海上汹涌而来的鸟群。一小时后,我又路过一位坐在帆布躺椅上的老人,他所在的位置距岬角与陆地衔接处仅几百码。老人的椅子腿埋在沙砾中,身上裹着一块保暖的格子呢毯。他凝望着远方的大海,仿佛在迎接一支舰队的到来。

***

从布莱克尼角出发,我驾车南行,沿海岸前往内陆的胡桃木农场。当罗杰为我做早餐的时候,我跟他讲了自己在海角度过的夜晚。之后,他在大门外茂盛的薄荷丛中摘了些新鲜薄荷叶,我们坐在壕沟边,在晨光中喝了几杯薄荷茶。随后我们再次启程,一起驱车前往奥福德角。

十一到十二世纪,奥福德是一个繁荣的港口,海角温厚的长臂为它提供了庇护,挡住了北海的风浪。后来,这只长臂却带来了杀机。它沿海岸向南延伸,掐断了该港口的命脉。这类砾石地貌的形成时间很难准确估计,但整个过程持续了几个世纪左右。奥福德角改变了潮汐的方向,港口便失去了规律性的潮汐冲刷作用,渐渐淤塞,导致大载重量的船只无法进入码头。奥福德沦为了一个仅容小船出入的港口，贸易陷入绝境。

我们离开胡桃木农场后，天气一直在恶化。布莱克尼角的金黄黎明变了质，凝结成酸涩的灰暗白日。要想到达奥福德角，必须坐渡船跨越奥尔河。我们刚由渡船踏上奥福德角海岸的浮桥，便很明显地感到此地一派荒凉。潮水汹涌而来，浮桥下，褐色的洋流旋转不绝，浮桥也随之晃动起来，吱嘎作响。东风越来越强，从浮桥上眺望奥福德角，完全无法分辨棕色的沙漠与棕色的海洋究竟在何处交接。地平线消失了，和砾石、大海、天空融为一体，成为一条浮动的米黄色块。头顶上方，两架鹞式战斗机正在向正南飞行，留下一阵粗糙刺耳的轰鸣声。我们现在出发，去海岬走走。

八十年来，奥福德角一直处于国防部的辖属之内。它是一条天然的警戒线，加之地形连续且面积广阔，一直为国防部所重视。奥福德角和澳大利亚的维多利亚大沙漠、哈萨克斯坦的克孜勒库姆沙漠、美国的莫哈韦沙漠等很多更大的沙漠一样，成了军械试验的场所。在第一次和第二次世界大战期间，人们曾在奥福德角进行炮弹弹道测试和武器试验；二十世纪六十年代，这里又曾实施核爆装置测试，测试位于一种特别建造的混凝土建筑内，如今称为"核爆塔"（pagoda）。奥福德角的军事科学家还会令英国战斗机停在宽阔的混凝土大厅中，并通过固定的炮筒向其发射炮弹，试图找出机身的薄弱点，以便改进防护设备。

直至今天，各种神秘莫测的军事建筑仍然遍布于整个奥福德角的砾石滩——预备营房、监听站、信号灯、瞭望塔、地堡、爆破室等。附近仍埋着许多尚未引爆的弹药。砾石滩上有一些已开辟出来的安全路线，用铁锈色的底色和血红色的箭头标示，除此之外，其他地方一律不得踏入。我们沿路而行，两侧到处是军事遗迹：弯弯曲曲的坦克印记、毁弃的水泥块，还有一个爆炸的锅炉——一英寸厚的铁壳暴露在外，锈迹斑斑，警示人们不要乱走。

在奥福德角，很难对这里的军事力量视而不见。那天我所看到的一切都充满了攻击性和机械感。野兔从草皮上一跃而起，如同火药爆炸。刺藤弯曲盘绕，像是带尖刺的铁丝网。大雁落地前伸出脚，像放下了起落架。绿色和橙色的地衣仿佛为水泥碉堡涂上了迷彩。

罗杰和我来到奥福德角中北部，内外海岸之间某地，爬上了"炮弹弹道大楼"的楼顶，这是一座低矮而坚实的黑色建筑，过去曾用来观察从飞机投下的炮弹。站在楼顶眺望奥福德角，我们感受到了海鸥的视野，或者鸥式战斗机的视野。西面，近陆的海岸环抱着一系列盐沼：灯笼沼泽、国王沼泽。北面，塞兹韦尔B核电站的圆顶在这阴沉沉的天气里亮得诡异。南面，奥福德角的远端消失在雾中，仿佛在向海岸更远处探索——以一只细长的手指标示出去往邓杰内斯角的道路。东面是奥福德角的最外缘，灰褐色的岩石与灰褐色的海水融为一体。

我们此刻的视野，或许和当年参加第一次世界大战的炮火观察员大同小异，下方和周围便是奥福德角的主要区域。从这个高度看来，风景自身的逻辑便一目了然。一排排纵向的砾石隆起弯曲绵延，它们是奥福德角于风暴中产生的年轮。还有一些不规则的石脊与它们交错分布，那些是清弹部队的车辆造成的痕迹，是沙漠清理行动或者说净化行动留下的印记。人工与风暴造就的线条弯曲、冲撞、交缠，共同构成了一个巨型指纹，一直延伸到我视线的尽头。

＊＊＊

沃恩·科尼什在寂寂无闻中去世，他关于海浪的研究也被视为无稽之谈。但有一个人读到了科尼什的著作，并进一步发展了他的理论，由此成为微粒物质运动分析的先驱。

拉尔夫·巴格诺尔德（Ralph Bagnold）年轻时曾在西线作战，后回到英国接受工程师培训。二十世纪三十年代，他驻扎在埃及，曾率领探险队深入利比亚的沙海，那片不毛之地的抽象之美令他着了迷。他最感兴趣的就是利比亚沙丘的迁移——它们像在进行缓慢的军事部署般，有时进攻，有时撤退。在巴格诺尔德看来，沙丘似乎具有类似活物的自主性和不可预测性。他还很喜欢沙丘怪异的歌声，即大风以某种方式吹过沙坡时奏响的声音。他在利比亚度过的那些夜晚，沙丘之歌总是萦绕不绝。有时沙丘会发出一种穿透性极强的低音，几乎可以完全盖过人们正常的交谈。随着沙漠旅行经验越来越丰富，他开始记录下不同的沙漠之歌：利比亚的剑形沙丘会发出尖锐的呼啸，卡拉哈里的沙漠则会发出"苍白的低吼"。

沙砾自相矛盾的特性令巴格诺尔德深为着迷。他想知道为什么松散、干燥、没有胶结性的沙粒可以如此紧实地压在一起，以至于一辆满载货物的卡车经过沙子表面,只会留下不到一英寸深的胎痕;但同样密实度的沙子又能形成流沙,其流动性和深度足以将那同一辆卡车吞噬。

巴格诺尔德的工程师头脑受到了刺激,于是开始潜心钻研有关沙子特性的科学文献。他发现,除了沃恩·科尼什之外,几乎没有人写过有关沙丘形成或沙砾结构的论著。尽管不同沙丘都有了特定的命名和描述,比如以下这一串严肃的术语——尔格、塞夫、巴康——而且它们各自的形态和特性也已为人所知:尔格沙丘是从一个静止中心向外发展扩散出的星状沙丘,塞夫沙丘是绵延数英里的移动沙丘链,巴康沙丘呈新月形,以外弧线迎风。然而除此之外,就什么资料也没有了,这是一片空白领域。

于是巴格诺尔德便开始研究这个课题。沙丘分析所涉及的物理学知识极其复杂。在尝试理解沙在风中的运动方式之前,研究者需要先绘制和预测风的气流模式——而沙粒的重量和形状又各不相同。只有聪明又痴迷的人才会挑战这个问题。

巴格诺尔德正是这样的人。夜里,他手持蜡烛站在沙丘的落沙面,即"塌落崖"(undercliff)进行观测,以便判断控制沙子运动的"风的模式"。烈日当空时,他在"街道"上一走就是好几英里——"街道"是他的叫法,指的是沙丘之间的走廊,即便在沙丘移动时,这些走廊依然会保留。他还曾沿着巴康沙丘细长的尾尖向上,一直走到九十英尺的高处。为了查明流沙流动性的各种可能,他在较为坚实的流沙池上上下下蹦跳,并记录道,这样跳跃可以"在起伏的沙上制造出半径达几米的环形波纹"。用优美而精确的文字，巴格诺尔德将沙丘的表现及物理特征一一记录下来：它们的丘顶如巨蛇般蜿蜒，向风面的山肩形态浑圆，背风面的落沙坡则十分陡峭，"沙丘表面的坡度会达到沉积物质依据剪切角可形成的陡度的极限"。

一九三五年，巴格诺尔德从北非回到英国，并于当年退役。他自己建了一个风洞，并在接下来十年里，进行了各种复杂的实验来探索沙子在风中的物理学特性。他发现自己身处的物质宇宙有着极其精妙的组织形式，沙丘随风移动，沙子的增幅与减幅保持一致，以此保持了沙丘个体的独立性与完整性。

聚沙成塔——这就是巴格诺尔德的研究方法，对于他的研究课题来说，这种方法也再合适不过了。科学是一种投入。对巴格诺尔德来说，获取信息不是为了对沙漠景观进行一锤定音的总结，并从此将其简化或关闭，相反是为了让它展现更多的震撼。在他看来，科学能够将真实提炼为奇迹。

一九四一年，巴格诺尔德发表了他的成果，题目为《飞沙及沙漠沙丘的物理特性》(*The Physics of Blown Sand and Desert Dunes*)。威廉·朗格维舍[*]称这本书为"一部短小的科学探索杰作"，是巴格诺尔德与风沙相恋的结晶，这种描述可谓恰如其分。巴格诺尔德如此描写沙漠：

> 与设想中的混乱与无序相反，观察者发现的却是形式上

---

[*] 威廉·朗格维舍（William Langewiesche，1955— ），美国知名作家、记者。

的简单、重复中的精确，以及一种远比晶体结构更宏大的未知的几何秩序，这一切每每令观察者不可思议。在一些地方，沙堆宽阔地积聚，重达数百万吨，移动时具有规则的形状，所向披靡，它们横扫国土表面，不断增长，保持外形，甚至能够繁衍。它们仿佛在模拟生命体，表现十分诡异，想象力丰富的人甚至会为之感到不安。

***

那天下午晚些时候，罗杰和我来到了海角的最远端。在这里，海岸线发生弯折，整个半岛开始慢慢向南转去，形成一个尖角。海水筑起了一道十英尺高的潮湿的砾石围墙。我们从墙上翻下来，任脚下的石头稀里哗啦作响。随后，我们沿着潮汐线走了半英里，路上一边捡碎木块，一边与燧石和其他收获做比较。浮木成了闲聊的话题，我们试着想象每根木棍、每片木块的故事：它们从哪里来，哪条河把它们冲到了哪片海。罗杰能分辨出每一块碎木的种类，无论它是平是弯：一块浸水的橡木板，一块质地脆如墨鱼骨的白蜡木块，甚至还有一根罕见的螺旋形樱桃树枝，经过风吹日晒，它已变成丝滑的银灰色，像是一只久经使用的工具把手。

我们用浮木做了一片小型木阵：把木棍和尖木块插到地上，大致围成一个圆形——这是向德里克·贾曼*在邓杰内斯的浮木

---

* 德里克·贾曼（Derek Jarman，1942—1994），英国导演、艺术家、园艺家，他在邓杰内斯角核电站附近建造了一座著名的花园。

花园致敬。但我们的木阵将只能维持到下一次大潮来临之时。

之后，我们坐下来看海、聊天。我给罗杰讲了我读到的一篇报道，二十世纪五十年代，人们在格陵兰岛东海岸附近发现了一片"幽灵森林"。一座新出现的冰川切掉了一部分火山灰构成的地壳，露出一层一亿年之前的砂岩，岩层中镶嵌着早已死去的森林的化石——种子、树叶、树皮的纹路，它们是柿子树、胡桃木、悬铃木、鹅掌楸，甚至还有桉树和面包果树的幽灵。为了研究这些化石，科学家们组成了一支六人的探险队，他们驾驶一艘"精良的小纵帆船"驶入偏远的海湾，经过"一片冰冷的水域，水面如清灰的镜子,点缀着超现实主义画作般的冰山倒影"，又穿越"诡异的北极暮光"。这正是我梦寐以求的任务：树的幽灵、被热带的鬼魂缠绕的极地、冒险、冰川……一两个月前，我送了罗杰一本书，拉瑟福德·普拉特*的《美国大森林》（*The Great American Forest*），他把这本书带到奥福德来了。他从背包里掏出书，读了他喜欢的一段，写的是叶绿素和秋日森林的色彩：多么像一团火焰，那看上去预示着死亡，实际上却是树木准备过冬的标志，表示它们已经准备好再一次经历树液的循环。

身后的砾石围墙将我们与世界隔绝。我们的西边只有陡峭潮湿的沙砾，东边只有令人生畏的棕色大海。急速、巨大、石头般沉重的海浪发起猛烈的冲击，大风溅起冰冷的水花，洒向整片天空。我只能听到海浪爆炸般的轰鸣，沙砾如流弹的啸声，

---

* 拉瑟福德·普拉特（Rutherford Platt，1894—1975），美国自然作家、摄影师。

还有狂风持续的怒吼。雨雾之中,仅有一艘帆船隐约可见,标记出已知世界的边缘。

坐在灯塔旁的一座混凝土房里,我们也许不该对周围的一切感到惊讶。这是一个小小的避风所,高约一英尺*的小棚屋,由碎砖头和混凝土块建成,天花板上挂着一圈晾衣绳,前门漏着一道缝。关于它是谁建的、为何建,我们毫无头绪,不过建这样一座房子的想法倒不难理解。无论它多么简陋,多么狭小,在这片受到风吹雨淋的沿海前线,它毕竟是一座庇护所。

傍晚时分,红日低垂,我们再次横渡奥尔河,回到了萨福克的树林和田野。一朵蘑菇形的积雨云占据了东边的天空,被夕阳浸得通红。

***

我们从奥福德角回来之后不久,罗杰变得异常沉默寡言。他不再像往常那样笔耕不辍,独自一人待在农场的时间也越来越长。我们——他的家人和朋友——都以为这是因为他的书,这本书他写了很多年,此时终于接近尾声:在这最后的阶段,他却进入了一种冬眠状态。我和另一个朋友利奥一起去探望他,想看看他情况如何,以及我们是否能为这本书帮一些忙。他为我们做了顿午饭,自己却没有吃:他说他没胃口——可能是因为工作的压力。

---

* 约为三十厘米,原文如此。

利奥和我下河小游,他也只是待在岸上。

两周之后,罗杰说话变得有些含糊不清,并且开始产生幻觉,以为有访客来到了胡桃木农场,实际上那里只有他一个人。那晚他被送进医院,扫描结果显示,他的左额叶处有一个恶性肿瘤。

罗杰一开始是在我家附近的医院接受治疗的。他入院后我每天都去探望,感觉他眼神炙热,语声轻快。那时候,我和罗杰所有的朋友一样,都认为癌症无疑会被击退。罗杰是一个活力无穷的人,一定能够战胜疾病。

可事与愿违。罗杰的病越来越重了。治疗过程无比艰难,令他筋疲力尽。他意识混乱的时间越来越长,清醒的时间越来越短,在其中一次他清醒的时候,我见到了他。我们聊了聊我在他生病后所做的一些旅行,还谈到了《野林》,就是那本他在确诊前几周刚刚完成的书。他向我讲起了橡树,在橡树林中,如果一棵树遭受损害,其他树会通过根系向它分享养分。这些话昭示出他的慷慨,以及他对自然由衷的热爱,即便已如此接近死亡,他谈到树木的自愈能力时却毫无嫉妒之情。我同他讲起我在朗代尔爬过的桦树,那些树多么柔韧,如果你能找到一棵纤细而强壮的小树,你甚至能爬到它的顶上,以身体的重量把它压弯,它会将你轻轻送到你方才离开的地面,然后再弹回直立。罗杰让我取下书架上的罗伯特·弗罗斯特*诗集,朗读书中的那首《桦树》("Birches")。诗的结尾这样写道:

---

* 罗伯特·弗罗斯特(Robert Frost, 1874—1963),作家、诗人,出生于美国旧金山,曾四次获得普利策诗歌奖。

> 我也曾在桦树间摇来荡去，
> 回归过去是我此时的梦想。
> ……我愿爬上一棵桦树，
> 爬上雪白的树干，漆黑的树枝，
> 向天心而去，直到这棵树再也经受不住，
> 弯下腰身，将我送回地面。
> 上去和回来都是好事。
> 比在桦树间摇荡更好的事，毕竟不多。

癌症迫使罗杰以惊人的速度走向死亡。秋分前五个星期，我开车去胡桃木农场看他，我知道这将是最后一次。他坐在厨房里，已经无法从藤椅上直起身子。我弯下腰，笨拙地抱了抱他，同时震惊地感受到他在那件绿色旧套头衫下的身躯竟已变得那么瘦小。他的伴侣艾莉森、儿子鲁弗斯和朋友特伦斯也在，几星期来，他们一直在悉心照顾他。我们一起坐在厨房里喝茶，聊天。后来其他人去忙家务，我和罗杰两人单独坐了一阵子，我握着他的手，跟他说了一会儿话。我还给了他一块石头，是我前一个月在诺森布里亚的恩布尔顿海滩上发现的。它是一块火成岩，灰色玄武岩周围绕着一圈红色的岩石，我认为那是蛇纹石。这块石头应该是随火山爆发喷射出来的，而那座火山受到侵蚀的底部形成了如今的切维厄特山。这块石头曾经是熔岩，我一边说着，一边把它递给罗杰。罗杰接过来握在手里，用大拇指摩挲着石头粗糙的一面，

这样他就能明白石头的肌理了。一只蟋蟀沿着桌上的旧饼干盒的边缘向前爬,发出唧唧的鸣叫。罗杰睡着了,我静静地离开了房间。回家路上,我把车停在紧急停车带,痛哭了一场。

三天后,我和利奥以及另一个认识罗杰的朋友,一起乘火车去往诺福克北部海岸:我们经过金斯林附近的铁石礁,那些岩石令老房的墙壁都染上了一层铁锈色,然后又来到了霍尔克姆湾。我们在黎明和黄昏的大浪中游泳,还看见一只白头鹞在荆豆丛中觅食。到了晚上,我们便一起读罗杰的书,书中描述了他在这片海岸的探险。那天夜里,我们睡在了松树林中的一块空地上,那片松林几乎一直延伸到霍尔克姆的沙滩。那晚一半的时间,我睡在罗杰借给我的吊床里,另一半时间则睡在厚实松软的松针地毯上,它闻上去有股树液和松香的味道。

六天后,罗杰去世了,就在他三十八年前为自己建造的小屋里,终年六十三岁。他一生只穿旧衣,于是我穿了一条破旧的棕色灯芯绒裤和一件肩膀处破了个洞的套头衫去参加他的葬礼,结果却发现所有人都是一身黑西装、黑领带。一开始我有些惊恐,但很快就意识到这根本不重要。在场的都是他相识最久、关系最密的朋友,有几位是他的发小和大学同学,大家纷纷讲起了罗杰的故事,令人动容。有人还读了几段他的书信以及《野泳去》中的段落。他的棺木上装饰着繁茂的橡树枝,将一起火化。当棺木穿过天鹅绒帷幕时,劳登·温赖特*的《游泳者之歌》("The

---

* 劳登·温赖特(Loudon Wainwright,1946—),美国作曲家、民谣歌手。

Swimmer's Song")响起,人们纷纷流下了眼泪。

葬礼之后的几个星期,我一直无法摆脱悲伤,几乎陷入抑郁。悲伤玩起它奇怪的把戏:我总是忘记他已经死去,好几次突然想打电话问他些什么事,或者告诉他我要去看他。我认识他只有不到四年时间,但与罗杰的友谊似乎并不遵循正常的时间律法。"我希望我的朋友都像野草一样出现,"他曾在笔记本上写道,"我自己也想成为一株野草,随性而至,百折不挠。我不想成为那种需要培养感情的朋友。"这句话太贴切了。随性而至,百折不挠。罗杰不仅热爱荒野,他自己也如同荒野。并不是我曾认为的严酷肃杀的荒野,而是自然天成,生机盎然,就像一棵树、一条河。

我们共同经历了许多次探险,如果不是因为癌症,我们还将有更多机会结伴同行。我们曾计划去胡桃木农场附近的索恩汉姆森林观察獾的夜间活动,还打算在即将到来的秋天去坎布里亚爬山、游泳,还要一起做讲座。我们还打算找个时间一起去澳大利亚旅行,因为我们两人都接受了在那里演讲的邀请。收到邀请函的时候,罗杰还在想我们能否作为五段帆船划桨手争取一场免费的安蒂波迪斯群岛*之行。我表示怀疑。

我尽力让自己不要太悲伤,这样做似乎在某种程度上会贬低罗杰非凡的生命价值。但我依然无法摆脱惋惜感。我想见到罗杰七八十岁的样子,因为当他真正步入老年时,他一定也老得十分出色。他是岁月方面的专家,深知其魅力和价值。他所拥有的一

---

* 安蒂波迪斯群岛是南太平洋新西兰的外围群岛。

切都是破旧的、二手的、一次又一次重复利用的。如果说有任何人知道如何好好地老去，那一定就是罗杰。

在他去世后的一天晚上，我郁郁寡欢，于是翻出我们的往来书信，重新通读。他的电子邮件明晰简练、旁征博引，还总是夹杂着一些优美的田野小笔记，写来纯粹为图一乐。他更喜欢手写信，信中常附有一首诗、一片树叶或一根羽毛，有一次还附上了一束小小的起绒草送给莉莉。信中有一段格外引起我的注意，让罗杰的音容笑貌以及他的世界立刻浮现在我眼前。这一段写于他被确诊前的那个春天，当时他因胡桃木农场的新来客而兴奋不已：

> 牧羊人小屋那边的棚子下面，来了一窝小狐狸，因为被一大丛茂盛的荆棘遮住了，不太容易看见。它们都长得很好，黄昏或黎明时分，它们会在平整的草地上欢蹦乱跳，翻跟头，蹦跶，滚来滚去，而我就坐在树篱里的椅子上看它们。对于一只上足了发条的小狐狸来说，春天多带劲啊！

第二天，有人写信给我说，她从罗杰的讣告中得知了胡桃木农场，把那里列入了她的"奇幻之地清单"。我很喜欢这个想法，罗杰的家变成了别人心中具有魔力的地方，尽管那人还没有亲自去过：他的家已成了别人心目中的荒野地图的一部分。

盐沼

秋分临近，从斯堪的纳维亚而来的北风横扫英国东部，随之而来的是骤降的气温与迁徙的候鸟。穿过蔚蓝的天空，田鸫、槲鸫、白眉歌鸫、椋鸟、秃鼻乌鸦、凤头麦鸡纷至沓来，它们来自西伯利亚河源三角洲和芬兰的森林。它们的羽毛中仍裹挟着极地的气息。大风呼啸时，它们纷纷降落在新开垦的田野上，或成群结队、吵吵闹闹地从人们的头顶飞过。猛禽也来了，或孑然独行，或成双成对：有雀鹰，有游隼，它们离开了北方的领地，向南移动，因为此时的北极海岸对于它们已太过寒冷，极地海洋也开始结冰。有一天，在我步行回家的途中，一只雀鹰从我身边低低掠过，继而升起，落在路对面一棵光洁的月桂树的树枝上。它在那里停了片刻——胸羽如虎纹，头羽灰蓝，像一顶飞行员头盔，双眼金黄发亮——然后推开树枝，划入空中，飞去了我看不见的地方，只留下月桂树颤动不止。

候鸟开始迁徙时，我也决定去东南方旅行，目的地是埃塞克斯海岸的黏土地带。那一带，林地和田野的边缘遍布盐沼，盐沼之外，是数英里闪闪发光的淤泥滩。在那里，我可以好好观察鸟的迁徙，同时我还希望这次旅行能帮我换换心情，自从罗杰死后，我一直无法摆脱甚至缓解那份悲伤。此外，我还发现，加上泥沼，我的旅行就完整了，因为一路以来，我一直途经着矿物质的溶解：开始是坚硬的岩石，到埃塞克斯，则变成这群岛上最柔软、最顺服的物质——潮间带淤泥。

九月中旬一个阳光明媚的上午，我从家出发。北风又刮了起来。一枚淡柠檬黄色的太阳低垂在空中，阳光照在脸上却带来意想不到的热量。我的花园里飘着一股酸味，那是苹果被风吹落在地发酵的味道。掉落在公园池塘里的栗子微微摇动，像是一枚枚小水雷。我先是驾车驶过埃塞克斯的典型风光——那个总被写进笑话、被新闻揶揄的可怜小郡——穿过装修成伪都铎风格的连锁酒吧，经过处于"二期建设"中的商业园区，那里有一大片未完工的波纹钢铁皮房。路上还有不少二手车经销店，我数了数，共有十家：金属和玻璃建造的展示厅，未上车牌的宝马和奔驰在户外停车场乖乖地排成队，头顶的弧光灯之间挂着红白相间的彩旗。圣乔治十字旗随处可见，有的挂在家庭旗杆上噼啪作响，有的挂在后视镜上促进换气。我知道，达格南沿海工业区和科利顿的炼油厂就在南边某个地方，每到夜晚，它们的烟囱里便会突然发出火光或蹿出火苗。有一次，我路过一家卖园艺装饰品的路边小店，前院摆满了地精摆件和形似斑比的小鹿雕像，小鹿们将腿盘在身下，仿佛正在休息。在最显眼的位置上，立着一尊鸟种不明的猎鹰石膏像，那鹰栖在一朵顶上有圆点的毒蘑菇上，蘑菇的大小是它的两倍。

不过，当我继续向东，深入郡内，逐渐远离了主干道和城镇，这个崭新的埃塞克斯零售区的种种标志便逐渐淡出、退去。路边开始有农田出现。挖土机正在垒起一个有它两倍高的肥料堆，废料在早晨的空气中冒着热气。拖拉机则在几千英亩的土地上画出新的纹理。路边，一大丛铁线莲将连成片的围栏缠得密密实实。山毛榉林中，一群喜鹊叽叽喳喳，笑闹不停。路旁又有一排柳树探身出来，枝头拂过往来车辆的车顶。树林越来越茂密，直到填满了四周的每一段地平线。

我在伍德姆沃尔特村附近停下车，双眼被一扇大铁皮门上的标志吸引住了。那上面写着"放鹰人小屋"。我下了车，这时，仿佛是为了给这个地名做证，一只小雀鹰从几码外的橡树篱中飞出来，在空中画出一条凹弧线并落到了旁边的一棵树上。它栖在一根低矮的树枝上，开始观察我。它的眼睛似乎是橙色，我据此猜测它是一只老鸟。因为雀鹰虹膜的颜色会随年龄增长而改变。雀鹰刚出生时的眼睛是淡黄色的，此后渐渐加深，变为橙色，而很老的雀鹰会从眼睛里闪耀出火红的光。

***

在我的旅程中，常有猎鹰、山鹰和其他猛禽出没。如今我来到埃塞克斯，就是为了追踪这些捕猎者，看看远至国境东南是否还有荒野存在。我也走上了另一个人曾走过的路，那人曾与飞鸟有一段不解之缘。

一九五三到一九六三年间，每逢秋冬季节，一位名叫 J. A. 贝克[*]的人都会沿着埃塞克斯海岸追踪游隼。"游隼会于每年的八月中到十一月间来到东海岸，"贝克写道，"它们随时可能越海而来，不论天气如何，不过最可能的情况仍然是天朗气清、西北风吹拂的时候。"每年秋天，一旦游隼来了，贝克便会一直跟随它们——在黎明与黄昏，在天寒地冻的时候——穿过游隼飞过的林地、田野、海堤、泥滩和盐沼。贝克无法清楚地解释自己为何对这些飞鸟如此执着；他只知道自己已献身于这种追求，他虽然不理解它的意义，却无法否认它的必要性。他如此全心全意，以至于在每年追踪游隼的那几个月，他几乎彻底过上了野外生活，尽可能回避人际交往，而尽量探索所有他能去到的地方。

十年间，每当猎户座在天空绽放光芒，游隼便会来此追踪猎物，贝克则会追踪它们。对猎鹰的漫长追寻令贝克对埃塞克斯的风景了如指掌：冰砾土、河砾石、白柳树、榛树林，他无不熟悉。冬天一到，他便沿着"结霜后如白珊瑚般的树篱"，穿过"黑暗

---

[*] J. A. 贝克（John Alec Baker, 1926—1987），英国作家，生于埃塞克斯，著有《游隼》，由此获得达夫·库珀奖。

而坚硬的冬日森林",不断行进。他观察到,小型涉禽——滨鹬、鸻鸟、翻石鹬——会聚在泥滩上空,形似一团水母。他能通过夜莺的歌声追寻它们的行踪。他还收集了很多美丽的羽毛:鹪鹩的、燕鸥的、啄木鸟的、游隼的。

在追逐游隼的那些年,贝克成了一个"超越世界"(beyond-world)的探索者。"超越世界"是贝克的说法:那是鸟类和小动物所栖居的野外世界,存在于树篱、林地、天空,还有泥滩和盐沼交汇的海岸。这样的"超越世界"其实一直存在,和我们这到处是柏油路、汽车、农药和拖拉机的世界彼此交织,往往只需一回头、一转弯就能看见。大多数人对这个世界视而不见,但在贝克眼里,它无所不在。在他看来,埃塞克斯——尽管海拔不超过一百五十米,距离伦敦仅有五十英里,耕地还很密集——就像帕米尔高原或北极一样激动人心,一样狂野自然。

我最初对贝克产生兴趣是因为《游隼》,这本书讲述了他追逐隼的十年旅程,于一九六七年出版时便被誉为杰作。我将这本书读了一遍又一遍,总是被它的狂放和强烈的美所打动。它令我的想象腾飞,此后便留在高空。

贝克追逐游隼的一个原因是他为游隼这个种族的生存感到担忧。二十世纪五十年代,农药对鸟类的恶劣影响在英国已经显而易见。一九三九年,英国约有七百对游隼;一九六二年的一项调查显示游隼的数量已经下降了一半,似乎只有其中六十八对成功繁育了幼鸟。同样濒临消失的还有雀鹰。在贝克看来,鹰和隼都可能会因为他所说的"肮脏而阴险的农用化学粉剂"而灭绝。"我还记得那些冬日,"他在描述战前岁月时写道,"那些冰封的田野上到处飞翔着猎食的雄鹰……往日不复,古老的鹰族正在消亡。"

在那个时期,埃塞克斯乡村自中世纪以来的土地格局也正面临威胁,为了发展农业综合经济,该郡进行了剧烈的改造。树篱被连根拔起,以开出广阔的农田。成千上万的小树林和灌木丛被推土机夷为平地,大量古老的小道和较浅的陷路被填平,种上了农作物。河流和小溪里泛起了表面活性剂*的泡沫,化肥中的氮素流入水中,导致水草疯长,几乎将河道堵塞。

猛禽消亡,乡野遭毁,这一切令贝克难以忍受。追逐游隼成了他唯一的安慰。锲而不舍的背后是难以释怀。在田野中,他便离荒野更近了一步:他可以穿过镜面,进入超越世界。在野外时,他也可以忘却自己的疾病。贝克患有严重的关节炎,病情一直在恶化,手臂和腿部尤甚。因为手指变得僵硬、弯曲,他执笔或拿望远镜变得越来越困难。他的手变成了鹰爪。

***

半个世纪过去,如今我来到了贝克的狩猎场。我想沿着他走过的路线,跟随他的足迹,循着他的目光来探索这个地方。我想看看在这个鸟类迁徙的季节里,我是否也能找到进入超越世界的路。我的计划是从林木繁茂的内陆地区开始,渐渐向海岸移动,

---

* 表面活性剂在洗涤剂等工业产品中广泛使用,会对环境造成污染。

在那里，成千上万的候鸟——红脚鹬、滨鹬以及各种海鸥——都将于泥滩驻足。

出发之前，我收集了一些二十世纪五十年代由国家陆地测量局绘制的埃塞克斯地图，并把它们与现行地图比对，来看看有何变化。一比较，一切一目了然：林地缩水，城镇膨胀，田地扩张。但这里仍有好几千英亩的原生林：西北部有白蜡树、枫树和榛树林，北面中部地区有椴树和矮榆树，南部有鹅耳枥林。这些树林的分布基本可追溯到中世纪。检视地图时，有一个名字格外吸引了我的目光："荒野之地"（The Wilderness）——一条细长的阔叶林带，一直延伸到古老的伍德姆沃尔特村以东。我知道，贝克当年曾为追踪游隼而穿越这片区域。

我把车停在"放鹰人小屋"旁，开始向"荒野之地"出发。我沿着新犁过的田地边缘的小径向前走，穿过几片小树林。树篱上仍挂着累累果实：饱满的黑莓，正在由橙转红的硬山楂。空气中弥漫着成熟水果和新鲜泥土的浓郁气息。我采了一把黑莓吃。一只红纹蝶立在篱笆柱上，翅膀张开，像一本打开的书。树篱上到处挂着蛛丝，让我想起罗杰屋里那些遍布蛛网的角落。大型的雌性蜘蛛坐在蛛网中央：这巨大的生物通体黄褐，让我想起兰诺克沼泽的颜色。

"荒野之地"离公路不过半英里。走了几分钟后，我在树篱转角处拐进一条细细的小道，进入一个由古老的接骨木形成的隧道，仿佛走在通往森林的秘径。

进去之后，脚边马上出现了一个猎杀现场：一只林鸽仰面躺在地上，双翅向两侧展开，像一把扇子，胸前的羽毛像破了的枕头。它一部分尾羽被从当中折断：杀死它的是狐狸，而不是鹰隼。如果是游隼或雀鹰，就会啄开它的前胸；游隼会折断它的胸骨，雀鹰会把胸骨叼出来丢掉。

我跨过林鸽的尸体，继续向树林深处走去，一路经过了更多的接骨木，还有古老的悬铃木和榛树林。这些树长得肆无忌惮，一棵棵直冲上天，高达三四十英尺。我从树下挤过去，树梢便颤抖起来。崎岖不平的小路很快就消失不见，周围的树林越来越茂密。我用手背拂开越来越多的蛛网，迈过倒伏的树干和掉落的树枝。

几分钟后，我就进入了森林更深处，连辨认方向都变得困难。昏暗的光从树枝间落下。野鸽们的叫声嘈杂，不绝于耳。我尽量轻声慢步，避免踩到干枯的树枝，但林鸽还是纷纷冲出树梢飞走了。更远处传来乌鸦的叫声，可能它们正在"荒野之地"旁边刚犁过的田地上觅食。河岸上、树根间有几百个地洞，有些地方的黏质土壤被路过的小动物们踩得闪闪发亮：獾、兔子、狐狸。到处都有鸟儿的尸体，我数到了十来只，便放弃了。

一片山谷或山沟似的低地，左拐右拐，曲曲折折，在我前方延伸，此地大概十五英尺深，三十英尺宽，两边都是斜坡。令我意想不到的是，那岸边竟露出一排红砖，被棕色的泥土掩盖了一半。我翻下一边的陡坡，翻上另一边，去看那裸露的砖石建筑。我只能看到百余块平而薄的砖头，但它们很明显是某种大型建筑的一部分。这些砖头正一点点碎裂，回归原本用以烧制它们的土壤。我捡起一片菱形的碎砖，放进口袋。

这个地方有一种我说不清的神秘感：它的名字，野林中心的红砖，丛生的树林。我想试试从空中俯瞰。于是我选了一排结实的悬铃木：六根树干，没有侧枝，但由于彼此靠得很近，可以用旁边的树作为支撑，从其中一棵树爬上去。除了树顶，这几棵树的树干都没有叶子，而顶上的树叶横向散开，形成了一片颤动的树冠，我向上爬时，感觉自己仿佛爬上了鲸鱼的喷水孔。

有两年时间，罗杰和我就不同树种中哪些树更适合攀爬的问题有过深入的讨论。罗杰把票投给了鹅耳枥，因为它"最坚韧，不大可能因树枝朽烂而让我掉下来"；此外还有橡树，"不过近来它们很容易得梢枯病"。"在我的清单里排最后的，"他说，"是爆竹柳。"至于我，自然是榉树和桦树的拥护者，一次不幸的树枝断裂事件令我对杨树怀恨在心。我们二人都很欣赏卡尔维诺《树上的男爵》中对树的赞美，很显然，卡尔维诺自己也对爬树做过相当认真的实践性研究。卡尔维诺写道，柯西莫最喜欢爬圣栎树、橄榄树和无花果树。圣栎和橄榄树"很耐心，树皮粗糙而友好，可供他在上面行走或停留"，而无花果树"仿佛会吸收他，用黏稠的质感和黄蜂的嗡鸣将他渗透，直到他开始觉得自己也变成了一棵无花果树"。还有核桃树："它的树枝无穷无尽地伸展，像一座有着众多楼层、无数房间的宫殿……它作为树如此有力，如此自信，那坚毅、沉重的决心甚至会在叶子上表现出来。"不过，他不信任榆树或杨树，"它们的树枝向上生长，枝条纤细，树叶繁茂，几乎没有可以立足的地方"。松树也不行，它们的"树枝紧密、脆弱，挂着满满的松果，没有空间，无法支撑"。书中描写了柯西莫如何在树冠下度过夜晚,这一段罗杰和我都很喜欢:"倾听汁液流经大树的每个细胞,树干中的年轮刻画出岁月的流逝,鸟儿在巢里沉睡、颤抖,毛虫醒来,蝶蛹裂开。"

我们曾好几次讨论能否从空中穿越一片林地。罗杰甚至认真研究起来,还给我写了一封关于"臂跃行动"的信。他解释道,臂跃行动是一种特殊的进化适应,使得红毛猩猩、长臂猿和黑猩猩的手臂可以向各个方向伸展、抓握,并支撑住悬挂和摆荡着的身体。猿和猴的差别也正在于此。通过摆荡和快速移动来保持节奏和动力,一只分量可观的长臂猿或红毛猩猩便能在树枝间自由移动,而如果它站上去,树枝是无法承受它的重量的。它们利用树枝的方式类似绳索而非架杆,因此便有可能用到树枝更细、更远的部分。臂跃行动在进化上的关键优势在于让体重较大的猿类也能在细长而柔韧的树枝间移动,并够到树梢的果实。它自然也导致了直立行动的倾向,以及后来随之产生的一系列进化。但这也带来了危险,罗杰说,于是长臂猿这样的动物就需要一个强大的大脑来保证安全,它们需要进行复杂的计算才能在高高的树枝间移动,而不至于坠地而亡。

不知为何,罗杰非常希望由我先尝试一下这种空中穿越,而他在地面上观察我,理由是我们两个人里,我是擅长攀爬的那个,他的强项则是游泳。我们一直没机会完成这个实验,但我仍然希望有一天能够实践罗杰信中关于长臂猿的优美描述:"长臂猿当真是在树枝间飞翔!它们会使劲把自己甩出去,在空中流畅地滑翔,那一定是从鸟类身上学来的,毕竟鸟类是树上世界的古老贵族。也许长臂猿们还利用了树枝弯曲时积聚的能量，就像用长弓射箭一般。"

不过，我以前从没爬过这样连片的矮林，很明显，我完全没有长臂猿的优雅，笨手笨脚地才爬上了悬铃木的二十五英尺高处。不过在这里，我可以清楚地俯瞰"荒野之地"，将这片土地的谎言也一览无遗。那片低地其实是一条护城河，这一点很清楚。它环绕一周，呈椭圆形，中间的区域占地约一英亩。我看到了更多土方工程的痕迹，还有更多暴露在外的砖石结构，应该是城墙和围栏。护城河外，四面八方都是茂盛的蓟草和齐腰高的荨麻。它们是这片地区新的防御工事，把人类拦在外面，把这片土地留给生活在其中的动物。

我猜，地图上的这个名字是一处十八世纪末的遗迹：此地曾伫立着一座大房子，可能是伊丽莎白时代的，后来被一位浪漫主义早期*的地主接管，这位新主人根据当时流行的审美风格，为自己的庄园打造了一园"荒野"：一片粗放的乡野地，唯一的规则就是维持它的不规则——人工瀑布、假山突岩随处可见——来访者偶遇这些景致，往往感到惊喜。

不过这名字倒成为一个日后实现的预言：两个多世纪之后，距离公路不过几百码的"荒野之地"的确变为一片荒野，被大自然妥善回收。曾经伫立在此的建筑已经破败不堪，自然则稳步而彻底地重新占据了这里：荨麻、蓟草、接骨木、榛树、狐狸、獾

---

* 大约指十九世纪初期。

和鸟便是新的领主。

我在悬铃木的树冠中摇摆，想起一九五四年一月末的一天，贝克写在日记里的一段话。"大门外、树林边、屋宅后的风景美极了，"他写道，"草色深绿，整片田野吸饱了水分，一片青翠……野草，终有一天会征服我们，把我们那些可悲的碎砖断瓦掩盖，换以平等的生命。"

在这里，人类被视为一种短暂的存在，这种长远的视野令我颇有共鸣。在旅程中，我看到无数时代千千万万的人造建筑重归大地：爱尔兰西部没有屋顶的房子，苏格兰峡谷小镇大清洗后渐渐爬满青苔的断壁残垣，以及布莱奈被破坏的地表层——它位于一座山中，我曾穿越废弃的矿道，在那里待了一整天。我还听说过别的地方：萨福克海岸上的邓尼奇村，它已被上升的海平面吞没，罗杰在那里游过泳。还有，二十世纪四五十年代，历史学家兼考古学家莫里斯·贝雷斯福德（Maurice Beresford）经过一番艰辛探访，发现和测绘了数千个英格兰中世纪村庄的遗迹，其中许多村庄是在大瘟疫后荒废的。还有斯凯岛附近的小岛索厄，二十世纪四十年代，加文·麦克斯韦尔（Gavin Maxwell）在那里建过一个姥鲨渔场，如今散落的鲨鱼枯骨中已长出荒草，剥皮设备和牵引滑轮在锈蚀和潮湿中慢慢崩解。另外，据我所知，就在我此时所在的埃塞克斯以南的莱恩登和桑德斯利，有一片所谓的"规划用地"树林：一棵棵幼树从这块十九世纪末曾被开发的土地上冒了出来，而两次世界大战之间，土地价格大幅下跌，新的树林随之再次繁荣生长。一连数条街的小平房，包括许多自建房，纷纷倒塌腐朽，融入泥土。树木则回归这里——橡树、白蜡木和鹅耳枥原本就是这里的主人——飞禽走兽也随之而来。

这些废弃之地，呈现给我们的不仅是过去的世界，还有未来的前景。随着气候变暖、人口减少，越来越多的居民区将被废置。内陆的干旱与海平面的上升将迫使人群大规模迁居，而荒野将回到这些被遗弃的地方。植物和动物会重新占据这些领地，最先出现的就是那些最善于随机应变的物种：犬蔷薇、接骨木、火草、乌鸦……上述情况已经出现在了所谓的"隔离区"：一九八六年，切尔诺贝利的灾难发生后，乌克兰北部相关地区被划为禁区。在切尔诺贝利工人们曾经居住的小镇普利皮阿特，如今空荡荡的街道和院子里到处长满银白的桦树，人行道的石缝中钻出种类惊人的繁盛花草。城郊长起了大片的松林和柳林，近两百种动物在其中奔跑穿行。麋、鹿、猞猁和野猪在近郊来来往往。黑鹳在烟囱里筑巢，蝙蝠以空屋为洞穴，红隼在废弃的窗框上栖居。连切尔诺贝利核电站的冷却池也成了鱼塘，里面满是鲶鱼，有的甚至长到了六英尺长。

我曾经和一位研究气候变化的科学家讨论过废弃的问题。她说，她所从事的研究改变了她的时间观，也让她重新思考人类在历史中的意义。尽管人类现在是统治地球的物种，但我们的时代会过去，我们的物质遗产——尽管现在很难想象它们会消失——有一天会被大地吸收，再也难以察觉。

最终，在这一切过去很久很久之后，她说，太阳会膨胀成一颗红巨星，吞没周围广阔的宇宙空间，包括地球。想象一下吧，她说,一枚古老的红日,臃肿,巨大,将地球烧成焦土。

***

"荒野之地"从属于一片森林,这条林带向北延伸至切尔默河。贝克曾花了大量时间在杂草丛生的切尔默河岸追逐游隼:他经常沿河而下,到达莫尔登附近的盐沼。于是,在"荒野之地"漫步了约一小时后,我便沿着林带向北走去,尽量贴着林地边缘,远离人们的视线。我穿过爬满常春藤的橡树林和甜栗树林。西边是一片广阔的土地,被一排杨树一分为二,树叶在风中猎猎作响,像是头顶的高架电缆。一群秃鼻乌鸦在收割后的玉米地里飞来飞去。我好奇有多少人来过这片树林,它离公路如此近,却又如此陌生。欧洲猎蜓在草地上嗡嗡飞舞,像移动迅捷的双翼飞机。一只绿啄木鸟从我身旁经过,它的飞行路线仿佛一条空中的缝线。贝克也曾在他家附近的一片无名树林里观察啄木鸟觅食,并写下了自己的感想。"这安静的仪式发生在我所见的世界的边缘,"他写道,"这是离镜中世界最近的地方,而对面就是失落之地,万物之始。"

我又走了半英里,来到一片茂密的橡树林之中,这里似乎是树林最深处,一条湍急的小溪横贯而过。我走到一小块空地上,发现有一根绳子挂在橡树的粗枝上,下面绑着一个轮胎。这竟然是架秋千!突然间,我对这片森林的感觉改变了。这是村里的孩子们来玩的地方:他们在轮胎上荡秋千,玩捉迷藏,探险。这是属于孩子们的荒野，它一定已经存在了几十年，甚至几百年的时间了。我还发现了一条被往来脚步踩出来的小道，路面已深深嵌入泥土，它向西延伸，穿过树林，直到林木渐稀，接着从两片田地当中穿过，通向伍德姆沃尔特教堂。

我离开林中空地，沿着树篱和田地边缘，向东北方走了两英里，往切尔默河去。就在河边不远处，我越过一片刚刚犁过的田地边界，停下了脚步，从柔软起伏的沃土里拾起一块形状奇特的燧石。这是一把手斧，毫无疑问是一把手斧。我简直不敢相信自己有如此好运。它内侧是蓝色，那蓝色有种深度，像浑浊的水，外侧则是枯骨般的棕褐色。看起来，它像是还没有削凿完毕就被丢弃了。我用拇指试了试它的斧刃，又放在手里掂了掂分量，随后便往埃塞克斯海岸和丹吉半岛的盐沼走去。

***

丹吉半岛位于埃塞克斯东部，轮廓圆钝，面积不到一百平方英里。半岛三面环水——北面是黑河河口，东面是北海，南面是克劳奇河的河口。这里大部分土地是填海造陆而成，低于海平面，受一系列海堤网络的防护才能避免海潮侵袭：海堤是一排排高度不低于十五英尺的直线形建筑，上面长满了草。这是一块临时的、借来的土地。踏上它，就像踏上了已逝之海的亡灵。

不过，大海还是会在无从预料的时间重新现身，卷起滔天波浪。比如一〇九九年圣马丁节的大潮灾，在《盎格鲁－撒克逊编年史》（*Anglo-Saxon Chronicle*）中记载如下："今年圣马丁节，海水高涨，造成了前所未有的巨大伤害。这也是新月的第一天。"再如一九五三年一月三十一日的大潮，导致了数百人死亡，潮水涌入丹吉半岛，一直淹到内陆的蒂灵厄姆。

接近傍晚时，我来到布拉德韦尔附近的海堤。蟋蟀和蚱蜢在野草间唧唧鸣叫，却看不见影踪，海风依然强劲而温暖。一群群鸟儿飞过头顶，它们或太遥远，或太陌生，令我难以辨认。潮水涨到一半，润滑的淤泥暴露在外，绵延数英里。

在一丛黑刺李旁边，距离盐沼不过几码的地方，有一座类似谷仓的建筑，最高处约四十英尺，房顶为木质，墙壁由灰泥和石头砌成：石材是大块的灰砂岩、燧石和白垩质的卵石。

我推开前门，它悄无声息地向内转开。内部没有分隔，高大而空阔。强劲的北风过后，空气归于宁静。青蝇在高处嗡嗡地绕着圈，阳光从高窗里斜射进来。

这是一座修道院：圣切德修道院，建于公元七世纪。在埃塞克斯和伦敦周围大部分地区恢复异教信仰后，切德被林迪斯芳的圣菲南（St Finan of Lindesfarne）派往南方传教。他是东撒克逊凯尔特教会的先驱，该教会存续时间不长，和撒克逊凯尔特教的西部、北部教会一样，以神秘主义和对自然的热爱著称。

我走向那简陋的圣坛。圣坛底座上嵌着三块石头。第一块是粗玄岩，来自神圣的林迪斯芳岛；第二块是片麻岩，来自艾奥纳岛，凯尔特教在英国兴起的地方；第三块是石灰岩，来自位于约克郡沼泽的拉斯廷厄姆村。切德从埃塞克斯来到这里，最终在此死于瘟疫。这些经过长途跋涉的石头让我想起了自己的收藏，它们此时就放在我书桌上的架子上。而坐落在陆地边缘的这座修道院（abbey），又让我想起了恩利岛（Ynys Enlli）和那些异乡人（*peregrini*）：这罕见的横向韵脚，将国土由东向西维系在一起。

我离开修道院，在黑刺李树丛中穿行。那里坐落着一间小房子，在树丛外是看不见的。它名叫"林奈特小屋"，是一座观鸟站。门边挂着一块白板，记录着最近的观测清单，上面用马克笔潦草地写着：游隼、蜂鹰、白头鹞、贼鸥、青足鹬、小白鹭、燕鸥……修道士早已不在，但海滩上新的观测员接替了他们的位置。

***

离开树林后，我转向南边，开始沿着海堤继续走。燕子迅速挥翅，三三两两飞过头顶。我想我看见了一株兔耳草，即细叶柴胡，叶子缩在短短的草茎上。内陆是一望无际的田野，三四座黑色的谷仓如同在田野上航行的驳船。海堤那边，近海的地方是沼泽，微微泛着紫色。

盐沼形成于相对封闭的海岸，那里往往有泥沙淤积，成了各种耐盐植物的家园：海马齿苋、金海蓬子、厚岸草、海紫菀，等等。这些植物拦截了更多的沉积物，于是沼泽成了海潮的过滤网，每当潮水退去，营养物质和食物都被过滤出来。盐沼在近海处缩小为泥滩，无论是盐沼还是泥滩，构造都极其错综复杂：辐射状的线条和蜿蜒的渠、溪、沟、涧，共同构成一座迷宫，潮水不断冲刷，这些网道得以保持畅通。

除了那些塑造着盐沼的非凡植物，这里还是数百种稀有昆虫的家园，涉禽也在此找到了安全的筑巢地。而且，大潮来临时，盐沼还是已知最有效的防御之一。

然而，即便是埃塞克斯海岸线上广阔的盐沼地，也无法应对气候变化导致的巨大海潮。在二十世纪里，海平面在全球范围内平均上升了约八英寸。这种持续的上涨主要是由于全球海水的热膨胀，更深层的原因则是航空业、工业及能源生产导致的大气变暖。在海潮上涨的压力下，埃塞克斯海岸的盐沼自二十世纪七十年代以来一直在匀速流失。目前，仅在埃塞克斯的海岸线上，每年就有大约三分之一平方英里的盐沼消失；预计在未来的七十五年内，全世界的盐沼将损失一半。盐沼消失后，海水将更加肆无忌惮地侵入陆地。埃塞克斯的这种土地流失的模式，在英国和爱尔兰乃至全世界的软质海岸都已出现。

我沿海堤向南走了五英里，全程一个人也没有遇到，只看到一位农民远远地驾驶着拖拉机犁地。有棵野苹果树长在堤边，树上结满了金黄和粉红的小果子，我便停下来摘了一些。我又咽下带有咸味的海甘蓝和海甜菜叶，咀嚼茴香甘甜、松软如羽毛的茎叶。突然，一只黄鼠狼从海堤脚下深深的草丛中钻了出来，警惕地环顾四周，接着又以长草为掩护，兜着圈子急匆匆溜走了。

又走了五英里，我向北折回，沿着一条田间的排水沟，进入内陆，来到一片杨树、榛树和白蜡树的小树林。我在田野对面看到过这片树林，当时便觉得这可能是个睡觉的好地方。我走到林边，拨开白杨树枝，从树下钻了进去。我记得一年半以前，也是在这样一个风和日丽的日子，我和罗杰一起去探索了萨福克郡的斯泰弗顿橡树林。我们踩过几十棵倒在地上的橡树，它们都已经腐烂了。罗杰向我解释，这种腐烂物质其实对于森林的健康至关重要，即便树木已经死去相当长的时间，它的贡献也依然继续着。他在一根倒伏在地的巨大树干旁停下来，揭下一片黏糊糊的、弯曲的树皮，树皮下竟有几百只昆虫：木虱、蚂蚁，还有一些我认不出的虫子。我们接着向森林深处前进，来到一片圆形空地。罗杰说，据他所知，当地的巫术崇拜者会来此举行仪式，有时还是裸体仪式。我半信半疑，但他坚持自己的说法。符咒用毛线和细绳挂在橡树枝上：羽毛、破布、写有符文的纸条，旋转着，摇摆着。穿过树林返程时，我从一棵倒下的橡树根上撬下了一块硬木，长条形，呈炭褐色。后来，我用砂纸将它打磨抛光，作为斯泰弗顿之行的纪念品送给了我父亲。

风中，白杨树一片喧闹。我躺在厚厚的干落叶堆中，在森林里如海底般的光线中，想起了罗杰。树叶沙沙作响，树冠浓密厚实，我几乎听不到什么声音——只有两声枪响，一声遥远的轮船汽笛声，穿过重重密林抵达我耳边；用贝克的话说，我仿佛站在一棵树的中心。

*＊＊

我在黄昏前离开了树林。我感觉林子有些太封闭了，想去陆地边缘,在海堤上过夜。于是我走到远处一段曲曲折折的海堤上,在那里,我和高潮水位的标志牌之间只隔着一片五十码宽的盐沼。风已消止,青草和盐的味道弥漫于温暖的空气中。西边的田野上,黄日低垂,丰盈的金光涂抹在我的双手和脸颊上,如施以膏油。我想起贝克曾如此描写海边日落:"地平线的黄色眼眶,在夕阳耀眼的虹膜上慢慢合拢。"

海堤近海的那边,生长着一排茂密的野草,它们把我隐蔽起来。外面,是成千上万迁徙的鸟——黑腹滨鹬、红脚鹬、蛎鹬、杓鹬、海鸥——它们聚集在泥滩和海滩上,那海滩布满了亮白的贝壳,反射出强烈的光芒。上涌的海潮将鸟群往海岸推近,于是它们更加集中了。大浪一来,它们便突然腾空,聚成云团,接着又像雨点般落在离我几码远的泥地上。我藏身草间,可以安然观看而不会惊扰它们。

六点半左右,潮水涨到最高。半小时后,黄昏降临于大地,此时蚱蜢也渐渐停止鸣叫,慢慢只能听到五六只,再后来是两只,一只,最后完全没有了。天光在完成这一日结束前最后的变化,它变得越来越厚,到了天黑前最后的时刻,它变得像是由一个个光子所构成,汇聚、移动,如同一群被下了药、昏昏沉沉的蜜蜂。

突然,我头顶的天空响起一阵吱吱呀呀的声音。我抬头望去,只见一大群海鸥从西天飞来,至少有一千只。它们来到水边,一整群齐齐转身,白色的身躯捕捉到最后一抹阳光,在暮色中倏尔一亮。接着,它们彼此散开,在近岸的海里站稳,迎风而立,形成了一条松散起伏的线,每两只鸟之间相隔约一码远。这条线沿着海岸两端延伸，一直到我视线的尽头。

夜幕降临，没有月亮，但夜色清澈。我仰面躺在睡袋里，看海鸟飞过的剪影，看星星渐渐闪现：先是一颗，随后两颗，然后是五颗六颗，接着就多不可数了。几颗流星落下来——是九月的双鱼座流星雨。我开始注意到其他快速移动的发光物体：卫星在其轨道上闪烁，此外还有别的，比卫星低很多，只能看到在黑暗中匀速移动的光点。它们是飞向斯坦斯特德机场的客机，在一万英尺左右的高空飞翔。我意识到自己睡在了两条飞行路线、两种迁徙类型之间：一种属于鸟类，另一种属于人类。

十点左右，我听到十几二十只大型鸟类从我头顶飞过。我猜是大雁，很可能是黑雁；雁群的大规模迁徙将在几周后开始，黑雁正是它们的先驱。它们落在我南边仅十码远的岩沟里，击起阵阵水花。一整夜，它们都待在那里，犬吠般的鸣叫响彻夜空。

北欧神话中有一个关于"狂猎"（Wild Hunt）的故事。狂风骤雨的夜里，奥丁[*]会率领一群在战场上阵亡的战士以及他们的战犬穿越大地。如果有旅行者恰巧路遇这场狂猎，他们应该立即俯卧。这样，狩猎队中就只有黑狗冰冷的脚能够碰到他们，他们不会受到伤害。狂猎的目的在于收集刚去世者的灵魂，骑手就是亡魂的召唤者。狂猎的传说有许多不同的版本：在基督教的版本中，这场狩猎会在加百列[†]召集众天使参战时发生。据《盎格鲁-撒克逊编年史》的详细记述，一一二七年二月六日，狂猎队伍驾

---

[*] 奥丁（Wodan），北欧神话中的主神，诸神之王。
[†] 加百列（Gabriel），基督教中的大天使。

着快马跨越了彼得伯勒的鹿园，随后穿过森林，来到斯坦福德：一支"狂暴的军队"穿过漆黑的森林小路，越过荒野，跨过山谷，沿海岸奔驰，在幽暗之地穿梭。在十三世纪，蒂尔伯里的杰维斯（Gervase of Tilbury）写道，亚瑟王与诸骑士依然带领人马沿着卡德伯里和格拉斯顿伯里间的陷路进行狂猎。

几乎可以肯定，狂猎的原始神话是对于野雁秋季迁徙的一种解释——黑雁、雪雁、加拿大黑雁。大多数年份，这些大雁会成群结队飞行，每组不到一百只。但有些年份，它们会以更大的规模低空飞行，当它们在黑暗中飞过人们头顶时，扑翅声甚至堪比一架飞机——在前飞机时代的人们听来，或许就像一支天使的战队。有一支可怕的德国军歌，是一九一七年在战壕中创作的，歌曲唱道："野雁在夜空翱翔／叫声凄厉向北方／小心，小心这危险的高飞／因为死亡正将我们包围。"

那晚，在海堤上，我思索着迁徙这一现象：那些强烈的季节性冲动驱使生物从一个地区到另一个地区，从一个半球到另一个半球。每年秋冬季节，超过两百万只候鸟会在大不列颠和爱尔兰的软质海岸上落脚休息。它们的飞行路线是可以绘制的——而且已经有人绘制出来了。它们看上去和各种飞机的航线图并没什么不同。不过，鸟类迁徙图连接的并不是城市与城市、跑道与跑道，而是一片荒野与另一片荒野：通过它们，大不列颠和爱尔兰的沼泽、泥滩和内陆湖泊向外接入了一张更大的荒野网络——其中有斯堪的纳维亚的北方森林，以及西伯利亚广袤的苔原。候鸟并不回避人类，它们乐于生活在人们周围。不过，在选择落脚地点时，它们考虑的是一个地方是否具有野性：那里的水域和土地在多大程度上允许它们追随自己的本能，满足自己的需求。如果条件不允许，它们便不会降落。

***

我在拂晓时醒来。海面上，那一轮太阳圆满而扁平，像一枚硬币，颜色橙黄。浓雾笼罩田野，风已止息。雾霭中，我能看到的范围不超过三百码。这雾像水一般，就好像在我睡觉的时候，潮水一夜之间涌来，淹没了陆地。雾中的谷仓看不见下半部分，显得更像是一艘诺亚方舟了。森林和树丛像是兀立于水中的岛屿。我向北走了三英里，穿过浓雾，回到了圣切德修道院。我在修道院附近的一条长椅上坐下，面朝大海，一边休息，一边观鸟。

过了二十分钟左右，一男一女走来，在我身边坐下，把他们的手杖和长凳平行地放在地上。我起身准备离开。"我们没有打搅您吧？"那女人问道。我们于是彼此自我介绍。他们七十岁上下。彼得戴着一副很大的变色太阳镜，两侧带有防护罩，穿着一件棕色有领 T 恤，脸上缓缓绽开笑容。伊冯娜戴着一串珍珠项链，基本上都是她在说话。他们每周末都会来圣切德修道院，她说，除非他们去香港看儿子。他在那边教英语，他们差不多每两年去一次——这是一份好工作，只是离英国远了些。伊冯娜小的时候，曾经在停泊于布拉德韦尔的一艘游艇上生活过许多年。她父亲之前住在伦敦东区，战争结束后搬到了埃塞克斯，因为他难以在大城市里定居。她向我解释了在泥滩上行走时如何能不陷下去。和你想象的不一样,她说,你应该抬起双脚内侧,让它们形成一个角度,而不能把脚放平。而且你不能停下来。她从长凳上站起来,前后走了几步,向我展示了这种技巧。

彼得向我讲起一张著名的照片,拍摄了一九六〇年的一场大潮,那是据他所知潮水最高的一次,当时,住在林奈特小屋的沃尔特·林奈特(Walter Linnet)被水冲出了屋子。林奈特于是把他的东西放在平底船上,径直向圣切德修道院的东墙划去。那张照片正展示了这一情景:他坐在满载杂物的平底船上,在修道院的墙边漂浮着。

我问伊冯娜,一九五三年大洪水时她是否在这里。她吹了声口哨,说自己当时正和母亲在船上,她母亲发现大海有些异样:海水倒退,裸露出泥滩,很快又迅速回灌,仿佛有人在某处晃动着整个大海。伊冯娜被派去接她刚上岸的父亲,并把他带回来。她很快就找到了他,便回到船上,解缆放船,驶出河口,进入开阔的水域。天气糟糕透了,她说,令人害怕,他们的船几乎要被淹没了,所有东西都不在原位,一片混乱,但跟岸上的情况比起来,这根本不算什么。

彼得向我解释了洪水的气象物理学原理。他说,当水面上的低气压被高气压包围时,高气压会围绕其旋转,从而使低气压也开始旋转,低气压下方的海水便被吸入了由此造成的真空中。那年一月,北海的一个旋转的低气压与偏北风及春季大潮同时出现,低压在风力作用下南移,从广阔的北海向狭窄的英吉利海峡移动,导致潮水进一步高涨。

巨浪首先袭击了诺福克北部海岸。布莱克尼角被瞬间吞没，克莱沼泽灌满海水，霍尔克姆的松树立在水中。南部地区本应接到预警通知，但混乱之中预警没有发布，不久之后，埃塞克斯海岸沿线的海防工事全部被淹没，数十处海堤崩塌。仅在坎维岛一地，就有约二百人溺水身亡。彼得说，如果当时你在没有被淹的圣切德修道院里，越过半岛往内陆看去，你将只能看到大楼的高层，以及一片片林地。

***

那天下午晚些时候，我和我的朋友海伦见了一面。海伦是一位自然历史学家、诗人、艺术家和放鹰人[*]，对荒野世界有敏锐的感知力，这能力由多个方面发展而来。她搭火车来到丹吉，我们在车站会面。在树林和盐沼游荡两天之后，我再看到那些商店，便觉得明亮而鲜艳，连它们使用的文字都令我惊奇："纽马克药店""金悦中餐外卖店""一磅店"。我们一起开车回到丹吉村，海伦的一位老朋友罗恩·迪格比（Ron Digby）就住在那里。罗恩是一位鸟类画家和放鹰人，在训练猎鹰方面颇有些名望。他一生都在埃塞克斯生活，但曾周游世界，画过各种各样的鸟。在鸟类中，他最熟悉的是鹰和隼，画得也最多。他举止文雅，彬彬有礼。

---

* 应为英国作家海伦·麦克唐纳，著有《以鹰之名》《在黄昏起飞》等作品。

我们在罗恩的厨房里坐着喝茶。他说,做一个猎人,或者常和猎人待在一起,会改变你看待风景的方式。他告诉我,鹧鸪有时看上去和土块或者被泥土覆盖的大燧石毫无差别,但在经常去狩猎的那段时间,他渐渐把田野的地形地貌看得一清二楚,能不假思索地将鸟识别出来,因为他早已对哪里有大石、哪里有土块了然于心。但凡看到不寻常的东西,便很可能是一只鹧鸪。

他站起身,叫我们凑到厨房窗户边。后院的草地上有两根木桩,木桩上拴着两只游隼:一只是年轻的雌鸟,身形饱满,羽毛是棕色,前胸润白,另一只是雄鸟,背羽蓝色,非常漂亮。它们一边看我们,一边将头上下摆动,以测量距离,判断威胁。

罗恩出门,戴上手套,让雄隼栖在他手臂上,把它带了回来。它的颜色令我回想起先前那片海岸的矿物:它的喙和背羽是银蓝色,就像我发现的一些燧石;洁白的前胸又似有一些橙红的、铁矿石般的杂色。它背上的羽毛平坦、服帖,如锁子甲穿在身上,锋利的翅膀如两把剑交错插在背后。它的双眼漆黑闪亮,色泽如自动扶梯的扶手。每一只眼睛周围都有一圈凹凸不平的黄皮肤,像柠檬皮。它散发出一股滚烫岩石的味道。

后来,罗恩开车带我们穿越半岛,回到海堤,就在我过夜地点往南一点。路上看到不少沟坎,车子一路颠簸,海伦坐在副驾驶座位,那只雄隼则稳稳当当地停在她手上。我们聊起这只雄隼,与此同时,它不时向两侧歪头,仿佛因为被谈论而害羞了似的。有一阵,它张开了嘴,露出一条塑料般坚硬、光亮的舌头。

行至海边,那里有一片洼地,我们踏入高及小腿的青翠的苜蓿，在那里放飞了雄隼。它从罗恩的手腕起飞，先笨拙地扑了两三下翅膀，仿佛要坠落到草丛中去了，接着便升了起来，沿一条陡峭的斜线飞去。我们看着它的身形逐渐缩小。

它小幅度拍打翅膀，升上天空，动作非常用力，但同时一切尽在掌控。它在空中螺旋上升，行迹放达，直到飞至制高点，约两百英尺高，之后便保持那个高度，开始在空中绕大圈，居高临下，检视大地。

"游隼能看到和记住我们根本一无所知的图案，"贝克写道，"方方正正的果园和林地，无尽变换的四边形田野。它靠记忆中的一系列对称图案找到飞越田野的路……它看到的是一张张黑白地图。"那只雄隼所在的高度，超过了埃塞克斯的一切高地，它可能望到海堤之外，涉禽和海鸥在即将涌来的潮水边聚集。它可能望向内陆，穿透雾气看见田野和沟渠笔直的线条。在它下方，它会看到三个人影，正沿着一条线穿过粗毛呢般的苜蓿地，其中两人走在水沟的一边，一人在另一边。接着，它会看到两只隐蔽的鹧鸪受惊起飞——两个移动的追踪对象，一只飞向南边的大海，一只向西北内陆，飞越农田。北飞的这只鸟逃离时，身上掉下一根羽毛。

鹧鸪从我们脚边扑啦啦飞走，我抬头望去，只见那只雄隼突然俯冲，之前平行于地面，此时已接近垂直，以每秒二百三十英尺的速度逼近大地。它没击中那只鹧鸪，于是停止俯冲，再次上升，回到刚才的高度。鹧鸪躲进苜蓿丛，又被我们赶了出来，雄隼再次俯冲而下。这一次路径更长、倾斜角度更大，跟地面约呈六十度。在俯冲的最后阶段，它伸出一只爪子，抓住了那只鹧鸪，但那声音我们并不能听到。

我们穿过田野，来到雄隼身边，看到它正用蓝色的翅膀盖住那只死去的小鸟，并抬头警惕地看着我们。

后来，雄隼饱食一顿之后，我们走上海堤。温暖、轻柔的向岸风吹来盐和泥的味道。雄隼栖在海伦的手上，我们四个就坐在那里，放眼眺望盐沼，看候鸟高飞。在我们身后，暮霭沉沉，夕阳耀目，血红的颜色如同老雀鹰的眼睛。

突岩

十一月初,一连数夜天气晴朗,最早的霜冻随之而来。宁静的水面上结了一层浮冰。月亮低低地挂在城市上空,月亮渐满时是黄色,渐亏时变为银白。霜冻之后刮起了大风,七叶树的树叶因经霜而松动,此刻成百上千地落下来,在路边和树篱边上下翻飞。

强风吹得树上乌鸦东倒西歪的一日,我去了皮克山区的霍普谷看望我的朋友约翰和简·比蒂,几个月前,就是他们送我去恩利岛的。我想以此为旅程收尾,跟旅程开始时的同伴一起结束旅程,似乎最为适合。此外,约翰答应过我,要带我去看雪兔。

约翰在皮克山区出生、长大,从他家便可以看到金德瀑布。他在校念书时就做过当地的公园管理员。在世界各地工作了一阵之后,他回到皮克山区,在莱迪鲍尔水库附近的班福德村定居下来。几十年来,约翰一直在这片地方散步、爬山,他几乎不用地图,因为地图就在心中。他熟悉皮克山区的每一个角落:苍凉的山峰、砂岩的边界、树木繁茂的山谷。他知道一年之中每种候鸟到来的时节。红翼鸫和田鸫是秋天,金鸻、矶鹬和滨鹬是春天,隆冬时节北风过后,间或会飞来雪鸦。他知道各种树木的位置:星形叶片的栓皮槭,高大独立的山毛榉,有着黑色树皮的甜栗,它们到秋天便燃起金黄的颜色。他知道私人领地上看守人设下的陷阱和臭坑*在哪里,这些陷阱可以用来捕捉一切可能猎食松鸡的动物。他知道炎热的日子里蝰蛇会在哪些向阳的岩石上晒太阳。他知道哪一棵落叶松上有一对苍鹰筑巢,哪一片长满石南的山坡底下曾经有小白尾鹞破壳而出。

他还知道雪兔在哪里栖息。

很久以来,野兔一直是我心中的图腾。令我高兴的是,旅途中我常能看到野兔出没,正如老鹰一样。我在全国各个角落都见过它们:它们小心翼翼地伏在奥福德角,聚精会神地坐在萨福克开耕的田野,在梅尔南塔尔马坎的雪坡和巴伦的喀斯特地区疾驰。出乎我意料的是,它们还曾出现在爱德华·托马斯的一战练兵营,以及丹吉半岛的兔耳草草丛里。

老鹰和野兔:它们常出现在我的地图上,是一对完美的搭档。老鹰在空中盘旋侦查,俯视大地。野兔是地面上跑得最快的动物,它们对大地的了解无人能及。我在野外露营时,会睡在岩石、泥

---

* 猎场看守人在特定地点挖坑,填以动物尸体、内脏等,腐臭气息会吸引某些猎物到来,这种陷阱称为臭坑。

土和雪的坑洞里，这是野兔的习性。但是我也向往高地、山峰、山岭，渴望俯视大地，这是对老鹰的仿拟。

在所有野兔中，最令我着迷的是雪兔。雪兔比它们在低海拔地区的近亲——欧洲野兔体型更小，也更古老。更新世时期，雪兔曾在整个欧洲大量繁衍。冰川消退后，它们追随寒冷而生存：它们的冬季皮毛令它们能够在冰天雪地中生活。普林尼（Pliny）认为雪兔是因为以冰雪为食，皮毛才变成了白色。事实上，它们一年中大部分时间皮毛都是灰蒙蒙的蓝棕色，换毛后，才变成冬季的白色。冬季换毛是由于眼睛接收到的光线减少所致。入秋以后，白昼缩短，它们便开始换毛，冬季的低温则令它们维持这种状态。

冰川融化之后，雪兔被困于岛屿较高处——威尔士、奔宁山脉、坎布里亚、苏格兰——后来，除高地以外，各地渐渐再无雪兔的踪迹。十九世纪四十年代，苏格兰雪兔被引入皮克山区，为的是让松鸡猎场上的猎物品种不再那么单调。它们生存了下来，但并未大量繁衍：如今约有两百只雪兔生活在曼彻斯特、谢菲尔德和德比之间广袤的高地沼泽上。它们在皮克山区的生活其实本身就自相矛盾：对于包括我在内的许多人来说，它们已成为野性的象征，但它们在此出现又完全是人类干预的后果。即便在它们的大本营凯恩戈姆山脉，它们也正遭受气候变化的威胁，还有猎场看守人因把它们当作蜱传播松鸡病的二级携带者而大肆宰杀。

雪兔的冬季皮毛为它带来了一种幽然之美，不仅如此，它们还有一种超凡的沉静之美。静时稳重自若，动时姿容优雅：这就是雪兔的特征。观看一只雪兔在陡峭的雪坡上迂曲奔行,你就能理解为什么古埃及象形文字用一只在蜿蜒河流上的野兔来代表动词"存在"(to be),特别强调其动词作形容词的意义:"存在的""持续的"。

许多年来,约翰一直在跟踪观察一群特定的雪兔,它们生活在一片灰砂突岩附近。那些石头位于沼泽地区,海拔两千英尺。皮克山区的高海拔冻原上几乎没有任何遮蔽物,所以雪兔很容易被吸引到这些嶙峋的石阵中,每一块岩石都有它自己的名字、历史和相似的事物:飞碟、象轿、鸵鸟蛋、磨盘。

三月大雪来袭的时候,约翰就是在这里观察雪兔的,那时我正在坎布里亚夜游,他来信写到雪兔在冰丘间玩耍的情景。十一月初,就在我拜访他的前一周,他打电话说他又到那片突岩去了,并在那里发现有雪兔出没,它们正在换毛,棕色的皮毛上出现了白色的斑点。他还说如果我想在野外露营,他找到了一个不错的洞穴:那是一条两端开放的风化隧道,位于其中一座突岩的西北面,地面铺满金色的砂石。真可谓一个兔子洞。在一座突岩里睡觉!我等不及了。

***

我们在接近傍晚时出发,狂风将雨甩在我们脸上,水库中的水也被搅荡起来。我们先向北走,穿过一英里长的落叶松和桦树林。大风之后,霜冻紧随,落叶松的松针落了无数,它们静静躺在每一条道路旁柔亮的藏红花丛中,尽管天色很暗,但它们依然发出光亮,它们所拥有的与其说是一种颜色,不如说是一种光泽。约翰一边走着,一边跟我交谈,介绍一路上所见的鸟、树、植物,诉说他对沼泽的热爱。约翰无心炫耀他的知识,他的言谈举止昭示出内心深处的激情。他的正直和热情总让我联想到罗杰,我真希望他们两人曾有机会认识。

走了两英里后,他停下脚步,手指天际线:那片突岩在黄昏中隐约可见,距离我们大约一英里,高三百英尺。它们是由砂岩构成的,三亿年前,一层层沙沉积在海底,在漫长的时间中,它们慢慢沉入一个凹陷的盆地,又在高压下形成粗糙的岩石。冰、风和水将暴露在外的砂岩雕刻成嶙峋的怪石,造就了这片突岩。它们令我想起阿尔及利亚塔曼拉塞特附近的霍加尔山,那里有许多暴露在外的风凌砂岩,在风沙侵蚀之下,岩石被塑造成反重力的结构:房屋般大小的巨石,在细弱的石柱之上保持着平衡。

我们开始攀登陡峭的山坡,穿过湿软的沼泽地,在欧洲蕨和野草中不住地打滑。我们的衣服本已被雨水淋湿了,此时又沾满了泥,滑溜溜的。我们来到了岩石附近,突然——雪兔!雪兔!约翰大喊了两声,两只野兔从我们上方的岩石中蹦出来,往山上跳去了。而且它们已经变成雪白的了!它们移动得如此轻巧,像在岩石间、越橘和石南丛中滑行的小精灵。五秒后,它们就不见了,只留下我在原地心跳不已。

我们走到突岩的中央,一边留意着更多的雪兔。这片突岩分布于高地边缘,面对着连绵二十英里的高沼地。风从黑暗的西方冲撞而来,在那样的高度,风力十分强劲,人在其中根本无法站直。我们在岩石间穿行,伸出手臂保持平衡,仿佛走在狂风暴雨中的轮船甲板上。雨滴冰冷而沉重。我在一对二十英尺高的突岩下暂避风雨,这两座突岩相互倾斜,形成了一道风门。当我走出避风处、迈入风门中时,一股强风将脸上的肌肉都吹向后边,面部紧绷。我记起通向另一个上层世界的另一道门:查拉曼山谷,那是凯恩戈姆山的北入口,一道花岗岩的大门。

约翰找到了露营洞穴的位置,我跪下来查看。这里已经被水淹了,靠近洞口处,云母砂上积了一池水,正闪闪发光。这是一个狂野之夜,但也自有其美好之处。我很高兴看到此情此景之下的沼泽。当然,我真希望能在兔群中醒来,但这一晚实在无法露天而眠。十六小时的暴风骤雨,无边的黑暗,再加上没有任何掩蔽,只会是一场苦刑。雪兔能忍受这样的环境,我们不能。我在洞穴中找到一块菱形的砂石,收了起来。接着,我们退到一块突岩后面,向手指哈气,喝着暖水瓶里的热咖啡,为了盖过风声,还不得不彼此大声喊话,计划着如何在黑暗中走下崎岖陡峭的山坡,安全返回。

我们翻过沼泽中的一个小坡,想找个地方避避风雨。突然,就在那里,我们看到了几十只野兔,在黑暗沼泽的映衬下显得分外洁白。它们如随机投掷的飞镖,迅速折行,仿佛遵循某种无法预测的规则,如云室*中的粒子。它们一定和我们一样,在狂风

---

* 云室,用来侦测游离辐射的粒子侦测器,可展现粒子的运动踪迹。

驱逐之下离开了岩石群,来这里的泥炭洼地中暂避。它们白色的皮毛引来最后一缕光,在黑暗的沼泽里微微发亮。其中一只大个子雄兔,身上依然杂着棕色的毛,停下来回头看了我们一眼,随即跃入黑暗中。

相对而言,大不列颠和爱尔兰的野生动物已经所剩无多;同样相对而言,全世界其他地方也是如此。我们一心追求我们的文明事业,却将成千上万物种推向灭绝的边缘,而已经越过那条边缘的更是不计其数。要承担这种损失的,首先是它们,紧接着就是我们自己。野生动物和荒野一样,它们之所以珍贵,恰恰在于它们不是我们。它们与我们如此迥异,毫无商量的余地。它们遵循的路径、追随的冲动,另有一套法则。海豹在入水去穿凿大海之前投出的一望,野兔的奔跑,老鹰的高空盘旋:这些都具有野性。看到它们,你会在一瞬间意识到,在我们周围、我们身边,还有另一个活生生的世界,那个世界的运行模式与目的,并不与你共享。你会意识到,这些生灵听令于某种声音,而这种声音你是听不到的。

第二天早上,暴风骤雨已几乎止歇,长长的光线扫过沼泽边缘,一直照到村庄那边。经过暴雨的濯洗,天空一片清澈。今天是阵亡将士纪念星期日,十一点钟,号声刺穿了透明的空气。约翰和我参加了仪式,仪式在村里的主街上举行。我想起了格尼,想起了托马斯,还有无数无名的英雄。

仪式结束后,我们走到班福德边缘,那是一处破败的砂岩壁垒,在村庄正前方的沼泽边延伸。我们走了两三英里,来到一座很深的峡谷，它位于沼泽旁陡峭的深沟里，树木幽然。

在我们下方，山谷闪烁着一片火光。秋日之"火"正熊熊燃烧。几百英亩树木正在变换色彩：落叶松、桦树、山毛榉、甜栗，挂满橙色、洋红、硫黄、金黄的叶子。此情此景点亮了我心中一连串的记忆，让我想起旅程中那些熠熠闪光的时刻：利恩半岛的发光之海，科鲁什克的彩虹，莫利赫松林里飘散的花粉，在霍普峰顶上看到的北极光——现在则是村庄一英里外的这片秋林。

秋叶的颜色代表了死亡，但也代表重生。在春季和夏季，叶绿素为树叶提供了主要的色彩。但随着白昼减短，温度降低，叶绿素的合成量逐渐下降，最后完全停止。随着叶绿素含量降低，其他色素便开始现身：类胡萝卜素——一种感光化学物质，能呈现橙色、黄色和金色，棕色的丹宁酸，以及更稀少、颜色更红的花青素。花青素是由于持续的强光对树叶里存储的糖分发生作用而产生的，当树木的维管组织在为落叶做准备时，糖分就开始留存在叶片中。如此一来，这些落叶树木便燃起一场壮丽的大火，将自己烧到仅剩枝干，为的是度过寒冬，准备迎接春天的复苏。

在峡谷上方的高地上，我们发现了一棵山毛榉树。这是一棵孤零零的老树，不到二十英尺高，在一小片凹陷的湿地中欣然生长。这片低地恰好足以为这棵树遮风，而树也刚刚好长到与周围的地面齐高。它为这片湿地创造出了一小块坚实的土地，它的根系牢牢抓住周围的土壤，从而形成一片草皮。这棵树是顽强的求生者。它那成百上千的树枝，每一条都弯成了螺旋形，在年复一年的大风中，曲曲折折地生长。树下的地面布满了落叶，一片金黄。

这是一棵邀请你攀爬的树。约翰坐在树下，远望下方的山谷，我则爬了上去。这是我遇到过的最好爬的树：下一根树枝总在恰当的地方，弯曲扭结的姿态也刚好能让你搭手或搭脚。它几乎像是在扶我往上爬。我在靠近树顶处待了大概十分钟，想着南方和东方，想着小山顶上那棵属于我的山毛榉树。从下面很远的地方，传来了一声教堂的钟声。

　　我爬下树，和约翰一起在树下坐了一会儿。突然，我们听到了一声嘹亮的啼鸣，抬头一望，只见几只小鸟飞来，落在山毛榉树枝头。是戴菊莺！在树上停了一分钟左右，它们便轰然飞起，离开榉树，向峡谷深林去了，用它们的金色去装点下一棵树。

山毛榉树

我们不能停止探索，
而一切探索的终点
都将是回到启程之处
第一次将它看清。
　　　　——T. S. 艾略特

从本霍普山谷回来的那天晚上，我把架子上"风暴海滩"的那些石头拿下来，摆在我的桌子上，把新捡来的菱形砂石也放了进去。我开始把它们挪来挪去。起初，我把它们按发现的时间排成一长排，最早捡到的放左边，最近发现的放右边。后来我又尽我所能，把它们按年代顺序重新排列：寒武纪、奥陶纪、志留纪、泥盆纪、二叠纪、侏罗纪……再之后又把它们按照发现的地点大致排成图形,于是它们便构成了群岛本身的一幅粗略的矿石图,也将我的旅程图包括于其中。每一块石头仍然承载着它被发现的那一刻的记忆:空气的味道和温度,以及阳光的质地。

心脏大小的蓝色玄武岩来自恩利岛,来自那珍珠色大海的激流峡谷的边缘。橄榄形的石英石来自科鲁什克,我离开的那天炎热而明媚,我曾把它含在嘴里。一对眼球形状的石头来自兰诺克泥炭地和桑德伍德附近的溪流阶地,向我投以回望。蓝白相间的长方形扁石取自黑森林中一段已经石化的树根,纹理中仍蕴藏着冬木的魔力。霜裂的碎石来自本霍普山的最高峰。弯曲的菱形石块来自内瓦河口,线条令人想起木纹和沙阶。地图石来自布莱克尼,白垩石来自埃塞克斯的海扇壳海滩,扁扁的楔形红砖碎片来自"荒野之地"。然后是它们中的最后一员——一块卵形的单色花岗岩,上面点缀着云母,这是我在罗杰去世后探访胡桃木农场时从一个架子上拿的,这枚石头昭示了他家的荒野性。还有一些其他的纪念品:猛禽的羽毛、海豚形的木块、破裂的峨螺、几簇风干的柔荑。

我的旅程向我揭示了,大不列颠和爱尔兰某些地区彼此看似并不相干,但在高速公路和空中航线之外,存在着新的逻辑联系。其中有地质学的联系:突岩与突岩之间、燧石与燧石之间、砂岩与砂岩之间彼此呼应,花岗岩让位于淤泥。还有鸟兽的迁徙路线,以及变幻莫测的天气与光线的联系:暴风雪、雾霭和黑暗,总为所经之地注入野性。此外还有曾经在某地逗留或穿行的人们,无论他们是生是死。将我的荒野彼此联结的是故事与记忆之网,此外也有一些更加物质性的关联。岩石、生物、天气、人类——所有这些力量所结成的联系，都在土地上留下了新的图案，就仿佛大地浸过了显影液，不可思议的图像便出现了，在道路和城市的网格中，浮现出幽灵般的影子。

我所去过的地方比在此讲述的要多——而我想去的地方还有更多。奥克尼群岛、设得兰群岛、圣基尔达岛和锡利群岛。彭布罗克郡海岸外的斯科克霍姆岛和斯科默岛。德文郡和康沃尔郡的隐秘峡谷。埃克斯穆尔谷区和博德明沼地。威尔士中部的黑山。阿德纳默亨半岛和莫纳利亚山。诺福克湖区角落里失落的小沼泽。威尔特郡和什罗普郡的部分地区。还有边境区，我打算按照约翰·巴肯（John Buchan）的《三十九级台阶》（*The Thirty-Nine Steps*）中理查德·汉内在高地逃亡时选择的路线漫游。我还想用一棵高大的桦树做一只独木舟，然后沿瓦伊河顺流而下。制作这份地图是一项永无止境的事业。不论如何，我想我将来总会有时间去做这些旅行，哪怕只是完成其中一部分。再过几年，我的孩子们也长大了，就可以跟我一起去了。

如今，我感到公路地图对这些岛屿的描述似乎比我刚开始旅行时更显得扭曲了。这个国家有如此多的侧面在公路图上都不见踪迹。无论是英格兰软石地区那些古老车道的淡淡线条，还是西南沼泽的黄褐色轮廓，它都视而不见。它没有记录沃什湾口永不停歇的泥沙运动，对质地、气味和声音概不关心。橡树花粉和火草种子在风中飞舞，山峰投下不同形状的影子，奔宁山脚下的巨石以各种角度休憩，它都不在意。达特穆尔高地的浓雾，如牛奶般浓稠、柔滑、迅疾；兰诺克的黑色泥炭地，如液体一般，人留在上面的脚印在几小时内就会完全消失；这些也被它全然忽视。它看不到黑峰森林里苍鹰在何处栖息，也看不到剑桥郡中雀鹰循着哪条路线捕猎。

我一边摆弄这些石头，一边回想我的漫长的旅程：远行西北，再折回南方，最终来到埃塞克斯——看似不大可能具有野性的埃塞克斯。我对这一路的变迁有关于色彩的记忆：从苏格兰冬日的白、灰和蓝出发，途经巴伦的清灰和乳白，到达英格兰夏日的绿和金。我还有触觉的记忆：从坚硬的岩石到松软的泥土，从冰到草再到沙。但我最强烈的记忆还是视觉焦点的转换：从半岛、沼泽和山峰的漫漫视野，到树篱、沟渠、海池和兔穴的特写世界。

随着向南的行走，我自己对荒野的理解也发生了变化——或者说，它的范围被扩大了。最初，我将荒野视为遥远的、没有历史的、没有标识的地方，现在看来，这种看法实在是肤浅、片面。

我并非想说像本霍普山、兰诺克这些大自然最后的堡垒没有价值。不，它们剥去一切的朴素和激烈的本质，让它们拥有了一种令人敬畏的力量，这是无价的。但我也渐渐学会了看到另一种我之前视而不见的荒野：自然生命内含的野性，存在于世的有机体永续不断的纯粹力量，生机勃勃，混沌无序。这种荒野的特点不是严酷，而是绚烂、生机与乐趣。杂草刺出铺路石的缝隙，树根粗鲁地破开柏油路的路基；这些也是荒野的标志，并不逊于狂风巨浪或漫天雪花。城市边缘一英亩的林地和本霍普山碎蚀的峰顶同样值得我们了解：这是罗杰教给我的——也是莉莉尚不需要被教授的东西。这是大部分人在长大成人的过程中逐渐遗忘的事情。

另外还有一个变化，那就是时间性的改变。我开始感觉到荒野有一种既照向未来，又呼应过去的特质。当下，荒野面临着严峻的威胁，四面楚歌。但这些威胁又是暂时的。荒野先于我们出现，也终将比我们长久。只需假以时日，人类文明将成为过眼云烟，而时间如此充裕。常春藤会蜿蜒归来，慢慢拆除我们的公寓和阳台，就像它一点点分解了罗马的别墅。风沙会飘进我们的商业园区，就像它飘进铁器时代的圆形石塔。我们的道路将塌陷，融入大地。"荒野如幽灵，在整座星球上徘徊，"诗人、林务员加里·斯奈德（Gary Snyder）写道，"数百万微小的植物种子，就隐藏在北极鸥脚下的泥土里、沙漠的干沙里，或一阵风里……每一粒种子都时刻准备着漂流、冰封或被吞入腹中，但无论如何它们的胚芽依然会留存。"

***

在长途旅行之间，我花了越来越多的时间来探索距家一两英里的农田和矮林。那些树篱、田野和小树林，我曾经那么渴望离开它们，去遥远的西部和北部，但它们在我看来慢慢变得不同了——它们同样充满野性，只是我从前未能察觉、未能理解。这片风景开始出现异象。有一次，我走出一条长着很高的树篱的小巷，惊起了一群白鸽，它们从棕色的田野上飞起，拍打着翅膀迎向蓝天。还有一个春日,我来到九泉森林,看见桃叶卫矛的叶子和枝条上挂着数不清的白色细丝,细丝懒洋洋地在风中飘荡,像祈祷者的诗行。这里是成千上万只白蛾的孵化所,每一只蛹都垂下一根丝。那些垂下的丝有的长达五六英尺,把小路上上下下的空间全部以交叉的丝网封锁了,只要沿着这片树林里的小径走,就不可能不被白丝缠绕和包裹。所以等我走到森林另一头时,我已经快被缠成一个茧了。还有一个闷热的八月之夜,空气凝滞、潮湿,我跑步到了山毛榉林那边,穿过开满旋花的树篱,只见那些雪白的喇叭形花朵正在逆时针转动。那晚的一切似乎都因炎热而放缓了,我一时间觉得空气仿佛有了水一般的稠度。站在观察台上,我看到一只乌鸦从树枝腾空,懒散地挥翅飞走了,宛如一只蝠鲼。

初秋时节,我和莉莉、海伦以及另一个朋友,一起徒步去了九泉森林和山毛榉林之间的树篱带。我们提着篮子,一路摘了不少黑莓、樱桃李和黑刺李。莉莉在荆棘丛附近好奇地钻来钻去。我从一棵倒地的白蜡树树干上剥了一块干树皮,给她看树皮下成群结队的昆虫。

在通往树篱最深处的入口附近,我们停下脚步来欣赏一棵黑胡桃树。这是我和罗杰两年前发现的,当时它还是一棵自播繁殖的小树苗。这棵小树遗世独立,在横冲直撞的拖拉机和遍地飘飞的杀虫剂之间活了下来。如今它欣欣向荣,过不了几年,它就会结出果实了。

※※※

就在看过雪兔的一周后,有天下午,风势渐起,于是我去了那片山毛榉林。我是步行前去的,先是沿着城市边缘的街道,随后沿着田边的小径。树篱中,赭色的榛子树和达布隆金币[*]般的白桦木一片辉煌。树篱边的草丛中,最后的几株蓝盆花迎风摇摆,我经过一棵峨参,它不知为何竟还开着花,似乎迷失在了自己的夏日之梦中。林鸽正在空中俯冲,双翅上扬,如纸飞机一般,折出突兀的曲线。

山脚下传来树木随风而动之声;我越靠近,声音便越大,如海的咆哮。抬头看着摇曳的森林,我想起读过的一段话:当你看见一片树林或森林,你必须将地面想象成一面镜子,因为树的根系网络与树冠一样庞大。见到一棵树的树冠,你便应想到与其对称的、隐藏的另一面,地下的部分渴望着水分,就像其地上的同胞渴望着阳光。

那天,从外面看来,树林显得单调而乏味。然而一旦走进去,我便发现自己进入了一个灯箱。树叶间漏下的阳光在空气中投出金黄、银白与铜紫的光芒。这种效果如此出人意料、违逆直觉,于是我走出林子又返回去。仍是同样情景。外面是一片暗棕——进来却绚丽多彩!我穿过树林的万花筒,继续向上走。

如果气候继续变暖,山毛榉将成为最早在英国南部灭绝的树

---

[*] 达布隆金币,旧时西班牙的一种金币。

种。对山毛榉林的研究表明,大型老树已经开始失去活力,它们的衰退期早早提前了。五十年树龄的山毛榉树,如今常常表现出三倍于其树龄的树木的衰弱状况。不过,与榆树不同,山毛榉树不会消失,而将迁徙。山毛榉林将跟随等温线,寻找更为凉爽的大地,就像雪兔们在更新世结束后所做的一样。在逐渐变暖的北方,山毛榉会找到新的山头与领地。这不是一个物种的灭绝,而是流亡。但损失仍会是巨大的,而且这一切有可能就在我有生之年里发生:我将眼睁睁看着山毛榉林消亡。

在长长的山顶附近,我找到了我的树。我爬上去,经过那些熟悉的标记——弯曲的树枝、刻在树上的字母"H"、大象皮肤般的树皮、断裂的树枝——随后到达了我的瞭望台。我在分岔的树枝上站稳,眺望大地。

我想,我是遵循着野兔的足迹:跑出去,兜一圈,再回到起点,将弧线变成圆。

站在瞭望台上,我试图想象风对大不列颠和爱尔兰的影响。我往东想,那有诺福克和萨福克的海岸,风在那里推波助澜,令海浪冲向卵石海滩。我往北想,风驱赶着皮克山区的雪兔在石间与沼地中寻求遮蔽,把坎布里亚山谷的瀑布撕扯得七零八落,还翻动了内瓦河口的泥沙。我往西想,大风刮过查纳峰和克罗帕特里克峰,扫过罗斯路附近我曾经过夜的金色小岛,灌入恩利岛上剪水鹱的洞穴。我往南想,风搅乱了多塞特陷路中静止的空气,冲击着埃塞克斯泥滩上空的飞鸟。

我想象风穿过所有这些地方,还有与之类似的其他地方:它们被道路和住房、围墙和购物中心、街灯和城市隔开,但同一时刻,仍因风中的荒野气息而彼此联结。我们都已支离破碎了,我想,但荒野仍然能够让我们回归本我。

我再次望回眼前的风景:公路、铁路、焚化炉、林地——麦格山林、九泉森林、苦艾森林。这些树林在大地上绵延,生生不息。

荒野也存在于这里,在我居住的城镇以南不到一英里的地方。它被道路和建筑物包围,多处都面临严峻的威胁,有的已经濒临灭亡。但此时此刻,大地上似乎燃起了野性的光。

拓展阅读

水

Bachelard, Gaston, *L'eau et les rêves: essai sur l'imagination de la matière* (Paris, 1947)

Carson, Rachel, *The Sea Around Us* (New York, 1950)

Carver, Raymond, *Where Water Comes Together with Other Water* (New York, 1985)

——, *A New Path to the Waterfall* (New York, 1989)

Coleridge, Samuel Taylor, *Collected Letters*, ed. E. L. Griggs (Oxford, 1956-71)

——, *Notebooks: 1794-1808*, ed. K. Coburn (London, 1957-61)

Cornish, Vaughan, *Waves of the Sea and Other Water Waves* (London, 1910)

——, *Waves of Sand and Snow* (London, 1914)

——, *Ocean Waves and Kindred Geophysical Phenomena* (Cambridge, 1934)

Deakin, Roger, *Waterlog* (London, 1999)

Maclean, Norman, *A River Runs Through It and Other Stories* (Chicago, 1976)

Maxwell, Gavin, *The Ring of Bright Water Trilogy* (London, 1960-68)

Raban, Jonathan, *Coasting* (London, 1986)

Simms, Colin, *Otters and Martens* (Exeter, 2004)

Thomson, David, *The People of the Sea* (London, 1954)

Williamson, Henry, *Tarka the Otter* (New York, 1927)

石头

Ascherson, Neal, *Stone Voices* (London, 2002)

Bagnold, Ralph, *The Physics of Blown Sand and Desert Dunes* (London, 1941)

Bradley, Richard, *An Archaeology of Natural Places* (London, 2000)

Harrison, Robert Pogue, *The Dominion of the Dead* (Chicago, 2003)

Household, Geoffrey, *Rogue Male* (London, 1939)

Langewiesche, William, *Sahara Unveiled* (New York, 1996)

McNeillie, Andrew, *An Aran Keening* (Dublin, 2001)

Meloy, Ellen, *The Anthropology of Turquoise* (New York, 2002)

Murray, W. H., *Mountaineering in Scotland* (London, 1947)

——, *Undiscovered Scotland* (London, 1951)

Perrin, Jim, *On and off the Rocks* (London, 1986)

——, *Yes, to Dance* (Oxford, 1990)

Robinson, Tim, *Stones of Aran: Pilgrimage* (Dublin, 1986)

——, *Mementoes of Mortality* (Roundstone, 1991)

——, *Stones of Aran: Labyrinth* (Dublin, 1995)

Shepherd, Nan, *The Living Mountain* (Aberdeen, 1977)

Thomson, David, and George Ewart Evans, *The Leaping Hare* (London, 1972)

Tilley, Christopher, *A Phenomenology of Landscape: Places, Paths, Monuments* (Oxford, 1994)

Worpole, Ken, *Last Landscapes* (London, 2003)

树木

Agee, James, *Let Us Now Praise Famous Men* (New York, 1941)

Calvino, Italo, *Il Barone Rampante [The Baron in the Trees]*, trans. Archibald Colquhoun (London, 1959)

Deakin, Roger, *Wildwood* (London, 2007)

Fowler, John, *The Scottish Forest Through the Ages* (Edinburgh, 2003)

Gurney, Ivor, *Collected Poems*, ed. P. J. Kavanagh (Oxford, 1984)

Harrison, Robert Pogue, Forests: *The Shadow of Civilisation* (Chicago, 1992)

McNeill, Marian, *The Silver Bough* (Glasgow, 1957-68)

Nash, David, *Pyramids Rise, Spheres Turn and Cubes Stand Still* (London, 2005)

Platt, Rutherford H., *The Great American Forest* (New Jersey, 1977)

Preston, Richard, 'Climbing the Redwoods', The New Yorker, 14 and 21 February 2005

Rackham, Oliver, *Trees & Woodland in the British Landscape* (London, 1976, rev. 1990)

——, *Hayley Wood: Its History and Ecology* (Cambridge, 1990)

——, *Woodlands* (London, 2006)

Wilkinson, Gerald, *Epitaph for the Elm* (London, 1978)

空气

Bachelard, Gaston, *L'air et les songes* (Paris, 1951)

——, *La poétique de l'espace [The Poetics of Space]*, trans. Maria Jolas (Paris, 1958)

Baker, J. A., *The Peregrine* (London, 1967)

Drury, Chris, *Silent Spaces* (Thames & Hudson, 1998)

Ehrlich, Gretel, *The Solace of Open Spaces* (New York, 1985)

Heinrich, Bernd, *Ravens in Winter* (London, 1991)

Macdonald, Helen, *Falcon* (London, 2006)

Saint-Exupéry, Antoine de, *Vol de Nuit* (Paris, 1931)

——, *Terre des Hommes [Wind, Sand and Stars]*, trans. William Rees (Paris, 1939)

——, *Pilote de Guerre [Flight to Arras]*, trans. Lewis Galantière (Paris, 1942)

Simms, Colin, *Goshawk Lives* (London, 1995)

荒野

Callicott, J. Baird, and Michael Nelson, eds., *The Great New Wilderness Debate* (Atlanta, 1998)

Colegate, Isobel, *A Pelican in the Wilderness* (London, 2002)

Dillard, Annie, *Pilgrim at Tinker Creek* (New York, 1975)

Hinton, David, trans., *Mountain Home: The Wilderness Poetry of Ancient China* (New York, 2002)

Hughes, Ted, *Wodwo* (London, 1967)

Mabey, Richard, *The Unofficial Countryside* (London, 1973)

——, *Nature Cure* (London, 2005)

Muir, John, *The Eight Wilderness Discovery Books* (California, 1894-1916)

Nash, Roderick, *Wilderness and the American Mind* (New York, 1967)

Rolls, Eric, *A Million Wild Acres* (Melbourne, 1981)

Snyder, Gary, *The Practice of the Wild* (San Francisco, 1990)

Stegner, Wallace, *The Sound of Mountain Water* (New York, 1969)

Thoreau, Henry David, *Walden* (New York, 1854)

White, T. H., *The Once and Future King* (London, 1958)

地图

Borodale, Sean, *Notes for an Atlas* (Isinglass, 2005)

Brody, Hugh, *Maps and Dreams* (Toronto, 1981)

Clifford, Sue, and Angela King, *Local Distinctiveness: Place, Particularity and Identity* (London, 1993)

Davidson, Peter, *The Idea of North* (London, 2005)

Dean, Tacita, *Recent Films and Other Works* (London, 2001)

Harmon, Katharine, *You Are Here: Personal Geographies and Other Maps of the Imagination* (New York, 2004)

Least-Heat Moon, William, *PrairyErth: A Deep Map* (Boston, 1991)

Lopez, Barry, *Arctic Dreams* (New York, 1986)

Macleod, Finlay, ed., *Togail Tír [Marking Time: The Map of the Western Isles]* (Stornoway, 1989)

Nelson, Richard, *Make Prayers to the Raven* (Chicago, 1983)

Perrin, Jim, and John Beatty, *River Map* (Llandysul, 2001)

Solnit, Rebecca, *A Field Guide to Getting Lost* (New York, 2005)

Turchi, Peter, *Maps of the Imagination* (San Antonio, 2004)

土地

Blythe, Ronald, *Akenfield* (London, 1969)

Craig, David, and David Paterson, *The Glens of Silence: Landscapes of the Highland Clearances* (Edinburgh, 2004)

Fowles, John, *Wormholes* (London, 1998)

Godwin, Fay, *Land* (London, 1985)

——, *Our Forbidden Land* (London, 1990)

——, *The Edge of the Land* (London, 1995)

Goldsworthy, Andy, *Hand to Earth* (London, 1990)

Hunter, James, *A Dance Called America* (Edinburgh, 1994)

——, *The Other Side of Sorrow* (Edinburgh, 1995)

King, Angela, and Sue Clifford, *England in Particular* (London, 2006)

Mabey, Richard, *The Common Ground* (London, 1980)

——, with Sue Clifford and Angela King, *Second Nature* (London, 1984)

Mellor, Leo, *Things Settle* (Norwich, 2003)

Perrin, Jim, *Spirits of Place* (Llandysul, 1997)

Pretty, Jules, *The Earth Only Endures* (London, 2007)

Rowley, Trevor, *The English Landscape in the Twentieth Century* (London, 2006)

Shoard, Marion, *This Land is Our Land* (London, 1987)

Taylor, Kenneth, and David Woodfall, *Natural Heartlands* (Shrewsbury, 1996)

行动

Ammons, A. R., 'Cascadilla Falls', *The Selected Poems* (New York, 1986)

Coleridge, Samuel Taylor, *Coleridge among the Lakes & Mountains: from his Notebooks, Letters and Poems 1794-1804*, ed. Roger Hudson

(London, 1991)

Fulton, Hamish, *Selected Walks: 1969-1989* (London, 1990)

Goldsworthy, Andy, *Passage* (London, 2004)

Graham, Stephen, *The Gentle Art of Tramping* (London, 1926)

Heaney, Seamus, and Rachel Giese, *Sweeney's Flight* (London, 1992)

Holmes, Richard, *Coleridge: Early Visions* (London, 1989)

Lopez, Barry, *Crossing Open Ground* (New York, 1988)

——, *About This Life* (New York, 1998)

McCarthy, Cormac, *Blood Meridian* (New York, 1985)

Sebald, W. G., *Die Ringe des Saturn [The Rings of Saturn]*, trans. Michael Hulse (Frankfurt, 1995)

Sinclair, Iain, *London Orbital* (London, 2000)

——, *The Edge of the Orison* (London, 2005)

Thomas, Edward, *Wales* (London, 1905)

Thoreau, Henry David, 'Walking' (Boston, 1862)

Twain, Mark, *The Adventures of Huckleberry Finn* (New York, 1884)

Worpole, Ken, and Jason Orton, *350 Miles* (Colchester, 2006)

致谢

我首先要感谢以下所有人：我的妻子朱莉亚，我的孩子莉莉和汤姆，我的父母罗莎蒙德和约翰，约翰和简·贝蒂，彼得·戴维森，罗杰·迪金，亨利·希钦斯，萨拉·霍洛韦，朱利斯·杰达姆斯，理查德·马贝，海伦·麦克唐纳，加里·马丁，里奥·梅洛，吉姆·佩林，约翰·斯塔布斯和杰茜卡·伍拉德。他们每个人都对本书的成型起到至关重要的作用。希望我已经向你们每个人都表达了深切而具体的谢意。

出于种种原因，我还要感谢斯蒂芬·阿贝尔，丽莎·阿勒迪斯，理查德·巴格利，迪克·巴尔哈利，罗宾·比蒂，马丁·贝瑞，特伦斯·布莱克，肖恩·博罗代尔，阿里·鲍基特，苏·布鲁克斯，克里斯托弗·伯林森，本·巴特勒－科尔，艾伦·拜福德，杰米·拜恩，迈克尔·拜沃特，大卫·科巴姆，斯蒂芬妮·克罗斯，桑塔努·达斯，汤姆·道森，鲁弗斯·迪金，蒂姆·迪，盖伊·丹尼斯，罗恩·迪格比，艾德·道格拉斯，罗伯特·道格拉斯－费尔赫斯特，林赛·杜吉德，萨曼莎·埃利斯，伊曼纽尔学院，霍华德·厄斯金－希尔，安格斯·法夸尔，威廉·费因斯，丹·弗兰克，埃德温·弗兰克，查理和西妮德·加里根·马塔尔，伊恩·吉尔克里斯特，丁尼·戈洛普，马克·古德温，杰伊·格里菲斯，迈克·格罗斯，约翰·哈维，艾莉森·哈斯蒂，基蒂·豪瑟，乔纳森·希伍德，卡斯帕·亨德森，乔纳森·赫德，迈克和卡罗尔·霍奇斯，安德鲁霍尔盖特，杰里米·胡克，迈克尔·赫本尼亚克，詹姆斯·亨特，迈克尔·赫尔利，玛丽·雅各布斯，乔安娜·卡文纳，彼得·坎普，史蒂夫·金，安·莱基，比尔和特尔玛·洛弗尔，马德琳·洛弗尔，詹姆斯和克劳迪娅·麦克法伦，约翰·麦克伦南，芬利·麦克劳德，安娜莱娜·麦卡菲，克里斯蒂娜·麦克利什，安德鲁·麦克尼尔，罗德·蒙汉姆，安·摩根，杰里米·诺尔－托德，拉尔夫·奥康纳，雷蒙德·奥汉隆，杰森·奥顿，杰里米·奥弗，大卫·帕克，伊恩·帕特森，唐纳德和露西·佩克，爱德华和艾莉森·佩克爵士，朱尔斯·普雷蒂，盖·普罗克特，西蒙·普罗瑟，杰里米·普塞格洛夫，戴维·昆廷，萨蒂什·拉格万，尼古拉斯·兰金，加里·罗兰，科琳娜·拉塞尔，苏珊娜·鲁斯汀，雷·瑞安，简和克里斯·施拉姆，尼克·塞登，汤姆·塞瑟斯，雷切尔·西蒙，克里斯·史密斯，丽贝卡·索尔尼特，巴纳比·斯普里尔，肯尼思·史蒂文，彼得·斯特劳斯，肯尼思·泰勒，玛格特·瓦德尔，玛丽娜·华纳，西蒙·威廉姆斯，罗斯和莱斯利·威尔逊，马克·沃莫尔德和肯·沃波尔。

我非常感谢格兰塔（Granta）的以下所有人，感谢他们在本书的写作和出版过程中所体现的专业知识、细心和耐心：萨吉达·艾哈迈德，路易丝·坎贝尔，戴维·格雷厄姆，伊恩·杰克，盖尔·林奇，布里吉德·麦克劳德，普鲁·罗兰森，贝拉·尚德，马特·韦兰德，林赛·帕特森，莎拉·瓦斯利。

还有一些书、作家和艺术家也对我产生了影响和启发。其中最重要的书已列入扩展阅读书目。不过，影响最大的还是目的地本身。只要有机会，我就会试图让书中的语言随着它们所提及的景观形式而变得更丰富，更精炼或更贴切。

本书地图由海伦·麦克唐纳绘制。"山毛榉林""沉陷之路""风暴海滩"的图片版权归罗莎蒙德·麦克法伦所有；"沼泽"的图片版权归约翰·麦克法伦所有；其余章节的图片均归约翰·贝蒂所有。非常感谢他们允许我在本书中使用这些优秀作品。*

---

* 由于原书地图和插图归属权复杂，简体中文版未能收录，敬请读者谅解。

地名翻译对照表
（按正文出现顺序）

设得兰群岛	Shetland
内维尔海角	Grind of Navir
朱拉岛	Jura
布雷切岩洞	Breachan's Cave
奥湖	Loch Awe
东安格利亚	East Anglia
布雷克兰	Brecklands
莱姆里吉斯断崖	Undercliff at Lyme Regis
坎维岛	Canvey Island
费希河谷	Glen Feshie
凯恩戈姆山脉	Cairngorms
庇护石	Shelter Stone
威尔特郡庄园	Wiltshire estate
兰诺克沼泽	Rannoch Moor
费希菲尔德荒野	Fisherfield Wilderness
本奥尔德山	Ben Alder

北哈里斯	North Harris
乌拉戴尔峭壁	Sron Ulladale
拉斯角	Cape Wrath
克洛莫悬崖	Clo Mor
布雷里厄赫山	Braeriach
利恩半岛	Lleyn Peninsula
恩利岛	Ynys Enlli
加尔韦洛奇群岛	Garvellochs
斯凯利格·迈克尔岛	Skellig Michael
斯尼姆	Sneem
贝尔法斯特湖	Belfast Loch
罗拉科山脊	Druim Rolach
北罗纳岛	North Rona
马恩岛	Manx
沃尔伯斯威克	Walberswick
戈达海底盆地	Gorda Basin
达-艾里	Dal'Arie
阿尔金峡谷	Glen Arkin
克隆基尔	Cloonkill
艾尔萨岩岛	Ailsa Craig
鸟游滩	Swim-Two-Birds
密斯山	Sliebh Mis
艾高峰	Cruachan Aighle
艾莱岛	Islay

博尔凯恩山谷	Glen Bolcain
斯凯岛	Isle of Skye
科鲁什克山谷	Coruisk
安纳普尔纳峰	Annapurna
楠达德维峰峡谷	Nanda Devi
恩戈罗恩戈罗火山口峡谷	Ngorongoro Crater
埃克斯穆尔	Exmoor
门迪普	Mendips
约克郡谷地	Yorkshire Dales
莫法特	Moffat
鬼怨谷	Devil's Beef Tub
阿辛特	Assynt
科河谷	Glen Coe
比安山脉	Bidean nam Bian
斯卡瓦伊格湖	Loch Scavaig
黑库林	Black Cuillin
斯特里峰	Sgurr na Stri
克雷克凹地	Coire na Creiche
苏桑福峡谷	Val de Susanfe
本内维斯山	Ben Nevis
红峰	Sgurr Dearg
拉姆岛	Rum
外赫布里底群岛	Outer Hebrides
巴拉岛	Barra Head

刘易斯岛	Lewis
洛蒙德湖	Loch Lomond
斯利格亨山谷	Sligachan
牧人山	Buachaille Etive Mor
巴湖	Loch Bà
莱登湖	Loch Laidon
黑山洼	Black Corries
韦斯特罗斯	Wester Ross
安提列西山	An Teallach
岩高兰山脊	Crowberry Ridge
基耶蒂省	Chieti
阿布鲁奇山脉	Abruzzi
大萨索峰	Gran Sasso
莫斯堡	Moosburg
炉堆小屋	Tigh Na Cruaiche
巴溪	Abhainn Bà
湖区	the Lake District
查茨沃思庄园	Chatsworth
多塞特林地	Dorset Linglands
坎诺克猎场	Cannock Chase
新森林	New Forest
索尔兹伯里平原	Salisbury Plain
博德明高沼地	Bodmin Moor
蒂特斯通克里山	Titterstone Clee

北约克郡沼泽	North Yorkshire Moors
诺森布里亚沼泽	Northumbrian Moors
奔宁荒原	Pennine
斯坦纳治沼泽	Stanage Moor
威勒尔	Wirral
希哈利恩山	Schiehallion
康科德镇	Concord
戴德姆溪谷	Dedham Vale
斯陶尔河	the Stour
汉普斯特德荒原	Hampstead Heath
秃鼻乌鸦农场	Rookery Farm
塞文河	River Severn
伊普尔突出部	Ypres Salient
萨拉	Sarras
科茨沃尔德	Cotswold
达特福德	Dartford
彭特兰湾	Pentland Firth
本霍普山	Ben Hope
内瓦河谷	Strathnaver
本克利布雷克山	Ben Klibreck
阿尔特纳哈拉	Altnaharra
大流地沼泽	the Flows
塞伦盖蒂平原	Serengeti
艾伦沼泽	Bog of Allen

兰开夏苔藓地	The Lancashire Mosses
奥弗涅	Auvergne
朗代尔	Langdale
阿克内斯	Achness
基尔多南	Kildonan
赛尔	Syre
北海	North Sea
罗萨镇	Rosal
尼夫岛	Eilean Neave
拉塞岛	Raasay
汤格村	Tongue
埃里博尔湖	Loch Eriboll
福伊纳文山	Foinaven
金洛赫伯维	Kinlochbervie
桑德伍德湾	Sandwood Bay
小罗纳岛	Rona
赫塔岛	Hirta
苏拉岛	Sula Sgeir
福拉岛	Foula
费尔岛	Fair Isle
斯科默岛	Skomer
斯科克霍姆岛	Skokholm
女巫河谷小屋	Strathchailleach
巴恩希尔	Barnhill

阿德卢萨村	Ardlussa
朱拉海峡	Sound of Jura
科里弗雷肯大漩涡	Corryvreckan Whirlpool
伦巴第平原	Lombardy plain
贝多莱纳	Bedolina
威尔士王子角	Cape Prince of Wales
一吨补给站	One Ton Depot
法罗群岛	Faeroes
斯匹次卑尔根群岛	Spitzbergen
楚科奇海	Chukotse Sea
弗兰格尔岛	Vrangelya
姆斯尔山崖	Leitir Mhuiseil
洛亚尔峰	Loyal
巴伦	Burren
伦敦德里市	Londonderry
西部群岛	Western Isles
南尤伊斯特岛	South Uist
本贝丘拉岛	Benbecula
戈尔韦	Galway
利斯坎诺	Liscannor
阿莱恩岛	Árainn
伊尼斯梅因岛	Inis Meáin
伊尼斯奥里尔岛	Inis Oírr
阿伦群岛	Aran Islands

香农	Shannon
朗德斯通	Roundstone
皮克山区	Peak District
舞礁	Dancing Ledge
斯沃尼奇镇	Swanage
贝克尔斯村	Beccles
诺里奇	Norwich
韦托	Veytaux
罗什德内山	Rochers de Naye
北肯特低地	North Kent Downs
独树丘	One Tree Hill
阿利金山	Beinn Alligin
托里登	Torridon
花谷森林	Flowerdale Forest
奥克尼群岛	Orkney
梅肖韦古墓	Maes Howe
锡利群岛	Scilly Isles
多得山	Dod Hill
雷德斯代尔	Redesdale
贝尔希尔劳	Bellshiel Law
萨顿胡	Sutton Hoo
德本河	River Deben
卡瑟尔乔曼	Cathair Chomain
利特里姆	Leitrim

斯莱戈	Sligo
罗斯康芒	Roscommon
梅奥	Mayo
利默里克	Limerick
斯基伯林	Skibbereen
加劳恩山脉	Garraun
查纳峰	Bin Chuanna
基拉里半岛	Killary
罗斯路	Rosroe
韦斯特波特	Westport
克罗帕特里克山	Croagh Patrick
穆雷斯艾格里	Mureisc Aigli
姆威尔雷山	Mweelrea
杜湖 / 黑湖	Doo Lough / Black Lough
路易斯堡	Louisburgh
德尔斐庄园	Delphi Lodge
斯特罗帕布埃山口	Stroppabue Pass
格兰基恩河	Glankeen River
鲍兰森林	Forest of Bowland
里布尔河	the Ribble
伦河	the Lune
巴特米尔	Buttermere
布里伯利湖	Bleaberry Tarn
红矛峰	Red Pike

高阶峰	High Stile
高岩峰	High Crag
肯菲格	Kenfig
米德尔塞克斯	Middlesex
阿拉斯	Arras
凯西克	Keswick
斯科费尔峰	Scafell
洛多尔瀑布	Lodore Falls
斯凯尔瀑布	Scale Force
莫斯瀑布	Moss Force
贝里圣埃德蒙兹	Bury St Edmunds
奥尔顿	Alton
莫赫悬崖	Cliffs of Moher
切德峡谷	Cheddar Gorge
埃文峡谷	Avon Gorge
北奇德奥克村	North Chideock
布里德波特	Bridport
多尔切斯特	Dorchester
泰伯恩刑场	Tyburn
金斯威	Kingsway
威塞克斯丘陵	Wessex Downlands
威腾汉姆坡	Wittenham Clumps
鸽舍	Dove Cottage
布兰兹比府	Brandsby Hall

达拉谟	Durham
格里塔河	River Greta
柯卡汉姆	Kirkham
伊德里斯峰	Cadair Idris
纽堡修道院	Newburgh Priory
达拉谟大教堂	Durham Cathedral
库珀山	Copper Hill
丹海山	Denhay Hill
杰恩山	Jan's Hill
伯顿布拉德斯托克	Burton Bradstock
切瑟尔海滩	Chesil Bank
邓步尔	Dumble
奥克门特	Okement
北康沃尔	North Cornish
休尔文山	Suilven
奥福德角	Orford Ness
斯科尔特海角	Scolt Head
布莱克尼角	Blakeney Point
邓杰内斯角	Dungeness
阿伯丁	Aberdeen
福维	Forvie
辛普森沙漠	Simpson Desert
邓洛恩海湾	Dun Loughan Bay
普尔	Poole

苏必利尔湖	Lake Superior
尤尔河	the Ure
斯韦尔河	the Swale
蒂斯湾	the Tees
莫克姆	Morecambe
绍森德	Southend
金斯顿	Kingston
阿伯多维	Aberdovey
塔克拉玛干沙漠	Taklamakan Desert
布兰克索姆山脊	Branksome Chine
马莫尔斯山	Mamores
奥尔河	River Ore
维多利亚大沙漠	Great Victoria
克孜勒库姆沙漠	Kizil Kum
莫哈韦沙漠	Mojave Desert
卡拉哈里	Kalahari
恩布尔顿	Embleton
切维厄特山	Cheviot massif
金斯林	King's Lynn
霍尔克姆湾	Holkham Bay
索恩汉姆森林	Thornham Woods
安蒂波迪斯群岛	Antipodes Islands
达格南	Dagenham
科利顿	Coryton

伍德姆沃尔特村	Woodham Walter
荒野之地	The Wilderness
布莱奈	Blaenau
邓尼奇	Dunwich
索厄	Soay
莱恩登	Laindon
桑德斯利	Thundersley
普利皮阿特	Pripiat
切尔默河	River Chelmer
莫尔登	Maldon
丹吉半岛	Dengie Peninsula
黑河	the Blackwater
克劳奇河	the Crouch
蒂灵厄姆	Tillingham
布拉德韦尔	Bradwell
圣切德修道院	St Cedd's
拉斯廷厄姆村	Lastingham
斯泰弗顿橡树林	Staverton Thicks
彼得伯勒	Peterborough
斯坦福德	Stamford
卡德伯里	Cadbury
格拉斯顿伯里	Glastonbury
金德瀑布	Kinder Downfall
莱迪鲍尔水库	the Ladybower reservoir

班福德村	the village of Bamford
梅尔南塔尔马坎	Meall nan Tarmachan
塔曼拉塞特	Tamanrasset
霍加尔山	Hoggar Mountains
查拉曼山谷	Chalamain Gap
班福德边缘	Bamford Edge
莫利赫	Morlich
圣基尔达岛	St Kilda
黑山	Black Mountains
阿德纳默亨半岛	Ardnamurcha
莫纳利亚山	Monadhliaths
诺福克湖区	Norfolk Broads
瓦伊河	the Wye
沃什湾	the Wash
达特穆尔高地	Dartmoor

图书在版编目（CIP）数据

荒野之境 /（英）罗伯特·麦克法伦
(Robert Macfarlane) 著；王如菲译. -- 上海：文汇
出版社, 2024.5（2024.12 重印）
ISBN 978-7-5496-3936-6

Ⅰ. ①荒… Ⅱ. ①罗… ②王… Ⅲ. ①游记-作品集
-英国-现代 Ⅳ. ① I561.65

中国版本图书馆 CIP 数据核字 (2022) 第 254376 号

荒野之境

作　　者/	〔英〕罗伯特·麦克法伦
译　　者/	王如菲
出版统筹/	杨静武
责任编辑/	何　璟
特邀编辑/	冯文欣　郑科鹏
营销编辑/	朱雨清　潘佳佳　胡　琛
装帧设计/	汐　和 at compus studio
内文制作/	贾一帆
出　　版/	文汇出版社
	上海市威海路 755 号
	（邮政编码 200041）
发　　行/	新经典发行有限公司
电　　话/	010-68423599　邮　箱/ editor@readinglife.com
印刷装订/	北京盛通印刷股份有限公司
版　　次/	2024 年 5 月第 1 版
印　　次/	2024 年 12 月第 4 次印刷
开　　本/	850×1168　1/32
字　　数/	200 千
印　　张/	10.5

ISBN 978-7-5496-3936-6
定　　价/　69.00 元

敬启读者，如发现本书有印装质量问题，请与发行方联系。

THE WILD PLACES
Copyright © Robert Macfarlane, 2007
Simplified Chinese edition copyright © 2024
by ThinKingdom Media Group Ltd.
All rights reserved.

版权登记图字 09-2022-1050